EXPERIMENTO
LETAL

EXPERIMENTO LETAL

John Locke

Traducción de Carlos Mayor

GRUPO ZETA

Barcelona • Madrid • Bogotá • Buenos Aires • Caracas • México D.F. • Miami • Montevideo • Santiago de Chile

Título original: *Lethal Experiment*
Traducción: Carlos Mayor
1.ª edición: octubre 2012

© 2009 by John Locke
© Ediciones B, S. A., 2012
   Consell de Cent, 425-427 - 08009 Barcelona (España)
   www.edicionesb.com

Printed in Spain
ISBN: 978-84-666-5191-2
Depósito legal: B. 8.217-2012

Impreso por LIBERDÚPLEX, S.L.
Ctra. BV 2249, km 7,4
Polígono Torrentfondo
08791 Sant Llorenç d'Hortons

Prólogo

Era una casita vieja y repleta de muebles que parecían todavía más viejos. En torno a la mesa de la cocina, a la que estaban sentados los tres, se desarrollaba una transacción. Del salón emanaba un olor ligeramente pestilente. Trish aún no lo sabía, pero su vida iba a cambiar en los próximos minutos. Carraspeó.

—Teníamos la esperanza de conseguir dieciocho mil dólares —comentó a la agente de préstamos.

La chica, una rubia que llevaba el pelo peinado hacia atrás con la raya a la altura del ojo izquierdo, la escuchó atentamente.

—No quiero ofender —contestó—, pero esas ojeras han costado más de dieciocho mil dólares de estrés. Por no hablar del coche que tienen aparcado ahí fuera, del estado en que se encuentra esta casa, del hecho de que los hayan rechazado todas las entidades de crédito de esta ciudad...

Trish tragó saliva. Parecía al borde del llanto.

La agente de préstamos, cuyo trabajo era en teoría actuar de intermediaria entre las oficinas crediticias y los solicitantes, era arrebatadora, con un cutis de porcelana, unos pómulos altísimos y unas cejas rubias que formaban un arco natural sobre unos electrizantes ojos gris claro. Se llamaba Callie Carpenter y llevaba guantes de conducir.

El marido de Trish, Rob, no se fijaba precisamente en los guantes. Había encontrado excelente acomodo para su mirada en el escote de proporciones perfectas de Callie Carpenter.

—¿Saben qué detecto? —preguntó ella—. Dolor. Frustración. Desesperación. En esta casa hay amor, lo noto, pero las circunstancias lo ponen a prueba. Al mirarlos veo a los buitres que planean sobre su matrimonio.

La mirada que se dirigieron Trish y Rob pareció confirmar esas palabras.

—Todo eso me suena a libro de autoayuda —respondió Trish—. No sé muy bien qué tiene que ver con la solicitud del préstamo.

Callie miró la taza de café desportillada de la que había preferido no beber y suspiró.

—Vamos a plantearlo de otra forma: ¿cuánto dinero haría falta para eliminar el estrés de sus vidas, para que pudieran dormir por las noches y para ayudarles a recordar que lo importante no son los demás y lo que les deben, sino ustedes dos y lo que se quieren?

Trish, que había ido retorciendo las manos silenciosamente en el regazo, se las miró de repente como si fueran las de una extraña y dijo:

—Pero es que no tenemos ningún aval.

—El banco nos colocó una de esas hipotecas de interés variable que de repente subió mucho —explicó Rob—. Y entonces me quedé en el paro. Luego, sin darnos cuenta...

Callie levantó una mano.

—Basta —dijo—. ¿Con cien mil dólares podrían salir del bache?

—¡Joder, pues claro! —exclamó Rob.

—Nadie nos daría un crédito tan grande sin un aval —intervino Trish, mirando a Callie con recelo.

—No se trataría de un crédito convencional —explicó Callie, contenta por haber llegado al momento que más le gustaba—. Es lo que yo llamo el crédito de Rumpelstilskin, el enano saltarín.

—Se burla usted de nosotros —repuso Trish con seriedad—. Mire, señora...

—Carpenter.

—... La verdad es que su sentido del humor no me hace ninguna gracia. Y el resumen que ha hecho de nuestro matrimonio tampoco.

—¿Cree que les tomo el pelo?

Callie abrió el maletín que había colocado encima de la mesa y le dio la vuelta para que vieran su contenido.

—¡Joder! —exclamó Rob, poniendo los ojos como platos—. ¿Ahí hay cien de los grandes?

—Pues sí.

—Esto es ridículo —dijo Trish—. ¿Cómo vamos a devolver todo ese dinero?

—Es que no es exactamente un préstamo, sino un experimento social —anunció Callie—. El millonario al que represento está dispuesto a donar cien mil dólares a toda persona que me parezca adecuada, con una condición.

—¿Cuál? —quiso saber Rob.

Trish frunció los labios y pronunció la palabra con desdén:

—Rumpelstilskin.

Callie asintió.

—Pero ¿qué es eso? —preguntó Rob—. ¿Rumpel... qué?

—Rumpelstilskin, el enano saltarín del cuento —explicó Trish—. Tendremos que entregarle a nuestro primogénito si no descubrimos el nombre de su jefe.

—¿Qué? ¿Y eso a qué viene? Si ni siquiera estás embarazada.

—Tiene razón, Trish —rio Callie—, hay gato encerrado. No se trata ni de descubrir cómo se llama un enano ni de entregarme a sus futuros hijos.

—¿Y entonces? ¿Quiere que robemos un banco o que matemos a alguien?

Callie negó con la cabeza.

—¿Pues qué? ¿De qué va esto? —preguntó Trish.

—Si aceptan el contenido de este maletín —dijo Callie—, alguien morirá.

—Vale, basta —espetó Trish—. Es evidente que esto es un programa de televisión o algo así, pero en la vida había visto una broma tan cruel. Voy a darles una idea para la próxima vez: busquen a una mujer normal y corriente y no a una modelo estupenda. Y no suelten tanta palabrería como de libro de autoayuda. ¿Quién coño va a creerse eso? A ver, ¿dónde está la cámara? ¿En el maletín?

El maletín.

Desde el momento en que Callie lo había abierto, Rob se había quedado embobado. Por fin había encontrado algo que le llamaba más la atención que el escote de Callie. No apartaba la vista de los billetes.

—¿Nos pagarán algo si emiten esto por la tele?

—No, lo siento, no hay cámaras —informó Callie.

—Pues entones no tiene sentido.

—Ya les he dicho que es un experimento social. Mi jefe está harto de la justicia penal de este país, de ver que los asesinos salen libres por las meteduras de pata de la policía, la habilidad de los abogados y la estupidez de los jurados. Por eso digamos que ha decidido tomarse la justicia por su mano y va detrás de asesinos que no han recibido el castigo que se merecían. Considera que hace un favor a la sociedad. Pero la sociedad pierde algo cuando muere una persona, por muy mala que sea, así que mi jefe quiere compensar de algún modo la vida que se cobra.

—Menuda gilipollez —opinó Trish—. Si de verdad se lo creyera, pagaría a las familias de las víctimas, y no a gente que no tiene nada que ver.

—Sería demasiado peligroso. La policía podría dar con la pista. Por eso, compensa de otra forma: ayuda a miembros anónimos de la sociedad. Cada vez que mata a un asesino, mi jefe entrega cien mil dólares a la sociedad. Y hoy ha resultado que ustedes representan a la sociedad.

Trish iba a hacer un comentario, pero Rob se le adelantó. Desde luego, cada vez estaba más intrigado.

—¿Por qué nos ha elegido?

—Un agente de préstamos le hizo llegar su solicitud y le dijo que eran ustedes buena gente y estaban a punto de perderlo todo.

—Antes se ha presentado diciendo que usted era agente de préstamos —recordó Trish.

—Pues sí.

—Y no es verdad.

—Digamos que tramito préstamos de otro tipo.

—Ya. ¿De qué tipo?

—De los que ponen dinero encima de la mesa —replicó Callie.

—En un maletín —respondió Trish, y se quedó mirando los billetes como si calibrara las posibilidades por primera vez—. Si lo que dice es verdad y su jefe suelta todo ese dinero para ayudar a la sociedad, ¿qué sentido tiene contarnos que va a matar a alguien? ¿Por qué no nos lo da sin más?

—Le parece que lo justo es que sepan de dónde procede el dinero y por qué lo reciben.

Rob y Trish digirieron la información sin hablar, pero con la expresión de la cara lo dijeron todo. Él creía que podía estar ante su gran oportunidad, mientras que ella analizaba minuciosamente los detalles y hacía un esfuerzo para creerse la historia. Aquella familia estaba en plena crisis, Callie lo sabía y acababa de ponerles ante los ojos la solución a todos sus problemas.

—Esos asesinos que ha mencionado... —dijo Trish por fin—. ¿Su jefe va a matarlos igualmente?

—Sí, pero no hasta que el dinero esté entregado.

—¿Y si nos negamos a aceptarlo?

—No pasa nada. Se lo propondré a la siguiente familia de la lista.

—La persona en cuestión... —intervino Rob—. ¿Hay alguna posibilidad de que la conozcamos?

—¿Conocen a algún asesino?

Callie prácticamente oía el movimiento de los engranajes mentales de Rob y Trish mientras miraban el maletín abierto. Aquella parte le encantaba: al principio siempre se resistían, pero ya sabía cómo acabaría todo. Le darían mil vueltas, pero al final aceptarían el dinero.

—Esto parece uno de esos especiales de la tele, como *¿Qué haría usted?* —comentó Trish, incapaz de quitarse de la cabeza la impresión de que trataban de engañarla.

Callie miró el reloj.

—A ver, no tengo todo el día. Ya saben cuál es el trato, he contestado a sus preguntas. Ha llegado el momento de que me den una respuesta.

Aquel ultimátum sacó todas sus emociones a flor de piel.

Trish se quedó blanca como el papel. Bajó la cabeza y

se apretó las sienes con las manos, como si tuviera migraña. Cuando levantó la vista tenía lágrimas en los ojos. Era evidente que luchaba a capa y espada con su conciencia.

Rob estaba muy nervioso, angustiado. No cabía duda de su decisión: suplicaba a Trish en silencio.

Callie se dio cuenta de que se había salido con la suya.

—Les dejo diez minutos —anunció con determinación—. Voy a ponerme los cascos para que puedan hablar en privado, pero tengo que verlos en todo momento.

—¿Cómo sabe que no llamaremos a la policía cuando se haya marchado? —preguntó Trish, con la voz cansada.

—Me encantaría escuchar esa conversación —rio Callie.

—¿Qué quiere decir?

—¿Le parece que la policía se lo creería? ¿Y les dejarían quedarse un maletín lleno de dinero en esas circunstancias?

—¿Somos los primeros o ya lo ha hecho más veces? —quiso saber Rob.

—Es mi octavo maletín.

Volvieron a mirarse y entonces Rob extendió una mano, como si quiera acariciar los billetes.

Callie sonrió y cerró el maletín.

—Huy, eso no.

—¿Cuánta gente acaba aceptando el dinero? —preguntó él, con el labio superior brillante por el sudor.

—Eso no puedo decírselo.

—¿Por qué no? —terció Trish.

—Podría influir en su decisión y afectar al experimento social. Vamos a ver. Lo que tienen que saber es esto: cuando alguien acepta el dinero mi jefe considera que ha recibido el visto bueno de un miembro de la sociedad para acabar con la vida de un asesino.

—Qué locura. Es una locura —susurró Trish, como si hiciera un esfuerzo para creérselo.

—Muere gente a diario —apuntó Rob—. Y sucederá igualmente si cogemos el dinero nosotros o si lo coge el siguiente.

Trish lo contempló con la mirada ausente, como si estuviera muy distraída.

—Van a darle este dinero a alguien —explicó Rob—. ¿Por qué no podemos ser nosotros?

—Es una locura —repitió ella—. ¿Verdad?

—Puede —reconoció Callie, mientras se colocaba los auriculares—, pero tanto el dinero como la oferta son reales.

1

—¿Y usted, señor Creed? —preguntó.

Levanté la vista del cuenco.

—¿Cómo dice?

—Que a qué se dedica.

—¿Aparte de a preparar pasteles de chocolate? Trabajo para el Departamento de Seguridad Nacional.

Se llamaba Patty Feldson y aquella visita domiciliaria formaba parte del proceso de evaluación de idoneidad para la adopción. Mi media naranja, Kathleen Gray, aspiraba a adoptar a una niña de seis años, Addie Dawes, que había sobrevivido al incendio de su casa, en el que habían perdido la vida los demás miembros de su familia: sus padres y su hermana gemela. Sin embargo, había sufrido graves quemaduras. Tras observar a Addie y a Kathleen mientras jugaban con muñecas en el suelo del salón, la señora Feldson, satisfecha con la calidad de su interacción, había pasado a fijarse en mí.

—¿Tiene usted una tarjeta? —pidió.

—Sí, claro.

Saqué la cartera del bolsillo de atrás del pantalón y extraje una tarjeta que acababa de hacerme para aquella precisa ocasión. Se la entregué.

—«Donovan Creed. Agente especial. Departamento

de Seguridad Nacional» —leyó Patty en voz alta, y se sonrió—. Bueno, no es que diga gran cosa, pero desde luego parece misterioso y emocionante. ¿Viaja usted mucho, agente Creed?

Me planteé cómo se tomaría que le dijera que era asesino a sueldo de la Seguridad Nacional, aunque a veces hacía trabajitos por mi cuenta para la mafia o para un enano homicida con muy malas pulgas que se llamaba Victor.

—La verdad es que sí, pero me temo que mi trabajo tiene poco de misterioso y emocionante. Básicamente me dedico a hacer entrevistas.

—¿A sospechosos de terrorismo?

Distribuí la masa por la fuente para pasteles de Kathleen con una espátula de silicona y escribí encima el nombre de Addie antes de meterla en el horno.

—Propietarios de pisos, gerentes, esas cosas.

Cerré la puerta del horno y puse el temporizador para que sonara al cabo de cuarenta minutos.

—¿Qué lleva el pastel? —preguntó.

Me entraron ganas de decirle que marihuana, pero Kathleen me había avisado de que no debía hacer chiste con aquella gente. Estaba en la recta final del proceso de adopción y mi intención era ayudarla en todo lo posible.

—¿Se acuerda de Katharine Hepburn, la actriz?

—¿Qué?

—La receta es suya. La encontré en un ejemplar antiguo del *Saturday Evening Post*.

—Ah —se sorprendió—. ¡Me encantaría tenerla!

—Pues entonces la tendrá.

Aquella visita domiciliaria formaba parte de un proceso cuyo objetivo era obtener la idoneidad para adoptar un hijo. Kathleen ya había aportado todos los documentos requeridos, incluido un certificado de antecedentes penales, había superado todas las entrevistas y había ofrecido referencias personales. Sin embargo, era obligatoria como mínimo una visita al domicilio, en la que debían estar presentes todos los que vivieran allí (Kathleen) o pasaran la noche alguna vez (yo).

Patty Feldson no había acudido a hacer una entrevista a fondo. Ya tenía una idea positiva sobre la capacidad parental de Kathleen. Solo le faltaba ver qué clase de persona era su novio. Sabía, por ejemplo, que tenía una hija que vivía con mi ex en Darnell, en Virginia occidental. Si había investigado un poco también estaría al tanto de que, aunque siempre la había apoyado emocional y económicamente, no había pasado con Kimberly todo el tiempo que habría sido de desear.

Patty se me acercó y clavó los ojos en los míos.

—Hay una gran diferencia entre ser padre y ejercer de padre —aseguró, bajando la voz.

«Vale —pensé—. Se ha documentado.»

—He tenido que aprender esa lección por las malas —reconocí—. Puede que parezca un poco raro, pero Addie es la que me ha motivado para tender puentes con Kimberly. Ahora tenemos mejor relación que nunca.

Patty asintió. Nos quedamos los dos en silencio durante un momento, como esperando a ver quién hablaba antes. Y fue ella.

—Ahora Addie necesita cuidados especiales —apuntó—. Ha quedado traumatizada física y mentalmente y va a requerir muchas atenciones.

—Lo entiendo.

—Eso espero, señor Creed, porque su relación con Kathleen quedará sometida a mucha presión. ¿Ha pensado en el papel que va a desempeñar en todo esto? Quiero decir que si lo ha pensado de verdad.

Addie era una niña maravillosa. Divertida, cariñosa, valiente... A lo largo de los últimos meses los dos le habíamos cogido mucho cariño. No, no era esa la palabra adecuada, había mucho más. Addie había acabado siendo esencial en nuestras vidas.

—Quiero mucho a Addie —respondí.

Patty asintió y permaneció en silencio unos segundos.

—Es la impresión que tenía, señor Creed. Lo que ha hecho por ella y por Kathleen dice muchísimo de usted.

Patty sabía que no hacía mucho había entregado un millón de dólares a Kathleen y metido diez más en un fondo para Addie. Lo que no sabía era que había robado todo ese dinero, y más, a un capo mafioso de la Costa Oeste que se llamaba Joe DeMeo.

Tras ser testigo de una armonía doméstica sin parangón durante una hora más, Patty Feldson recogió a Addie, la receta y la mitad del pastel de chocolate.

—¡Será cosa de coser y cantar! —dijo a Kathleen con entusiasmo.

—Mañana nos vemos otra vez, cariño —se despidió esta de Addie.

La niña tragó saliva antes de hablar, para lubricar la garganta. Ya nos habíamos acostumbrado a aquel paso, consecuencia de los daños irreversibles que habían sufrido las cuerdas vocales en el incendio que casi le había costado la vida.

—¿En el hospital? —preguntó por fin con aquella vocecilla quebrada.

—Exacto.

Se imponía otra ronda de abrazos, tras la cual se marcharon. Me quedé mirando a la encantadora criatura que había plantado cara a todos los obstáculos y se había enamorado de mí.

—Puede que sea la última vez que tenéis que separaros —comenté.

Kathleen se limpió las lágrimas de las mejillas.

—Gracias, Donovan. —Me agarró de la mano y me besó con delicadeza en los labios—. Por todo.

La vida marchaba bien.

Al cabo de una hora me llamó Victor al móvil. Se trataba de un parapléjico de baja estatura que dependía de un respirador y tenía una voz metálica bastante escalofriante.

—Creed... Han... aceptado... el... dinero —anunció.

—¿El matrimonio de Nashville?

—Sí... Rob y... Trish.

—Menuda sorpresa, ¿no?

—Cuando... tengas... disponi... bilidad... me... gustaría... que mataras... a las... hermanas... Peterson.

Hice memoria para situarlas.

—Están en Pennsylvania, ¿no?

—Sí, en... Camp... town.

Imitando como mejor supe aquellos viejos espectáculos en los que actores blancos cantaban con la cara pintada de negro pregunté:

—¿O sea, que son «las señoras de Camptown»?

—Ay..., por favor..., Creed —suspiró Victor.

—¡Oye, un poquito de respeto! Que en Francia me consideran un genio del humor.

—Ya... A ti... y a... Jerry Lewis... Bueno..., ¿vas a... ir a... Camptown a... matar a... las Peterson?

—¡Du-da! —exclamé, como en la canción.

2

No hay ningún hipódromo en Camptown, que tiene cuatrocientos diecisiete habitantes. Y tampoco ningún bar. Si alguien quiere una copa, tiene que conducir veintidós kilómetros en dirección oeste hasta Towanda. El sitio más cercano con animación nocturna es Scranton, a ochenta kilómetros.

El pueblo se hizo famoso en todo el mundo en 1850 cuando Stephen Foster escribió la famosa canción *De Camptown Races*. La pista de carreras de caballos que inmortalizó Foster empezaba en Camptown y terminaba en Wyalusing. Y sí, como dice la letra, tenía ocho kilómetros de largo.

Cuando conseguí subirme al coche de alquiler y salir a la carretera tenía tanta hambre que me arriesgué y me comí un burrito de carne en el Horse Head Grill de Factoryville. ¿Quién me mandaba hacer algo así? Si uno quiere un burrito tiene que irse a El Paso, no a Factoryville. Sabía igual que si lo hubieran sacado de un pozo negro con un cucharón para servírselo a los finalistas de *Supervivientes*.

Pero no nos vayamos por las ramas.

Camptown está situado en Pennsylvania, en el condado de Bradford, donde según las estadísticas de delincuencia más recientes había habido doscientos cuarenta y ocho allanamientos de morada, treinta y nueve agresiones, veinticuatro violaciones y dos asesinatos. Si todo salía bien, las hermanas Peterson doblarían la cifra de asesinatos a tiempo de salir en las noticias de las seis.

Y yo pensaba verlas.

Por la tele de un bar.

En Scranton.

—Su destino se encuentra a treinta metros a la derecha —anunció la sensual voz femenina del GPS, que me dirigió hacia un largo camino de gravilla blanca que preferí saltarme.

Pasé de largo y unos cincuenta metros después di media vuelta y me acerqué por el carril contrario, para asegurarme de que no hubiera testigos. Una vez supervisados los alrededores sí metí el coche de alquiler por el camino de gravilla, que me condujo hasta el rectángulo de hormigón donde estaba aparcado un Toyota Corolla verde de 1995.

Las Peterson vivían en una caravana blanca de doble anchura con cubierta metálica marrón. Le habían añadido un porche cerrado con mosquitera que daba a un jardín de algo menos de una hectárea que tenía bien pocos árboles y mucha tierra polvorienta. Aparqué, apagué el motor y me quedé quieto, para ver si había perros. No apareció ninguno, pero aproveché el rato para plantearme qué diablos estaba haciendo. Hacía años había trabajado para la CIA, asesinando a individuos que representaban una amenaza para la seguridad del país. Al jubilarme me había tomado un breve descanso y luego había empezado a matar a terroristas para el Departamento de Seguridad Nacional. Sin embargo, el trabajo era escaso, así que me había dedicado a aceptar encargos del mafioso Sal Bonadello para liquidar gente en mis horas libres. Las víctimas eran siempre delincuentes y a menudo asesinos, así que no resultaba difícil justificar sus muertes.

No obstante, en un momento dado la cosa había derivado hacia los trabajitos que me endosaba Victor, que cada vez resultaban más cuestionables. Aquella última tanda de asesinatos era consecuencia de una propuesta planteada por Victor a mi jefe del departamento, para ver hasta qué punto se podía confiar en el estadounidense medio. Por ejemplo, ¿una pareja como Rob y Trish estaría dispuesta a alojar a un terrorista a cambio de determinada cantidad de dinero?

Según los resultados iniciales, no.

Por otro lado, ¿serían capaces de dejar que murieran inocentes?

¿Tampoco? Hum. Interesante.

¿Y asesinos anónimos a los que nadie había condenado?

Me metí un rollo de cinta adhesiva en uno de los bolsillos de la americana y dos jeringuillas en el otro. Las hermanas Peterson, al igual que Rob y Trish y media docena más de candidatos, habían aceptado un préstamo de Rumpelstilskin a sabiendas de que con ello moriría un asesino que permanecía en libertad. Victor los consideraba culpables de complicidad en un homicidio. Así, al quedarse con el dinero, Rob y Trish habían condenado a muerte a las Peterson. Cuando Callie cerrara el siguiente préstamo tendrían que morir Rob y Trish. Era, en todos los sentidos, un experimento letal, que seguiría adelante hasta que un día uno de los candidatos rechazara el maletín.

Bajé del coche y subí los tres escalones de hormigón que había delante de la caravana, pensando: «Qué lejos queda aquel tío que mataba para salvaguardar la libertad de nuestro país.»

La puerta de vidrio templado permitía ver una parte del salón. Al llamar con los nudillos tembló toda la mitad delantera de la caravana. Al cabo de un momento se acercó una chica que se quedó mirándome sin abrir.

—¿Elaine?

—¿Sí?

—Soy Donovan Creed, del Departamento de Seguridad Nacional. ¿Puedo pasar?

Le mostré la placa. No tenía por qué saber que los agentes del departamento no la llevaban. Me miró con gesto de preocupación, pero abrió la puerta poco a poco.

—¿Qué ha sucedido, señor Creed?

«Eso, ¿qué ha sucedido? —me pregunté—. ¿Tanto me he rebajado? ¿He acabado matando a civiles que no se han enterado de que solo por aceptar una cantidad que les hacía muchísima falta eran cómplices de un asesinato? ¿De verdad es justo este experimento?»

Elaine Peterson era una atractiva morena de treinta y dos años en la etapa inicial del aumento de peso. Llevaba un pantalón de chándal negro y una camiseta de los Pittsburgh Steelers que le quedaba muy grande y probablemente había sido de su marido, Grady, del que estaba separada.

—Ahorraríamos tiempo si pudiera hablar con las dos —afirmé—. ¿Amber está en casa?

En realidad, Amber y Elaine no eran precisamente dos angelitos: habían dedicado la mayor parte del dinero del préstamo a comprar drogas que luego revendían a los adolescentes de la zona.

Elaine empezó a volver la cabeza hacia el pasillo, pero se contuvo.

—¿Qué ha sucedido? —repitió con determinación.

—Siéntese, haga el favor.

Mientras comenzaba a obedecerme pasé como un rayo a su lado y eché a correr por el pasillo. Soltó un buen grito, pero yo ya había abierto la puerta del dormitorio principal y había pillado a Amber, que estaba bien entrada en carnes, amartillando una pistola. Me eché sobre ella y logré que perdiera el equilibrio. Mientras trataba de no derrumbarse, le arrebaté el arma y me volví sobre los talones justo a tiempo de esquivar los puños de Elaine. Era muy poquita cosa y no me habría hecho daño, pero de todos modos le aticé en la nariz, para poder concentrarme en Amber. Oí que se estrellaba contra el suelo y me pareció que estaría bien que se quedara un rato allí mientras me ocupaba de su hermana.

—¿Qué coño quieres? —berreó Amber, tratando de que su voz sonara más imponente de los que era.

Era hábil, se notaba que se había metido en muchas peleas de bar. Debía de medir uno setenta y ocho y pesar ciento diez kilos, así que tenía empaque, pero el gancho que me dirigió fue precipitado, antes de haber recuperado la estabilidad. Me aparté de un salto, clavé los pies en el suelo y le aticé un buen puñetazo por detrás que fue directo a la sien. Amber se estremeció por un instante y luego se derrumbó. Al cabo de un momento ya las tenía a las dos boca abajo en el suelo del dormitorio con las manos atadas con cinta adhesiva a la espalda. Les di la vuelta con el pie y les cerré la boca con más cinta.

Y entonces tuve un infarto.

3

—Hay dos tipos de dolor en el pecho que deben preocuparnos —me informó el doctor Webber.

—Espera un momento —lo interrumpí—, que pongo el manos libres.

Pulsé el botón correspondiente en el móvil e hice un esfuerzo para ponerme en pie.

—Vale, adelante —dije.

—Qué mala voz tienes.

Me encontraba fatal. Hacía un momento me había desplomado aferrándome el pecho. Amber había aprovechado para sacudir su corpachón y con el impulso tratar de desplazarse y aplastarme como una ballena varada en una playa aplastaría un castillo de arena. Por suerte, el pinchazo abrumador había empezado a remitir, pero seguía débil y dolorido, así que me tocaba concentrarme en varias cosas a la vez o sufrir las mortales consecuencias. Rodé hacia un lado para apartarme de su camino y al mismo tiempo saqué una jeringuilla del bolsillo. Le quité el capuchón de un capirotazo y ataqué a mi corpulenta víctima. Tuve que estirar el brazo para alcanzarla, pero me esforcé y logré clavarle la aguja en el cuello. No sé si habría tenido fuerzas para apretar el émbolo en aquel momento, pero tampoco estaba bien colocado y además dio igual, porque Ambar empezó a sacudir la cabeza violentamente y la jeringuilla salió disparada.

Trató de colocarse de forma que la misma técnica que antes le permitiera acercarse a mí, pero me subí encima de ella y la monté como a una cerda salvaje. Elaine empezó a agitarse, en un intento de ayudar a su hermana, pero solo consiguió dar una patada a la jeringuilla y acercármela. La recogí, se la clavé con ganas en el cuello a Amber y le metí todo el líquido en las venas.

Entonces pulsé el número en el que tenía configurada la marcación rápida del teléfono de Darwin, mi coordinador, y le pedí que me pasara con un médico del Departamento de Seguridad Nacional. Fue cuando se puso el doctor Webber y activé el manos libres.

En ese momento estábamos.

—¿Qué haces en este preciso instante? —quiso saber el doctor Webber, con los chillidos de Elaine de fondo.

—Trato de atar unos cabos sueltos.

Saqué la segunda jeringuilla del bolsillo y se la clavé. Se calló a medio berrido.

De inmediato sentí yo también un pinchazo, en mitad del pecho.

—Bueno, ¿qué era eso de los dos tipos de dolor? —pregunté, apretando los dientes.

—Muy bien, tenemos uno que es como si alguien estrujara un tubo de pasta de dientes, con la diferencia de que el tubo es el corazón.

Me tambaleé, pero conseguí mantenerme en pie. Me apoyé contra la pared más cercana para no caerme. Aún tenía que limpiar todo aquello antes de dirigirme al coche.

—El segundo tipo es como tener un elefante encima del pecho —prosiguió el médico.

—¡Premio!

—Muy bien —dijo—. No te asustes. Es importante que te quedes echado e inmóvil. ¿Estás con alguien?

Me quedé mirando los dos cadáveres del suelo.

—Solo en espíritu.

—Muy bien, no es lo ideal. ¿Tienes una aspirina? En caso afirmativo, tómatela. Pero primero dime dónde te encuentras y te mando una ambulancia.

—No puedo —contesté.

Colgué y metí la mano en el bolsillo para acariciar mi dólar de plata de la suerte, el que me había dado mi abuelo de niño.

—No me falles —dije a la moneda.

Volví a llamar a Darwin y le pedí que enviara un helicóptero a tres kilómetros al noreste de Camptown, en la 706.

—Y también a alguien que se lleve el coche de alquiler para devolverlo en Scranton.

—Este asunto no es competencia de Sensoriales. Tendrás que pagar los gastos.

—Por supuesto.

Recursos Sensoriales era la división del Departamento de Seguridad Nacional para la que trabajaba.

Me quedé en silencio.

—¿Qué más? —preguntó.

—Será mejor que mandes a dos tíos más. Necesito que limpien una caravana.

Le conté los detalles.

—Va a salir muy caro. ¿Quieres que vuelva a llamarte para darte el total antes de aprobar nada?

Suspiré, lo que provocó que otra ráfaga de dolor me recorriera todo el cuerpo. Me dije, con optimismo, que al menos parecía que el foco se alejaba del centro del pecho.

—Pagaré lo que cueste —aseguré—, pero vamos a ponernos en marcha ya.

—No te me vas a morir, ¿verdad?

La pregunta me pilló desprevenido. No se me había pasado por la cabeza la posibilidad de morirme. De repente me di cuenta de que durante todos los años en que los terroristas extranjeros me habían disparado, colocado bombas y perseguido, y todos los años en que me había dedicado a probar armamento para el ejército, nunca me había planteado que podía morir.

Y tampoco en aquel momento.

—Soy inmortal, Darwin —solté, con una risa forzada.

Se quedó en silencio, pensando en mis palabras. La pausa duró lo suficiente como para que se me ocurriera que podía estar pensado que aquella era la ocasión perfecta para tenderme una emboscada. Era su principal agente y controlaba a Callie, a Quinn, a Lou Kelly y a media docena de asesinos profesionales más.

Claro que también sabía un montón de cosas sobre la administración que no quedarían nada bien en un reportaje de *60 Minutes* o *Dateline*.

—¿Hay alguien más al tanto de tu situación actual? —preguntó.

La mejor garantía contra Darwin era jugar la carta de mis colaboradores.

—Solo Callie y Quinn —contesté, calculando que valía la pena que se imaginara a esos dos detrás de su pellejo si me sucedía algo.

—¿Camptown? ¿Como en la canción? ¿En qué estado?

—En Pennsylvania —repliqué—. Búscalo.

—¡Du-da! —exclamó

Victor tenía razón. No hacía gracia.

4

Trinity Hospital, Newark, Nueva Jersey.

Las habitaciones de la Unidad Cardiovascular eran pequeñas, pero la mía tenía una ventana que daba a la autopista. Estaba echado en la cama semirreclinada, con una de esas batas de hospital que te dejan el culo al aire, contemplando el tráfico y pensando en lo asombroso que era que toda aquella gente se dirigiera a algún sitio en concreto. ¿Tendrían todos familia, amigos, trabajo y gente que dependiera de ellos? Aquellos miles de personas que se cruzaban con mi vida al pasar ante la ventana en el preciso instante en que miraba.

Me fijé en un coche en concreto, un Ford Mustang rojo oscuro con capota de tela marrón, aproximadamente de 1997. Estuvo en mi campo de visión durante unos veinte segundos. Me pregunté si lo conduciría un hombre o una mujer y si nuestros caminos se habrían cruzado alguna vez. A lo mejor estaba previsto que se cruzaran en el futuro y ese día el dueño del Mustang me cambiaría la vida. Quizá lo llevaba una criatura que crecería y acabaría siendo mi asesino. O mi asesina. O tal vez, al cabo de unos instantes, al tomar la salida de la autopista, alguien lo embestiría de lado y lo dejaría herido de muerte. A lo mejor los enfermeros de la ambulancia le mirarían la cartera y encontrarían una tarjeta de donante de órganos, y entonces le extirparían el corazón al conductor del Mustang rojo oscuro justo a tiempo de salvarme la vida aquella misma tarde.

Se oyó un frufrú en la puerta y entró en la habitación una jovencita rubia y risueña que corrió la cortina que aislaba la cama.

—¿Cómo estamos hoy? —peguntó, con tono profesional.

—Pues estamos haciendo lo que buenamente podemos —respondí.

Se quedó quieta un momento y luego sonrió.

—Es gracioso —comentó.

Llevaba una bandejita con instrumental médico, entre otras cosas jeringuillas hipodérmicas, algodón, alcohol y un tubito de goma. La colocó en una repisa situada junto al lavabo y oí el chasquido característico que indicaba que se había puesto guates esterilizados. A continuación empezó a frotarme el centro del antebrazo con alcohol.

—Va a notar un pinchacito que servirá para dormir la zona y luego le colocaré la vía —informó con alegría.

Habían pasado casi tres horas desde el episodio de Camptown y el dolor del pecho se había apagado hacía mucho rato. Me planteé salir de la cama y saltarme el cateterismo cardíaco de urgencia que se habían propuesto practicarme, pero decidí que era mejor saber si el corazón iba a darme más sustos o no. No veía ninguna vena en la zona que había dormido la enfermera, pero me imaginé que sabría lo que se hacía.

—Huy —exclamó—. No he encontrado la vena. A veces pasa.

Apretó la herida con una gasa para que dejara de sangrar y asentí con la intención de dejar claro que era comprensivo.

—Voy a subir un poco y a intentarlo con esta vena tan estupenda que tiene justo debajo del músculo.

Era tremendamente joven. Tanto que me sentí guarro solo por leerle la chapita del nombre, y eso que la llevaba bastante arriba.

Dana.

Hice un esfuerzo para alejar la vista de la zona de la chapa y la miré a la cara mientras me clavaba la aguja en la vena que le había parecido estupenda.

Frunció ligeramente los labios mientras insertaba la vía en el pliegue del codo con bastante poca habilidad. Tenía una cara bonita y un cutis de porcelana. De pronto arrugó la frente.

—Ay, vaya —exclamó.

—¿Ahora qué pasa?

—Esta parece que se ha cerrado.

Me miré el brazo y vi que la vena no se había cerrado en absoluto. Lo que pasaba era que me había clavado la vía un centímetro entero más allá.

—Es usted duro de pelar —susurró—. Ni siquiera ha parpadeado.

Me guiñó un ojo, lo cual, dada su edad, resultó prácticamente indecente. Clavó la aguja en un tercer punto y tampoco esa vez encontró la vena.

—No te molestes —sugerí—, pero mejor que te vayas.

Me miró para comprobar si lo decía en serio.

Lo comprobó.

Se le llenaron los ojos de lágrimas, recogió las jeringuillas y la gasa ensangrentada y se marchó a toda prisa.

Antes de que tuviera tiempo de ir a contar su versión

de los hechos a las demás enfermeritas entró un chico desaliñado que llevaba una bata blanca arrugada. Parecía agotado. Dana era casi una niña, pero aquel médico podría haber sido su hermano pequeño.

—Señor Creed, soy el doctor Hedgepeth.

—¿Tus padres saben que has robado esa bata?

—No empecemos —suspiró—. He terminado los estudios, soy residente de primer año en medicina interna.

—Sí, por supuesto —contesté, pensando: «No me fiaría de este chiquillo ni para que me configurara la Xbox.»

El doctor Hedgepeth me miró el brazo y se disculpó:

—Lo siento. Dana acaba de empezar.

—¿Qué ha sido de la enfermera que había antes?

—¿Mary? Era fantástica. Nunca he tenido una enfermera que pusiera así las inyecciones. Me dio mucha pena tener que despedirla.

Moví la cabeza de un lado a otro ante lo absurdo de aquel comentario. Era imposible que aquel supuesto médico se encargara de contratar y despedir al personal. Bueno, también me parecía imposible que tuviera edad para haber acabado la secundaria. Pero me interesaba la conversación, así que tiré para delante y pregunté:

—Si Mary era la enfermera que mejor ponía las inyecciones, ¿por qué la despidió?

—Los pacientes no dejaban de quejarse de que era demasiado joven.

—Ah, claro.

Clavé los ojos en los suyos. Tenía que tratarse de una broma. Por lo general consigo que cualquier hombre se desmorone con solo mirarlo. Aquel chico estaba a punto de venirse abajo. Lo notaba.

—¿Y por qué eligió a Dana? —pregunté.

—Es la enfermera de más edad de todo el pabellón.

—No me diga —comenté, mientras me decía que si había enfermeras más jóvenes que ella seguramente llevaban sujetador infantil.

—Dana se adaptará pronto —apuntó el doctor Hedgepeth—, pero en la vida siempre hace falta tiempo para aprender, ¿sabe usted?

Decidí pasar a la acción.

—¿Va a hacer el cateterismo o espero a que venga su nieto, que seguro que es el cirujano jefe del hospital?

—No hace falta que se ponga belicoso.

—Belicoso —repetí, pensando en que tenía un vocabulario muy amplio para su edad.

—Realizar un cateterismo cardíaco en este momento sería prematuro —señaló—. Es usted relativamente joven, está en excelente forma, tiene una tensión excelente, el electro ha salido perfecto y en las pruebas que hemos hecho no aparece ningún síntoma habitual de infarto.

—¿Y entonces qué pasa?

—Vamos a hacer una prueba de esfuerzo con Cardiolite. Si el resultado es normal, le recomendaría que se largara pitando de aquí.

—¿Y eso?

—El mejor sitio para pillar una enfermedad es un hospital.

El doctor Hedgepeth empezaba a caerme bien.

—O sea, que no necesito un cateterismo.

—Yo creo que no. Lo que probablemente necesite es un par de horas y un lavabo.

—Un lavabo.

—Su problema podría ser una acidez de estómago aguda, poco menos que una intoxicación alimentaria. ¿Ha comido algo de origen dudoso recientemente?

Pensé en el burrito de carne que había engullido en el

Horse Head Grill pocas horas antes y me di cuenta de que lo de «carne» podía ser cualquier cosa ni remotamente parecida a una vaca.

—¿Es posible que haya comido algún alimento en muy mal estado y poco después haya realizado algún tipo de actividad física?

Me acordé de las hermanas Peterson.

—Mire, sé lo que es la acidez de estómago, pero este dolor era intenso y lo notaba en el centro del pecho.

—A ver, si quiere le hacemos el cateterismo. Vamos, que al hospital le encantaría facturar treinta mil dólares. O diez veces más, si hay suerte y le agujereamos la arteria.

—¿Ese tipo de complicación es habitual? —pregunté, preocupado.

—A ver cómo se lo cuento con delicadeza. El encargado de los cateterismos parece cardiólogo, pero según la ley no tiene que ser cirujano. Es de la India y parece muy espabilado, pero es bastante joven y tiene una experiencia algo limitada en cateterismos cardíacos.

—¿Cómo de limitada?

—Se estrenaría con usted.

—Ya... Entonces me hablaba usted de una acidez de estómago, ¿no?

—Una acidez de estómago aguda, sí. Eso, unido al esfuerzo físico, podría provocar desde luego los síntomas que ha presentado.

Entendía las explicaciones, pero siempre había tenido un estómago a prueba de bombas. Durante los años que llevaba probando armamento para el ejército había tenido que tragar pastillas al lado de las cuales los burritos del Horse Head eran aceitunas sin hueso.

—Si la prueba de esfuerzo sale bien, ¿qué hago? —pregunté.

—Se va a casa y se pasa un buen rato en el lavabo tan ricamente.

—¿Y si eso no funciona?

—¿Acude a un psiquiatra en la actualidad? —dijo, tras vacilar un poco.

—¿Se cree que me imagino el dolor? —protesté.

—Creo que es muy real. Y me da la impresión que usted tiene un umbral de resistencia al dolor muy alto.

«Si usted supiera», pensé, sin saber si debía contarle a Hedgepeth que llevaba años probando instrumentos de tortura para el ejército. Al final decidí limitarme a responder lo siguiente:

—Desde luego, la acidez de estómago nunca me había dejado paralizado.

—Bueno, las molestias tienen un origen —señaló—, pero estoy casi seguro de que no es el corazón. Lo que pasa es que soy cardiólogo, así que vamos a eliminar primero esa posibilidad. Luego la taza y luego la azotea.

—Entendido. Compro. ¿Cuál es el primer paso para eso del Cardiolite?

Sin aparentar la más mínima ironía, el doctor Hedgepeth contestó:

—Tenemos que ponerle una vía.

Acto seguido se fue hasta la puerta y llamó a Dana a gritos.

5

Seguía en el hospital, aunque ya vestido de calle, a la espera de los resultados de la prueba de esfuerzo. Como tenía tiempo, decidí saltarme las normas hospitalarias y hacer una llamada con el móvil. Kimberly contestó al instante.

—¡Papi! —chilló.

—Casi pareces excesivamente contenta —comenté.

—¿Se me nota?

«Ay, ay, ay —me dije—. Está enamorada.»

—¿Si se nota el qué?

—¡Estoy enamorada!

—Eres demasiado joven —repliqué, instintivamente.

—Ay, papá, que ya voy a tercero de secundaria.

—Pues eso, demasiado joven. Además, no harás tercero hasta el semestre que viene.

—Detalles. Las clases empiezan dentro de diez días...

Suspiré.

—Se llama Charlie —informó.

—Dime por lo menos que no es Charlie Manson.

Al otro lado de la línea, en Darnell, mi hija se rio.

Dedicamos el cuarto de hora siguiente a charlar sobre los libros que habíamos leído, la música que nos gustaba y los viajes que esperábamos hacer algún día. Le pregunté si la relación con Charlie era seria y cambió de tema.

—¿Te ha llamado mamá? —preguntó.

—Hace tiempo que no.

—Ya te llamará.

—¿Qué pasa ahora? —gruñí.

—Se ha enterado de lo de Kathleen. Se lo ha contado su amiga Amy.

Lo veía venir. Hacía unos meses mi ex mujer, Janet, había estado a punto de casarse con un tal Ken Chapman, que había maltratado a su primera esposa, a la que yo había conocido mientras me dedicaba a conseguir que Janet rompiera con aquel gilipollas. Se trataba de Kathleen, y me había enamorado de ella.

—¿Papá?

—Sigo aquí, cariño mío.

¿Cuánto sabría Janet de Kathleen? Tal vez solo estaba al tanto de que salía con la ex mujer de su antiguo prometido. O quizá se había enterado por alguna vía de que la mujer que se había presentado en su casa diciendo que era la ex de Ken había sido en realidad una puta a la que había pagado para que se hiciera pasar por Kathleen, una puta que había mentido al contarle que Ken Chapman la maltrataba.

Daba igual qué supiera Janet o la rabia que sintiera contra mí, había valido la pena. Había logrado evitar aquel matrimonio. Sabía de primera mano lo bien que se le daba a Janet poner de los nervios a un hombre. Con su historial de violencia, Ken Chapman probablemente la habría matado.

Kimberly se dio cuenta de que estaba distraído y preguntó:

—¿Has oído lo que he dicho?

—Has dicho que mamá se ha enterado de lo de Kathleen y va a llamarme.

—Eso ha sido antes. Lo que te he preguntado hace un momento es si Kathleen y tú vivís juntos.

—Las cosas no son tan sencillas.

—Papá, ¿por qué cuando hablas de Charlie es todo blanco negro pero cuando yo pregunto por Kathleen «las cosas no son tan sencillas»?

—Ojalá tuviera una respuesta mejor —contesté, tras una breve pausa—, pero solo se me ocurre decir que tienes razón.

—¡Pues claro que sí! Ostras, que soy tu hija.

—En eso también tienes razón. Bueno, te doy la exclusiva.

Durante varios minutos le conté lo que sentía por Kathleen y que me quedaba en su casa siempre que iba a Nueva York. Le hablé de Addie Dawes y del proceso de adopción. Cuando acabé se produjo un breve silencio en el hilo telefónico.

—¿Todo bien? —pregunté.

—¿Te das cuenta de que es la primera vez que me tratas como a una persona mayor en toda mi vida?

—¿Cómo quieres que te trate? Si vas a tercero de secundaria.

—Mejor que no se te olvide la próxima vez que empieces a preocuparte porque salga con Charlie.

—¡Por favor! En fin, a propósito de Charlie, ¿qué sabes de ese chico?

Kimberly empezó a decirme que tenía veintiún años y algo más, pero me distraje cuando alguien corrió la cortina y apareció el doctor Hedgepeth. Le hice un gesto para que esperase un segundo. Me puso mala cara por estar hablando por el móvil en urgencias, pero esperó respetuosamente.

—Lo siento, cariño mío, ¿qué has dicho?

—Que no te atrevas, papá. Que no te pongas como una moto y empieces a investigar a Charlie ni a buscar ningún tipo de información. Es buen chico. Su padre es un abogado muy conocido.

—¿Un abogado? Casi preferiría que salieras con Charlie Manson y no con un abogado.

—El abogado no es él —suspiró—, sino su padre. Bueno, prométeme que no vas a investigarlo.

—Te lo prometo.

—Vale. Y ahora vete a estar un rato con Addie. Parece una niña encantadora. Ah, oye, papá.

—¿Sí?

—Me alegro por ti. Y te quiero.

—Yo también, cariño mío.

Colgué y el doctor Hedgepeth me dijo:

—Como sospechaba, tiene usted el corazón de un león.

Asentí.

—¿Ha notado dolor después de la prueba?

—No.

—¿Molestias estomacales?

—No, aún no.

—Una intoxicación puede tardar incluso cuarenta y ocho horas en presentarse —aseguró.

—¿Y lo normal cuánto es?

—Entre seis y ocho.

—O sea, que aún podría ser eso —comenté.

—Sí, pero lo hemos sometido a muchísimo esfuerzo en la cinta de correr y los resultados son excelentes. Aunque la intoxicación estuviera en una primera etapa, lo normal habría sido que sintiera retortijones. Me da la impresión de que no es ese el motivo.

Me entregó un papel con un nombre y un teléfono.

—¿Una psiquiatra? —pregunté.

—Por si quiere ver a alguien aquí, y no en su ciudad.

Me lo guardé en el bolsillo y le estreché la mano.

—Es usted joven, pero muy bueno.

—¡Es lo que me dicen todas! —exclamó, guiñando un ojo.

6

—¿Sabes algo de ese tal Charlie Beck? Su padre es un abogado muy conocido de Darnell.

Hablaba por teléfono con Sal Bonadello, capo mafioso del Medio Oeste y de vez en cuando cliente mío.

—Conozco a gente que seguramente lo conoce —contestó.

Sí, de acuerdo, había prometido a Kimberly que no investigaría a su nuevo novio, pero no que no encargaría el trabajo a otra persona.

—Kimberly suele juzgar muy bien a la gente —comenté—, pero este chico me da mala espina. Para empezar, tiene edad para beber alcohol legalmente.

—Darnell es pequeño —dijo Sal—. La gente habla. Voy a hacer unas cuantas, ¿cómo se dice?, pesquisas.

Me puse a reflexionar en cómo serían las pesquisas de Sal.

—No quiero que la cosa se salga de madre —advertí—, y sobre todo no me gustaría que Kimberly se enterase de que soy yo el que va detrás de la información.

—Oye, que también tengo una hija. Yo me encargo de todo.

—Gracias, Sal.

—¿Sigues pensando en venir a mi fiesta? —preguntó entonces.

—No me la perdería por nada del mundo.

—¿Te traerás a esa chica con la que sales ahora? ¿La que vive en Nueva York?

—Luego vamos a salir a comprar un vestido.

—Que sea sexy —pidió.

—Estaría sexy con un saco de patatas.

—A mí lo del saco me parece bien. Pero que sea pequeñito.

—Me lo apunto.

—¿Y qué pasa con la rubia que trabaja contigo?

—¿Cómo que qué pasa?

—Que si vendrá.

—¿A la fiesta? Ni hablar.

—¿La has invitado?

—Sí.

—Quizá debería, ¿cómo se dice?, extenderle una invitación personal.

Me imaginé a Callie hecha un brazo de mar en un acto social.

Desde luego, era un bombón, pero...

—No le gusta mucho acercarse a los demás —dije.

—Ya. Solo para matarlos.

—Tú lo has dicho.

—Si un chico se mete en líos en Darnell, seguro que será en el Grantline Bar & Grill.

—¿Y qué?

—Pues que conozco al camarero, Teddy Boy. Me debe una, una bien gorda.

—No tenía pensado que le partieran las piernas a Charlie. Al menos de momento.

—Yo lo único que digo es que Teddy Boy está al tanto de todo. Si el chico ha ido al bar, me lo dirá. Si aparece tu hija, le echará un ojo.

—Kimberly solo tiene dieciséis años —le recordé—. No la verás en un bar.

—Darnell es Darnell.

—¿Y eso qué quiere decir?

—¿Has estado? —preguntó.

—No.

—Pues en Darnell no hay nada que hacer más que beber, drogarse y follar.

—¿Cómo dices?

—Oye, que no quiero molestarte.

Me quedé pensando en lo que acababa de decirme y en que los padres nunca se imaginan que sus hijos van a ir por el mal camino.

—A lo mejor podrías llamar a Teddy Boy hoy mismo —propuse.

—Me pongo. Oye, ¿sabes los dos enanos eso?

Sal podía cambiar de tema con agilidad de un congresista.

—¿Victor y Hugo?

—Los mismos —respondió.

—¿Qué les pasa?

—Que van a venir a mi fiesta.

—Ya me he enterado.

—En carne y hueso.

—No seas tan explícito —contesté—. Y mejor que les digas a tus muchachos que no se burlen de ellos. Son de armas tomar.

—No, si ya les he avisado. Esos enanos acabaron con Joe DeMeo.

—Prefieren que los llamen «personas de baja estatura» —informé.

—Y yo prefiero los sobres bien grandes.

Se refería a los sobres de aportaciones que esperaba que llevaran a la fiesta sus subalternos y sus invitados especiales.

—Me he portado bien contigo —recordó—. Y esto de hoy, lo de tu hija, es otro ejemplo. La generosidad abre, ¿cómo se dice?, las puertas del cielo.

—En este caso, las de tu casa.

—Justo lo que quería decir. Vamos, que me sorprendas —pidió—. Y mucho.

El mundo de Sal era tormentoso y la lealtad se medía en billetes o en cadáveres. Mi costumbre era estar más que a la altura en ambos frentes.

—¿Sorprenderte? —dije—. ¡Sal, voy a dejarte boquiabierto!

—No pido más.

7

La consulta de la doctora N. Crouch estaba en Newark, estado de Nueva Jersey, en la esquina de Summer y la Siete, a la salida de la interestatal 280. La compartía con una psicóloga infantil que se llamaba Agnes Battle y que se encontraba sentada en la recepción cuando llegué. Me indicó cuál era la puerta de la doctora y entré.

La doctora N. Crouch se puso en pie y me tendió la mano. Nos identificamos y sin especificar mucho señaló una zona donde había varios sillones, diciendo:

—Póngase cómodo, haga el favor.

Eché un vistazo rápido a la consulta. El ciruela oscuro era el color dominante, excepto en la pared del fondo, que estaba pintada de marrón claro con delicados hilos negros, para dar un acabado de imitación de corcho. Allí mismo tenía colgados varios certificados profesionales, incluido el título de la Facultad de Medicina de la Universidad de Pittsburgh. Todo era moderno y estaba nuevecito, excepto el perchero de madera del rincón de la entrada, que era una antigüedad.

Elegí una butaca de piel acolchada con el respaldo alto y me instalé.

—El doctor Hedgepeth mencionó un posible dolor psicosomático —empezó la doctora N. Crouch.

Si Darwin, mi coordinador en el Departamento de Seguridad Nacional, se enteraba de que iba a ver a una psiquiatra encargaría que me mataran. Eso lo tenía claro, así que estaba reticente a tirarme directamente a la piscina. Me quedé mirándola en silencio.

Vestía una falda de volantes azul marino, con una chaqueta a juego que llevaba abierta. La blusa era de seda color crema y de cuello redondo. Las dos vueltas de collar de oro blanco enroscado colgaban modestamente en el centro del pecho.

—Señor Creed, puede permanecer callado si lo desea, aunque le informo de que yo cobro de todos modos.

Dicho eso, cerró la boca y se quedó mirándome. La experiencia me decía que a las mujeres no les gustaba estar calladas durante mucho tiempo, por lo que me sorprendió que permitiera que siguiéramos observándonos en el más absoluto de los silencios durante veinte minutos.

—Me parece que me cae usted bien, doctora Crouch —anuncié por fin.

—Me alegro de oírlo, señor Creed.

—Llámame Donovan.

Asintió y de nuevo nos quedamos callados hasta que se dio cuenta de que le tocaba hablar.

—Donovan, en cierto sentido mi profesión se parece a la de los dentistas.

—¿Y eso?

—Lo mismo que un dentista, no puedo empezar a ayudarte hasta que abras la boca.

Hice un gesto de afirmación.

—Aquí hay varios sillones y el paciente puede elegir el que prefiera —continuó—. Yo me desvinculo a propósito del proceso de selección, porque la preferencia ya me dice algo sobre el paciente.

—Ajá.

—Por ejemplo, el que has elegido tú me indica que estás acostumbrado a controlar la situación, lo que suele estar relacionado con una falta de confianza. Es evidente que te cuesta bajar la guardia para poder hablar de tu vida privada con una completa desconocida.

—Está bien visto —contesté—. ¿Por qué no me cuentas algo de ti y así ya no seremos desconocidos?

—Con el debido respeto, Donovan —sonrió—, esta sesión se centra en ti. Sería muy poco profesional por mi parte hablarte de mi vida privada. Y, lo que es más importante, cuanto menos sepas de mí más facilidad tendrás para revelar tus sentimientos.

—Muy bien. No me lo digas. Puedo descubrir todo lo que tengo que saber con solo echar un vistazo a esta habitación.

—¿De verdad? ¿Tan perspicaz eres?

Me di cuenta de que la doctora N. Crouch estaba a punto de burlarse de mí, a pesar de que hacía grandes esfuerzos para que el tono de voz no traicionara sus emociones.

Me levanté.

—¿Hago una demostración? —propuse.

—Si lo consideras necesario.

—Veo en tu cara que has sido guapa toda la vida, pero ahora ya tienes una edad, cincuenta y muchos, y en la ropa y el peinado se nota que lo llevas bien. Has envejecido con elegancia y te crees más lista que tus amigos, incluso los que te han superado profesionalmente. Solo tienes una fotografía encima de la mesa, dos jovencitos que parecen mitad japoneses. Son tus hijos, pero ni tú ni su padre aparecéis en la imagen. Si la hubiera sacado tu marido, saldrías tú. Si la hubieras sacado tú, saldría él. Si tu marido hubiera muerto, tendrías su fotografía encima de la mesa. Como no lo veo por ningún lado, deduzco que estás divorciada. En función de tu edad y de la edad a la que debiste de tener a los niños, calculo que la fotografía es de hace unos diez años. No la has cambiado por una nueva porque te recuerda una época más feliz.

La miré para ver si estaba impresionada. Si lo estaba, lo disimulaba bien. Daba igual, aún me quedaba mucho por decir.

—Haces un esfuerzo para actuar con corrección en todo momento —proseguí, señalando el título de la pared—. Te ocultas detrás del nombre «N. Crouch» porque consideras que «Nadine» queda muy paleto. Estás acomplejada porque los colegas de tu generación estudiaron en universidades prestigiosas y tú tuviste que conformarte con la de Pittsburgh. Tienes la impresión de que estás desaprovechada.

—¿Y eso por qué?

—No veo ni libros ni artículos tuyos expuestos, lo que quiere decir que no has publicado nada. ¿Qué clase de psiquiatra de postín no ha publicado nada a tu edad?

N. Crouch frunció los labios.

—Entiendo. ¿Algo más?

—Tus hijos se han ido a la universidad o ya trabajan y no te llaman tanto como te gustaría. Para compensar, tienes dos perros.

—Pero ¿cómo? ¿No sabes la raza?

—Son akitas —contesté con una sonrisa—. Perros japoneses que trajeron a este país los soldados que volvían de la segunda guerra mundial. Dos hermanos de la misma camada.

Hice una reverencia y volví a sentarme en la butaca de piel con el respaldo alto. Puede que la sonrisa fuera entonces de satisfacción.

—Es increíble, Donovan —aseguró—. Increíble de verdad.

—Bueno, muchas gracias, Nadine.

—Has tomado buena nota de todo lo que está a la vista y has conseguido equivocarte en absolutamente todo. Menos en una cosa.

—Ni de coña —respondí, sin dejar de sonreír.

—Tengo ya más de sesenta años, no cincuenta y muchos —empezó N. Crouch, tras ponerse en pie—. No me considero más inteligente que mis amigos, aunque ninguno me ha superado profesionalmente. La fotografía de la mesa es de los hijos adoptivos de mi hermana. No estoy divorciada porque no me he casado. No soy del Medio Oeste, sino de Miami. Los colegas de mi generación estudiaron en muchos sitios distintos, pero yo fui a la Facultad de Medicina de la Universidad de Pittsburgh, que resulta ser la más importante de Estados Unidos. Solamente en el año 2005 recibió ciento ochenta becas de los Institutos de Sanidad Nacionales por un total de más de setenta y seis millones de dólares.

»Y, por cierto —añadió, mientras abría el cajón inferior de la mesa—, no oculto mi nombre de pila y sí que he publicado.

Sostenía un libro titulado *La compensación cognitiva en el funcionamiento neuropsicológico* y señaló el nombre de la autora: «Dra. Nadine Crouch.» De repente se quedó inmóvil.

—¿A qué viene esa sonrisita de satisfacción? Pareces el tonto del pueblo —comentó, y entonces lo entendió todo—. Mierda. Has conseguido que te contara mi vida.

—No te lo tomes muy a pecho.

—Probablemente ya conocías el libro.

—Te he buscado en Google antes de pedir hora.

—Voy a tener que vigilarte con mucha atención, Donovan. Estás hecho todo un manipulador.

—Gracias.

—¿Te lo tomas como un cumplido?

—¿Y qué cosa es? —pregunté entonces.

Puso cara de sorpresa.

—Has dicho que me había equivocado en todo menos en una cosa. ¿Qué es?

Se sonrió.

—Espera, ya lo sé —dije, sonriendo yo también—. He acertado al decir que has sido guapa toda la vida.

Sonrió más abiertamente y la miré inclinando la cabeza.

—Pero, bueno, doctora N. Crouch, ¿acaba usted de guiñarme un ojo?

Y así empezó mi relación profesional con Nadine.

8

De Teddy Boy Turner se contaba que le había picado el gusanillo del juego mucho antes de empezar a servir copas en el Grantline Bar & Grill de Darnell. Siendo adolescente se había dedicado a cortar césped y lavar coches hasta reunir el dinero suficiente para empezar con las apuestas deportivas.

En el mundo del juego, ganar siendo joven suele llevar a la ruina unos años después, y la experiencia de Teddy Boy no era una excepción. Estaba sumido en una mala racha que había dejado su vida en serio peligro. Tenía tantas deudas que jamás podría pagarlas con el sueldo del Grantline, y encima con Salvatore Bonadello, uno de los mafiosos más importantes y más famosos de todo el país.

Teddy Boy vivía con miedo constante de que un día se presentaran unos gorilas justo antes de cerrar y le exigieran que pagara.

Estaba preparado para que le rompieran un brazo o una pierna, incluso un par de costillas, pero no para recibir una llamada telefónica del mismísimo Sal Bonadello en persona.

Según Sal, la conversación fue la siguiente:

—Me he puesto a echar un vistazo a tu cuenta.

—Hago lo que puedo, señor Bonadello, pero necesito un poco más de tiempo.

—Supongo que te gustaría hacer, ¿cómo se dice?, borrón y cuenta nueva.

Teddy Boy lo meditó.

—Puedo darle una paliza a alguien con un bate de béisbol si quiere, pero no soy profesional —reconoció—. Nunca me he cargado a nadie ni nada.

—No, no se trata de eso. Necesito información y un favor. Si te portas bien, puede que te perdone lo que me debes. ¿Qué te parece?

—Sería como volver a nacer, señor Bonadello. No es por quejarme, pero trabajo día y noche solo para pagar los intereses. No he logrado rebajar para nada el grueso de la deuda.

—¿Conoces a un tal Charlie Beck?

—Todo el mundo conoce a Charlie.

—¿Es amigo tuyo?

Teddy Boy hizo una pausa.

—En principio no, a no ser que lo diga usted, señor Bonadello.

—Buena respuesta. ¿Lo has visto por tu local con alguna chica?

—Sí, claro. El tío liga mucho. Se parece un poco a Tom Brady.

—¿Alguna vez lo has visto con una adolescente? Es rubia, con el pelo corto, se llama Kimberly Creed.

—Que yo sepa, no —contestó Teddy Boy.

—Menuda decepción, Ted. Y yo que tenía la esperanza de poder ayudarte con ese, ¿cómo se dice?, ese funesto problema que tienes.

Hubo un silencio prolongado y luego Teddy Boy carraspeó y dijo:

—Bueno, corre por ahí un rumor.

—¿Ted?

—Sí, señor Bonadello?

—Dime algo que me resulte útil.

9

Ned Denhollen se despertó confundido y desorientado. Se miró un brazo y luego el otro, tratando de orientarse. Probablemente recordaba que había encendido la alarma, había cerrado la farmacia y había empezado a cruzar el aparcamiento en dirección a su coche. Y de repente estaba allí, tumbado boca arriba en el suelo de una habitación que no conocía de nada... ¿Cómo era posible?

Tenía las dos muñecas esposadas a sendas argollas clavadas en el suelo, una a cada lado.

Levantó la cabeza y me vio sentado en una silla colocada encima de sus piernas.

Se puso a dar coces para volcar la silla, pero entonces se dio cuenta de que también le habían encadenado los tobillos al suelo.

Sacudió la cabeza con furia y echó el pecho hacia arriba unas cuantas veces con la intención de demostrar que era todo un luchador, que no se dejaba intimidar con facilidad. Claro que en realidad Ned no era nada luchador y sí se dejaba intimidar con facilidad. Precisamente por eso enseguida dejó de rebelarse y empezó a lloriquear.

—¿Quién es usted? —gimoteó—. ¿Qué quiere? ¿Por qué me ha hecho esto?

—Ned —contesté con un suspiro—, he venido porque me preocupa mi hija.

Dejó de sollozar de sopetón. Sin duda se creía que era un demente.

—¿Qué ha dicho?

—Me llamo Donovan Creed, soy el padre de Kimberly. Te daría la mano, pero...

«Sí, claro que sí —debió de pensar—, ¡pero es que la tengo encadenada al suelo!»

Me miró con mucha atención, como si tratara de ubicarme analizando mis rasgos. Le parecía evidente que estaba ante un desequilibrado, pero ¿sería capaz de asesinarlo? Prefería no tener que descubrirlo.

—No conozco a su hija, señor Creed, se lo juro por lo más sagrado. Yo estoy felizmente casado. Creo que me ha confundido con otro.

—¿Eres el farmacéutico?

—Sí, sí, trabajo en la farmacia Anderson aquí en Darnell.

—¿Por qué crees que aún estamos en Darnell?

—¡Ay, por el amor de Dios!

—Voy a contarte de qué va todo esto, Ned. Tú y yo vamos a terminar con lo que ha pasado últimamente en Darnell, antes de que afecte a mi hija o a sus amigas.

—No entiendo por qué hace usted esto, señor Creed.

—Si te parece que disfruto... —contesté, con otro suspiro, y me detuve.

Ned había empezado a tiritar.

—¿Estás cómodo, Ned?

—¿Cómo dice?

—Si quieres te traigo una almohada y una manta.

—¡Si querías que estuviera cómodo, no haberme encadenado de manos y pies al suelo, hijo de puta! —gritó.

—No te culpo por enfadarte, pero vamos a ir avanzando, si te parece. Sé por una buena fuente que vendes drogas.

—Conozco a tu hija Kimberly —reconoció entonces Ned—, le he despachado alguna receta, pero jamás le vendería drogas ilegales. Pregúntaselo, si no me crees.

—No me refiero a Kimberly —contesté, pero entonces se me ocurrió algo completamente distinto—. ¿Kimberly toma la píldora?

Ned lo pensó un momento.

—Que yo sepa, no.

—La verdad es que no es asunto mío —respondí, tras mirarlo durante un buen rato—, pero me alegro de saberlo.

—Mira, vendo medicamentos, soy farmacéutico, pero solo medicamentos. No trafico con drogas.

Mantuve la voz firme y proseguí.

—Mi hija sale con un chico, un tal Charlie Beck, que tiene veintiún años y es hijo de un abogado de Darnell, Jerry Beck. ¿Conoces a ese Charlie?

—No, de verdad que no —aseguró Ned apretando los dientes, mientras trataba de controlar la rabia.

—Charlie es atractivo, tiene mucho éxito con las chicas. A ver si me entiendes, Ned: es un ligón empedernido.

—Siento mucho lo que me cuentas, en serio, pero yo estoy casado. Mi mujer estará preocupadísima. ¡Suéltame, por favor! Te juro que no le he hecho nada de nada a tu hija. ¡Por favor! No sé de qué va la historia esa de las drogas, te lo juro por Dios.

—¿Lo ves, Ned? Por eso precisamente he tenido que encadenarte. Y por eso puede que tenga que matarte.

—¿Qu... qué?

—Es que ni en estas circunstancias eres sincero conmigo.

—¿Cómo puedes decir eso? —gimoteó.

—Háblame de tu primo.

—¿Mi primo?

—Bickham Wright.

Ned se quedó blanco como el papel.

—Joder —exclamó.

—Eso, joder. Mira, voy a ahorrarte trámites. Los hechos ya los conozco. Lo que me interesa es enterarme de los detalles.

Saqué una jeringuilla del bolsillo, le quité el capuchón y le di unos golpecitos al émbolo para expulsar el aire que pudiera contener. Ned puso los ojos como platos.

—¿Qué contiene eso?

—Una dosis mortal.

—Vale, para. Te lo cuento todo.

—Ya me parecía a mí.

—No conozco personalmente a ninguna de las mujeres a las que han drogado —empezó—, pero sí sé algunos nombres. Estoy seguro de que a Kimberly no le han hecho nada.

—¿Y eso?

—Es menor.

Detecté algo en su mirada.

—¿Qué es lo que no me cuentas, Ned?

Cerró los ojos y se estremeció. Cuando volvió a hablar le temblaba el labio inferior.

—Sé que mataron a una. Erica Chastain.

—¿Quién fue?

—Bickham y Charlie.

—¿Qué hicieron con el cadáver?

—Lo enterraron por algún lado, en las montañas, donde les gusta ir a cazar.

—¿Y eso te lo han contado ellos?

—Cuando desapareció Erica hubo una investigación.

Mucha gente se acordaba de haberla visto en el Grantline. Le dije a Bickham que nunca más.

—¿Cerraste el grifo?

—Pues sí.

—Pero te amenazó.

—Me dijo que, si los detenían, todos me inculparían. Estaba metido hasta el cuello y me habrían condenado a una buena temporada entre rejas. Lo habría perdido todo.

—Han drogado a muchas chicas, ¿no?

Ned asintió.

—Y todas tienen una cosa en común. ¿Sabes lo que es?

—No sé muy bien adónde quieres...

—Todas tienen un padre, Ned.

Se quedó callado un rato y cuando por fin habló su voz estaba cargada de arrepentimiento.

—Lo siento. Ojalá pudiera... —Le costaba seguir. Se echó a llorar y luego se tragó las lágrimas—. Lo siento... en el alma.

No supe qué contestar, así que no abrí la boca.

—Bueno... ¿Y ahora qué? —preguntó entonces Ned, haciendo un esfuerzo para que no se le notara el miedo.

—Ahora vas a contarme exactamente cómo funciona la cosa. No te dejes nada. Empieza soltando los nombres.

—¿Los nombres?

—Los nombres de los miembros.

—Los miembros...

—Pues claro, Ned. Los miembros del Club del Polvazo.

—Yo no quería que pasara todo eso —replicó, estremeciéndose—, pero...

—Pero ha pasado, Ned. Y tú lo has permitido.

—Muy bien —aceptó, con voz cansada. Había tirado la toalla—. Voy a contarte todo lo que sé. ¿Y luego?

—Y luego pondré fin a tu sufrimiento. —Hice una breve pausa y se me ocurrió algo—. ¿Tienes póliza de seguros?

Ned se sonrió abatido.

—La cobré. Es que todo este asunto empezó precisamente porque me hacía falta más dinero.

—¿Por cuánto era?

—En caso de muerte habrían pagado cien mil.

Asentí.

—Cuéntame lo que quiero saber y me encargaré de que tu mujer reciba cien de los grandes.

—¿Quieres decir...?

—Pues eso, que los pago yo.

—Anita.

—¿Qué?

—Mi mujer. Se llama Anita.

10

Al mirarla, recordaba todo lo que de verdad importabà. Acababa de empezar la tarde. Volvía a estar en North Bergen, donde Kathleen tenía alquilada una casita. Bueno, media, porque estaba dividida en dos. Su mitad era tan pequeña que al entrar por la puerta oí correr el agua de la ducha. Crucé el salón hasta el único dormitorio que había y me fijé en el montón de ropa de encima de la cama, seleccionado por Kathleen para el viaje. La habitación tenía el doble de superficie que una celda corriente, de modo que cabía una cama de matrimonio, una mesita de noche y una cómoda mediana. Al fondo estaba la puerta del baño. La entreabrí unos centímetros y eché un vistazo. La mampara de la ducha era de cristal estriado. El vapor del agua caliente lo había empeñado bastante, pero aun así distinguí su silueta y se me aceleró el corazón. Sin hacer ruido di un paso atrás y cerré, para no sobresaltarla.

Cuando se cortó el chorro de agua la llamé. Al cabo de un momento abrió la puerta y apareció envuelta en una toalla. Cruzó el dormitorio con elegancia, salió al pasillo y ajustó el termostato para bajar la temperatura. Luego se tiró encima de la cama, donde ya la esperaba yo.

Al cabo de un rato se levantó y yo recosté la cabeza sobre un brazo, como solía hacer, para disfrutar del panorama de su trasero. Kathleen levantó los brazos bien alto y se desperezó, arqueando la espalda, completamente inconsciente de su sensualidad. Qué típico de ella era transformar una actividad sencilla en un momento determinante. Todavía de espaldas a mí, pasó los pies por los agujeros de las bragas y agitó un poco la mitad inferior del cuerpo para pasarlas por encima de las caderas.

Regresó al baño y se puso a secarse el pelo. Traté de determinar qué era lo mejor de Kathleen y no pude. En una palabra, era espectacular, y estaba convencido de que todo el que la conociera aquella noche en la fiesta de Sal se enamoraría automáticamente de ella.

Mientras miraba cómo se peinaba pensé en la absoluta comodidad que sentía en su presencia. Y entonces me di cuenta de algo: llevaba ya una hora en casa y no habíamos sentido la necesidad de intercambiar una sola palabra.

A las cuatro ya había subido el tren de aterrizaje del Lear 45 que había alquilado a Recursos Sensoriales, la división dirigida por mi coordinador, Darwin. Por lo general me las arreglaba para utilizar gratis los aviones de Sensoriales, incluso cuando no me dirigía a cumplir una misión suya, pero aquel vuelo nos llevaba a la fiesta de cumpleaños de un conocido delincuente y Darwin no quería arriesgarse a que lo vincularan con algo así.

Hacia las seis llegamos a mi hotel preferido de Cincinnati, el Cincinnatian. Mientras yo me lanzaba sobre el minibar, Kathleen empezó a desnudarse.

—¿Otra vez? —pregunté.

—Tranquilo, fiera. Es que voy a darme la ducha de verdad.

—¿Y la que te has dado hace unas horas era de mentira?

—Esa era para ti. Esta es para la fiesta.

11

—¿Dónde están todos los federales? —quiso saber Kathleen cuando nuestra limusina extralarga cruzó las puertas del recinto y tomó el prolongado camino de acceso a la mansión de Sal.

En los viejos tiempos, el FBI y la policía local se habrían apostado a los pies de la colina para anotar números de matrícula y sacar fotos a todos lo invitados.

—Hoy en día la mafia vive más feliz —contesté—. Al FBI le interesan más los terroristas. En cuanto a las fuerzas del orden de Cincinnati, piensa que el alcalde y el jefe de la policía suelen pasarse a brindar por el anfitrión.

—¿Y no hay metralletas? —preguntó, frunciendo el ceño.

Había cometido el error de mencionarle la fiesta de Sal una semana antes y se había empeñado en acompañarme. Tenía la firme determinación de mantener aquella parte de mi vida en secreto ante Kathleen, pero después de que se pasara dos días haciendo pucheros con gran profesionalidad mi voluntad se había quebrado. Además, en el fondo me interesaba ver su reacción al conocer a Sal. ¿Sería capaz de moverse con soltura en una fiesta del hampa?

—Puede que veas a algún que otro sujeto armado —comenté.

Kathleen parecía fascinada ante la perspectiva de conocer a un capo mafioso. Durante los últimos días me había hecho un centenar de preguntas sobre mi relación con Sal. Le había mentido por omisión, por comisión y por cualquier otro sistema posible. Al final había dado a entender que el Departamento de Seguridad Nacional tenía una alianza oficiosa con la mafia, que nos había ayudado a identificar y localizar a sospechosos de terrorismo. Le había dicho que acudir al cumpleaños de Sal era beneficioso para el departamento y le había preguntado si estaría dispuesta a actuar con un mago en la fiesta. Tras informarse de lo que tenía que hacer, Kathleen accedió encantada. Y empezó a hablar con tópicos reciclados de películas de gánsteres.

—¿Va a acercarse alguien a hacernos una oferta que no podamos rechazar?

—No creo.

—¿Y se pondrán a hablar de «fiambres» y a llamar a las chicas «muñeca»?

—No creo.

Llegamos hasta la entrada principal y nos detuvimos. El chófer bajó, dio la vuelta al vehículo y nos abrió la puerta. Kathleen llevaba un vestido de fiesta, así que yo salí antes e hice las veces de escudo de decencia.

—¿Puedo llamar «rata de alcantarilla» a alguien? —susurró mientras bajaba a mi espalda, y aunque traté de no sonreír no lo conseguí.

—Dilo —pidió.

—¿El qué?

—Que yo también tengo gracia.

—No tienes gracia.

—¡Mentira cochina!

Subimos los escalones y entramos en la casa. Recordaba hasta el último recoveco de cuando la había conocido dos años antes: había forzado la entrada y me había instalado en el desván durante una semana.

La fiesta estaba en su apogeo. Algunos invitados iban medio borrachos, por ejemplo el jovencito de Dayton con un futuro prometedor que me gritó:

—¡Eh, Creed! Sí, es a ti. ¿Te crees que eres la hostia? ¡No eres nadie!

A mi lado noté que el cuerpo de Kathleen se tensaba.

Lo miré con severidad y se le volvieron locos los ojos. Empezó a acercarse. Por suerte para él, su padre lo agarró del cuello de la camisa y se lo entregó a sus gorilas.

—Mi hijo es un maleducado —afirmó Sammy Santoro, apodado *el Rubio*—. Haga el favor de disculparlo, señor Creed. Habla así por culpa del alcohol. No tendría que haberlo traído.

Lo miré sin decir nada. Habíamos dado quizás unos diez pasos por la casa de Sal y ya había estado a punto de que alguien me pusiera en evidencia.

Estaba claro que Sammy, asesino de renombre por derecho propio y capo del entramado de Sal, estaba nervioso, casi encogido de miedo. Llevar a Kathleen a aquella fiesta había sido un error. No quería ni pensar qué se le pasaría por la cabeza. Sin duda se preguntaba por qué aquellos hombres de armas tomar me tenían tanto miedo.

—Estoy dispuesto a ofrecer una reparación, señor Creed —dijo Sammy.

Me acerqué y le susurré algo al oído. Hizo una reverencia, me dio mil gracias y se alejó andando de espaldas.

—Pero ¿qué diablos le has dicho a ese hombre? —preguntó Kathleen.

—Pues que su hijo ha estado estupendo.

—¿Qué quieres decir?

—Es todo parte del espectáculo —expliqué—. Sal contrata a gente para dar ambiente. Está todo preparado, como cuando vas a un pueblo del Oeste y estalla un tiroteo en la cantina.

El vestíbulo daba al salón, que era enorme y estaba decorado en blanco. Antes de entrar nos quedamos atascado en el tráfico de invitados durante un minuto.

—¿Tú crees que esta noche puede estallar un falso tiroteo? —preguntó Kathleen.

—Si se da el caso, tú sigue el juego —recomendé.

Miré por encima de sus hombros y vi a Sammy *el Rubio* y sus gorilas, que sacaban a rastras al borracho. Uno de los guardaespaldas cubría la boca del chico con una mano muy carnosa para que yo no oyera los insultos que trataba de lanzarme.

Reconocí a Jimmy Remini, apodado *el Perla*, a nuestro lado.

—Hola, Jimmy —saludé.

Se volvió para ver quién hablaba. Al reconocerme palideció.

—¿Jimmy?

El Perla se había quedado mudo.

—No pasa nada, Jimmy —dije, tendiéndole la mano—. He venido de invitado y quería saludarte.

Jimmy soltó el aire con un alivio evidente.

—Joder, qué susto. No te veía desde... —empezó, pero se detuvo para meditar sus palabras.

—Desde lo de aquella vez —dije, para echarle un cable.

—Sí, claro. Aquello.

Presentamos a nuestras parejas y Kathleen preguntó:

—¿Qué es lo de aquella vez?

—Hasta luego, Jimmy —me despedí—. Buenas noches, señora Remini.

Se alejaron dando unos pasitos hacia atrás, con rapidez pero sin perder la compostura.

—¡Muy buen actuación, Jimmy! —gritó Kathleen.

Jimmy *el Perla* y su señora sonrieron, asintieron y siguieron andando hacia atrás.

—Parecían simpáticos —comentó.

El gran salón era amplísimo, con una altura de siete metros. Por encima solo quedaba sitio para una cámara de aire, cosa que yo sabía de primera mano. Durante la semana que había pasado allí «de visita» me había concentrado en el desván de encima de los dormitorios, donde había suficiente espacio para ponerse de pie y había logrado llevar una vida relativamente cómoda. Por la noche tenía que quedarme encogido y en silencio, por descontado, pero cuando la familia salía podía moverme y hacer algo de ruido. Mi primera tarea había sido dirigir una parte del calor y de la ventilación al desván. Luego había conectado una toma de teléfono para poder grabar todas las llamadas entrantes y salientes del fijo de la casa.

Kathleen se fijó en el recargado cuadro que había encima de la chimenea.

—¿Es la mujer de Sal, Marie? —preguntó.

—Sí.

—Parece muy joven. ¿Cuánto hace que la retrataron?

—Puede que quince años.

Una jovencita se acercaba directa hacia nosotros entre la gente.

—¡Es guapísima, Donovan! —chilló Kathleen.

—¡Vaya que sí lo es! Kathleen, te presento a Liz Bonadello, la hija de Sal.

Liz era alta y hacía gala de una gran belleza italiana. Tendría más o menos la edad de Kathleen, unos treinta y cinco años. Verlas interactuar socialmente era una maravilla. En apenas dos minutos iniciaron y desecharon media docena de temas de conversación y acabaron enfrascadas en un animado debate que generó sus buenas risas, como si se conocieran desde hacía años.

Liz vivía por su cuenta, pero Sal y Marie siempre tenían lista su antigua habitación, para cuando iba a visitarlos algún que otro fin de semana. Durante las seis noches que viví escondido en el desván Liz solo durmió en la casa una. Después del primer día, tras haber terminado mis ruidosas tareas, tuve oportunidad de relajarme y disfrutar de la mansión. En momentos así, cuando Sal y Marie habían salido, descolgaba la escalerita del desván, bajaba y hacía una incursión en los armarios de la cocina o en la nevera, me daba una ducha y utilizaba el ordenador viejo de Liz.

Las dos mujeres concluyeron su conversación y prometieron mantener el contacto.

—¿Qué te ha parecido? —pregunté, cuando Liz ya se alejaba.

—Tiene clase, un cutis aceitunado y una buena delantera, y sabe de moda —contestó Kathleen.

—¿Siempre os dais esos repasos las unas a las otras?

—Siempre. ¿De qué planeta eres?

—¿Qué crees que pensará de ti en este momento?

—Que tengo clase, un cutis de porcelana, poca teta y un novio cañón.

—Voy a brindar por eso —repliqué—. Sobre todo por lo último.

—Y yo. Bueno, ¿dónde está la barra?

—Allí —contesté, señalando la puerta que daba a la terraza.

Una vez fuera comprobé que Sal se había superado ampliamente. La terraza lucía el resultado de una decoración profesional, con espléndidas columnas, setos recortados con formas de animales y cientos de lucecitas blancas que le daban un aire de país de ensueño. Los manteles eran de hilo con textura y había centros de mesa de orquídeas recién cortadas. Las sillas estaban forradas de tela blanca con bandas de organza azul cobalto. La barra tenía como mínimo seis metros de largo y la atendían tres camareros que iban de un lado para otro.

A pesar de que el personal era numeroso y eficiente, tardamos diez minutos en conseguir una copa. Mientras esperaba, me volví y contemplé la casa. Las cortinas de la parte trasera estaban descorridas, con todas las luces encendidas, de modo que vi el interior del dormitorio de Sal y Marie.

Si me había ocultado en su desván había sido por algo. Le habían dado información errónea sobre mí y había decidido liquidarme, así que se me había ocurrido que aquel era el escondite más seguro. Le pinché los teléfonos, perforé agujeritos en los techos de las distintas habitaciones e instalé cámaras estenopeicas. El objetivo era descubrir cuál de sus jefecillos había le había soltado las mentiras sobre mí, para luego dar con él y torturarlo hasta que confesara. Si eso no salía bien, ya pasaría a matar a Sal. Al final resultó que no tuve que esperar mucho. Tras seis noches en la casa, mientras Sal y Marie dormían en su cama, oí que dos individuos forzaban la entrada. Gracias a las camaritas los vi avanzar sigilosamente hacia el dormitorio principal pistola en mano. Me coloqué encima de la cama. Cuando encendieron la luz agarré un arma con cada mano y salté sobre el espacio que quedaba entre los tablones del suelo y lo rompí, con lo que aparecí por el techo de Sal y empecé a pegar tiros. Me cargué a los dos aprendices de asesino y luego me enteré de que los había mandado Artie Boots, que era quien había tratado de tenderme una trampa.

Lo lógico habría sido que Sal se mostrara agradecido, pero había tardado una eternidad en perdonarme. Uno de los motivos por los que finalmente había empezado a confiar en mí era el hecho de que, con la ayuda de Victor y Hugo, había vencido a Joe DeMeo. Había accedido a varias cuentas de Joe en paraísos fiscales, en las que había millones de dólares, y le había traspasado a Sal la mitad de todo lo que había robado.

Puede que el dinero no dé la felicidad, pero en buenas cantidades permite comprar lealtades.

Cuando ya nos alejábamos de la barra vi a Sal y Marie concediendo audiencia en el otro extremo de la terraza. Uno a uno, los mafiosos se le acercaban, lo besaban en las mejillas y le entregaban sobres. Sal les daba la mano, intercambiaba un par de frases con ellos y sonreía sin descanso. Cuando el invitado se alejaba, Sal miraba qué había en el sobre y decía algo a Chuletón o a Feroz, sus guardaespaldas. El primero hacía una anotación en un librito de contabilidad, probablemente la cuantía de las distintas contribuciones. A continuación Sal depositaba el sobre en cuestión en una gran caja de madera colocada sobre una mesita y vigilada por el segundo.

A Kathleen y a mí nos impresionó especialmente el jardín.

En el centro de la terraza había ocho amplios escalones por los que se bajaba al solárium y a la piscina, que habían cubierto para la ocasión con una enorme plataforma que hacía las veces de pista de baile. En el cenador, junto a la caseta de la piscina, se había instalado una orquesta de swing formada por ocho músicos que aún no habían empezado a tocar. Por el momento, la música corría a cargo de una curiosa pareja de señores muy mayores. Uno, el violinista, tenía una buena mata de pelo cano y llevaba las gafas negras más gruesas que he visto en la vida. Andaba entre la gente mientras tocaba, pero cada vez que veía a una mujer atractiva se detenía para susurrarle algo al oído. El otro, el guitarrista, miraba de soslayo y con cara de pocos amigos a los invitados, como un amante celoso, y hacía lo posible para mantener el ritmo de su compañero, tanto musical como espacialmente.

—Me encantan los músicos —comentó Kathleen—. ¡Son monísimos!

—Monísimos —repetí.

—Sí, hombre, míralos. Deben de tener ochenta años.

Los miré bien. En realidad los conocía, y «monísimos» no me parecía el adjetivo más adecuado. Johnny D. y Silvio Braca eran un par de octogenarios tan capaces de tocarte una balada romántica como de machacarte la rótula.

—A saber qué les susurrarán a todas esas mujeres —dije.

Kathleen me sonrió de oreja a oreja.

—Pues puedo ir para allá y enterarme —repuso.

12

Sal me vio entonces y me hizo un gesto para que nos acercáramos. Fuimos esquivando gente hasta llegar a su lado.

—Esta es mi mujer, Marie —informó a Kathleen.

—Y esta, Kathleen —anuncié yo.

Saludé con un asentimiento a Feroz y a Chuletón, que me lo devolvieron con bastante parquedad.

Sal hizo una reverencia y le besó la mano exageradamente. Luego dio un paso atrás y la ojeó de arriba abajo como un inspector cárnico al tratar de decidir si estaba ante una primera calidad o una calidad suprema. Ganó lo segundo.

—Ah —exclamó, relamiéndose—. Has estado muy fino, Creed.

—Déjalo ya, Sal, que la pobre chica está incómoda —pidió Marie, y dirigiéndose a Kathleen añadió—: No le hagas caso. Se cree un semental.

Kathleen sonrió.

—Lo digo en serie —insistió Marie, con una mirada muy severa—. ¡No le hagas ningún caso!

Kathleen me miró de reojo, confundida.

—Marie, es la novia de Creed —dijo Sal, insistiendo en la palabra «novia» con un arqueamiento de cejas, y cuando su mujer hizo un gesto de escepticismo insistió—: Por el amor de Dios, que van a adoptar una niña.

La actitud de Marie cambió al instante.

—¿En serio, Donovan?

—Sí, es verdad —confirmé.

—¡Tendréis que dejar que os ayude a preparar la boda! —soltó, sonriendo satisfecha a Kathleen.

—Coño, que no van a intercambiar, ¿cómo se dice?, votos de esos. Van a seguir viviendo en pecado como nosotros en nuestra época —dijo Sal entre risas, y le guiñó un ojo.

—Nosotros jamás hicimos nada parecido —resopló Marie. Se volvió hacia Kathleen—. ¿Es eso cierto? ¿No os casáis?

Antes de que la pobre pudiera pensar en una respuesta, Marie negó con la cabeza y nos abandonó para charlar con otros invitados.

—¿Has traído el sobre? —preguntó Sal.

—Algo mejor —respondí—, pero tenemos que entrar para poder dártelo.

—¿No jodas? ¡Pues vamos!

Ordenó a Chuletón vigilar el dinero e hizo un gesto a Feroz para que nos siguiera. Iniciamos la travesía entre la multitud que lo felicitaba y le daba la mano con exageración.

—¿Cómo sabías lo de la adopción? —pregunté por el camino.

—Tengo mis, ¿cómo se dice?, fuentes —se sonrió, y entonces preguntó a Kathleen—: ¿Alguna vez has visto luchar a este hombretón?

—Una vez lo oí.

—¿Cómo que lo oíste? ¿Qué quieres decir?

Kathleen me miró significativamente y lo aclaré:

—En Nellie's Diner. Con los matones de Joe DeMeo.

—¿Estabas allí? —se sorprendió Sal.

—Más o menos —respondió ella—. Estaba en el restaurante, escondida debajo de una mesa.

Entramos en el gran salón. Santo Mangano saludó con la mano desde el vestíbulo y gritó:

—¡Eh, Sallie!

Sal también agitó la mano.

—Es una cosa preciosa ver a Creed, ¿cómo se dice?, infligir daño físico —comentó—. Una vez estábamos en un sitio y un borracho que se dedicaba a las artes marciales se me echó encima sin el más mínimo motivo. Antes de que Feroz y Chuletón tuvieran oportunidad de reaccionar, Creed se abalanzó sobre él ¡y te juro por Dios que fue como ver a un ciclón pelearse con una cucaracha!

Kathleen me apretó el brazo y replicó:

—Si eso te parece impresionante, deberías verlo en la cama.

—¿No jodas?

—Sí —intervine—. Solo que en la cama la cucaracha soy yo.

Sal empezó a reír, pero de repente una voz atronadora se adueñó de los altavoces de la casa. Se estremeció ligeramente, pero no perdió los nervios. A nuestro alrededor, los mafiosos se echaron al suelo, tirando de sus mujeres, que chillaban mientras sus maridos se arrastraban hasta ponerse a cubierto. Desenfundaron las armas que llevaban en pistoleras ocultas en el tobillo o en la axila. Los camareros blandieron cuchillos, con lo cual se demostró que yo había acertado con mi suposición previa.

La voz era masculina y potente, como la ira de Dios.

—¡Los guerreros más poderosos no son los más imponentes físicamente! —bramó.

Se apagaron las luces y al fondo del vestíbulo empezaron a parpadear unos círculos de láseres azules. Volvió a oírse la voz del gigante.

—¡Ante ustedes, los guerreros más poderosos de la historia!

Apareció entonces una inmensa nube de humo y volvieron a encenderse las luces. Cuando se disipó el humo quedó una silla de ruedas en su lugar. No era un vehículo cualquiera, sino que estaba hecho con materiales de la era espacial y equipado con una serie de barras antivuelco, luces y todo tipo de artilugios electrónicos. A los mandos iba una persona de baja estatura con unas trenzas de rastafari gigantescas y una camiseta.

Victor.

A su lado montaba guardia el omnipresente y omnicabreado Hugo, «el pequeño general». Se trataba de su mano derecha, su confidente y su asesor en asuntos militares. Victor y Hugo eran hombres de baja estatura que soñaban con conquistar el mundo con su ejército de enanos. Si alguna vez lo conseguían se confirmaría finalmente aquello de que la esencia fina en frasco pequeño se vende.

Todas las miradas se volvieron hacia Sal.

—Calma, muchachos —pidió—. Esos pequeñines querían hacer una entrada, ¿cómo se dice?, clamorosa, así que les dije que se dieran el gustazo.

Docenas de gánsteres enfundaron sus pistolas avergonzados y entre dientes dedicaron fuertes amenazas a sus enfurecidas esposas.

Victor conectó algo en el brazo de la silla y la voz de la megafonía se suavizó:

—¿Podría disfrutar del honor de la compañía de Salvatore Bonadello durante un momento?

—Vamos a, ¿cómo se dice?, corresponder al pequeñín —propuso Sal, y echamos a andar hacia Victor y Hugo.

—Tengo que retocarme el maquillaje —anunció Kathleen, tal y como habíamos quedado—. ¿Me indicas dónde está el tocador?

—¿El tocador? ¡Menuda clase! —exclamó Sal.

Señaló una dirección que Kathleen siguió de inmediato.

—Así de golpe he pensado que quería que alguien la tocara —dijo Sal, mirándole el culo mientras pudo, hasta que mi novia desapareció de su campo de visión—. Qué pedazo de mujer. Te envidio: te levantas todas las mañanas y ves eso.

La voz del aparato de Victor pidió entonces:

—Reciban como se merece a mi criado, Merlín.

Nadie se movió lo más mínimo. Una vez más, todas las miradas se concentraron en Sal, que echó un vistazo al salón y gritó:

—Quiere decir que aplaudáis. ¡Un poquito de respeto, haced el favor!

Sal empezó a aplaudir y los demás, claramente confundidos, lo imitaron a regañadientes

Una mujer gritó detrás de los asistentes congregados y todo el mundo se volvió. Entonces el grito dio la vuelta a la estancia por los altavoces y los presentes se dieron cuenta de que Victor había creado una distracción para que apareciera el mago.

Merlín se dirigió hacia Sal. Feroz sacó una Magnum del 357 y se la colocó delante de la cara. El mago lo miró bastante intranquilo.

—¿No me habían dicho que no habría armas?

—Yo prefiero que la pistola se quede donde está, por si acaso —intervino Sal.

—Muy bien, pero que vaya con cuidado, por favor —respondió Merlín, haciendo acopio de valor—. ¿Podría darme un dólar?

—¿Qué coño dice este? —preguntó Sal a Victor—. Que es mi cumpleaños, joder. No me parece muy lógico soltarle pasta a este sujeto.

—Tan solo un dólar —insistió Merlín—. Le aseguro que no se arrepentirá.

—Más te vale.

Sal metió la mano en el bolsillo del pantalón y sacó un fajo de billetes que habría bastado para asfixiar a una rana con la boca enorme. Fue hojeándolos hasta dar con uno de un dólar, que extrajo y entregó a Merlín, cuya mano derecha estaba vacía un instante (yo vigilaba) y al siguiente tenía un rotulador.

Había visto a buenos magos, pero Merlín era excelente.

—Le ruego que firme el billete y así sabremos que es suyo.

—¡Pero si ya sé que es mío, gilipollas! —exclamó Sal, aunque de todos modos lo firmó.

Merlín lo cogió y lo sostuvo bien alto sobre la cabeza mientras daba varios pasos atrás.

—No le quites la vista de encima a ese tipejo —ordenó Sal a Feroz, que asintió y mantuvo la pistola apuntando al mago.

Entonces Merlín sacó un sobre, que también pareció surgir de la nada, metió el dólar dentro y lo rompió. En ese momento Feroz amartilló el arma.

Un nerviosísimo Merlín, que probablemente nunca había tenido que trabajar con tanta presión, logró terminar el truco. Dobló el sobre varias veces sin dejar de rasgar pedazos. Acto seguido lo desdobló. Estaba completamente intacto. Lo levantó por encima de la cabeza a la espera del aplauso.

Nadie hizo nada.

—¿Dónde está mi dinero? —preguntó Sal—. Estos tíos

pueden confirmar que no es buena idea deberme dinero.

De varios rincones del salón surgió alguna que otra carcajada nerviosa.

Merlín entregó el sobre a Sal. Dentro había un cheque certificado por cien mil dólares.

Los invitados prorrumpieron en un alegre aplauso entre vivas y silbidos. Del primero al último entendían lo que quería decir un cheque certificado.

La sonrisa de Sal no llegaba a enseñar los dientes, pero por poco. Parecía un niño que acabara de heredar una juguetería. Dio una palmadita en la espalda a Merlín y mirando a Victor exclamó:

—¡Bravo!

—Lee la firma del cheque —se oyó por los altavoces.

Sal lo intentó, pero arrugó la frente y sacó unas gafas de leer del bolsillo de la americana.

—Donovan Creed —leyó.

—Ya te he dicho que te sorprendería —dije, con una reverencia.

Sal me dio un buen abrazo.

—Eso sí que es un detalle —aseguró, mirando a su alrededor, pero de repente se quedó quieto como si acabara de recordar algo—. ¿Dónde está mi dólar?

—Tengo su dinero aquí mismo, señor Bonadello —dijo Kathleen desde el otro extremo del salón.

Se abrió paso entre la gente sosteniendo en lo alto dos objetos que acabó entregando a Sal. Uno era el billete de dólar firmado y el otro, un segundo cheque por cien mil dólares más.

Sal no le dio tiempo de abrir la boca, se puso las gafas directamente y fue a leer la firma.

—¡Victor acaba de regalarme otros cien de los grandes! —exclamó ante los asistentes.

Hubo otro aplauso ensordecedor. Hice un gesto a Victor cerrando los dos puños con los pulgares hacia arriba y él lo repitió.

Sal estaba concentrado en Kathleen. Le dio un beso en la mejilla.

—Más te vale atraparla antes de que se te escape, Creed —me dijo—, que no estás hecho ningún chaval, ¿eh?

Entonces me dio otro abrazo y nos dejó para que nos integráramos en la fiesta.

—El truco de magia te ha salido bien —le dije a Kathleen con una sonrisa.

—Ha sido divertido.

Nos pusimos las botas con comida típica napolitana, consistente en platos sustanciosos y sin pretensiones, como *ziti al forno*, *pollo alla cacciatora*, *panzerotti*, filete *alla pizzaiola*, *rigatoni* con brócoli, lasaña y varios asados de costillas.

Después dedicamos una hora a bailar en aquella pista iluminada. A medida que avanzaba la noche, los gánsteres y los matones parecían aceptar mejor mi presencia en la fiesta.

El motivo era muy sencillo: Sal había hecho correr el rumor de que me había jubilado y mi donación había sido una especie de compensación por los pecados cometidos.

Mientras esperábamos la limusina en el vestíbulo comenté:

—¿Alguien te ha tirado los tejos?

Kathleen abrió el bolso y sacó un papelito que me entregó.

—¿De quién es este teléfono?

—De un tal Picahielos —contestó—, aunque dudo que ese sea su verdadero nombre.

Entonces miró a su alrededor. Estábamos rodeados de mafiosos con pinta de duros, narices rotas mal curadas, manos con menos dedos de los normales y un surtido inagotable de cicatrices.

—Claro que nunca se sabe —sentenció.

13

Encajar todas las piezas no fue coser y cantar, pero gracias a la confesión de Ned, las observaciones de Teddy Boy y las mías, la cámara de vídeo que había instalado en el Grantline, el micrófono inalámbrico que escondí en el bolso de Callie y su experiencia de primera mano, puedo decir que la situación se desarrolló más o menos como sigue.

Bickham Wright siempre aparecía por el bar con muchas expectativas, buscando a una tía estupenda, pero el Grantline era un antro lleno de paletos y estaba en West Podunk, a bastante más de sesenta kilómetros de las emociones de verdad. Por eso, y aunque siempre buscaba una tía estupenda, estaba dispuesto a conformarse con una resultona. Tras un par de horas y varias copas, sus amigos y él se olvidarían por completo de las resultonas y empezarían a pelearse por lo que hubiera disponible.

Y para eso no les hacía falta la droga de la violación.

Sin embargo, en los últimos tiempos no había habido gran cosa «disponible» y los amigos de Bickham habían empezado a quejarse, sobre todo Charlie, el guapo. No le hacía falta todo aquello, podía ligar por su cuenta. En realidad, ya salía con una chica, una animadora que estaba buena y se llamaba Kimberly Creed. No obstante, tirarse a Kimberly le estaba costando un poco, gracias a Dios, y Charlie empezaba a cansarse de tantos preliminares.

Eso no quiere decir que hubiera dejado de respetar «el plan». Incluso él debía de descubrir algo excitante y primario al hacérselo así, algo que vinculaba su cerebro al de sus ancestros y saciaba la necesidad de salir de caza, de capturar y conquistar. Además, la satisfacción que se conseguía con el plan era instantánea: no tenía que perder el tiempo con tanto romanticismo para echar un polvo.

De todos modos, cuando no había tías el mejor plan del mundo no servía para nada. ¿Dónde se habrían metido las muy cabronas? Esa era la cuestión. A lo mejor había corrido la voz. Joder, si hasta los mejores rincones de pesca acababan agotándose algún día.

Hacía tres fines de semana que no pillaban nada y Bickham era el único que se resistía a pasar página. No le apetecía conducir sesenta y pico kilómetros e irse a otro condado a recorrer bares nuevos cuyo funcionamiento no conocía. Había demasiadas variables. Bastaría un error para acabar en la cárcel, sin nadie que les echara un cable.

—¡Sí, vale —contestaba Robbie—, pero al menos no estaríamos aquí muertos de asco!

Un día Bickham reunió a los muchachos para decirles algo.

—A ver. Puede que no siempre pillemos cacho, pero hay que reconocer que es un plan de puta madre.

Utilizó todo su poder de convicción, les dijo que tenían que tener fe. Al final los persuadió para verse en el bar de siempre y una vez más se presentaron, buscando una tía estupenda.

Cuando llevaban una hora bebiendo, el local ya se había llenado, el grupo tocaba con ímpetu, la gente bailaba en la pista y los muchachos estaban tan alborotados que casi ni se fijaron en la aparición de la bella (Callie) y la bestia, un tío maduro con pinta de bruto (yo, disfrazado), que se abrían paso entre la gente para ocupar los últimos sitios vacíos en la barra.

Bickham apartó a la masa de buenos chicos que metían tripa y recolocaban los taburetes para ver mejor a Callie. Cuando encontró un lugar desde el que observarla se quedó boquiabierto. Allí mismo en la barra, en la barra de su bar de siempre, estaba la tía más buena que había visto en la vida.

Sin dejar de parpadear, le dio un buen repaso de la cabeza a los pies, poquito a poco. Y luego volvió a subir ¡Estaba como quería! ¡Y era rubia! ¡Perfecta! Además, llevaba el tatuaje más alucinante que le había visto a una mujer: le cubría casi todo el brazo derecho y de lejos casi parecía una manga.

Volvió la cabeza y vio a Charlie, que también la miraba y salivaba. Robbie y George, que se habían quedado en la mesa, se daban puñetazos en los brazos y hacían chocar las palmas de las manos. Bickham debía de sentir que el mundo le daba la razón. Siempre iban buscando una tía estupenda: ¿por qué no podía tocarles el premio gordo por una vez en la vida?

Hablando de premios, Callie acababa de darme una bofetada. Fingí que protestaba y el camarero, Teddy Boy, sacó un bate de béisbol y me echó con cajas destempladas, como habíamos acordado. Volví al coche de alquiler y desde allí seguí los acontecimientos gracias a un monitor.

Bickham miró a Charlie, que hizo una señal a los demás. ¡Adelante!

Los muchachos tenían todos los motivos del mundo para creer que se trataba de un buen plan. La cosa funcionaba así: Bickham daba con la chica, se enteraba de lo que estaba tomando y pedía lo mismo. Entonces se bebía casi toda la copa y echaba la droga en el vaso. Luego se acercaba a la chica y trataba de ligársela. Por descontado, no les gustaba ni siquiera a las feas, así que la pobre se alegraba mucho cuando aparecía el guapo de Charlie por el otro lado para protegerla del colgado del pueblo.

Mientras Charlie la distraía charlando con ella, Bickham le echaba en el vaso lo que quedaba de su copa. Si alguien se fijaba, parecía sencillamente que la compartía antes de pedirse otra. Aunque nadie prestaba nunca atención, Bickham sabía que esos pequeños detalles eran la clave de cualquier plan.

Cuando la chica se mareaba, Bickham cruzaba el bar en dirección contraria haciendo mucho ruido, para distraer a la concurrencia mientras Charlie la sacaba a la calle.

Después nadie recordaría haberlos visto salir juntos.

Los otros dos, George y Robbie, entretenían a Teddy Boy, el camarero, siempre preparados para pasar a la acción si la chica se negaba a irse con Charlie. En un caso así, George acudía a echar una mano a su amigo.

Una vez la metían en la furgoneta, George y Robbie montaban guardia. Bickham se la beneficiaba primero, porque el plan era suyo y además aportaba la droga. Luego le tocaba a Charlie, que era el que más se lo curraba. George y Robbie echaban a suertes quién iba tercero y quién cuarto. A continuación iban haciendo turnos hasta que se les acababa la energía. Si el bar empezaba a cerrar antes de que hubieran terminado, se la llevaban al bosque y seguían la fiesta toda la noche.

Así pues, el plan era infalible y los muchachos estaban en su terreno, de manera que si más adelante alguien se quejaba tendrían muchos testigos que los defenderían. Y encima el padre de Charlie era el mejor abogado del condado y controlaba a todos los jueces; ningún padre se atrevería a enfrentarse a él en un jugado, por miedo a perjudicar la reputación de su hija.

Bickham se llevó la mano al bolsillo para comprobar que llevaba el frasco.

El GHB o ácido gammahidroxibutírico era una de las tres sustancias conocidas como drogas de la violación. Se trataba de un medicamento que se vendía con receta y se utilizaba para tratar la narcolepsia. Aunque era fácil encontrarlo en pastillas o en polvo, en esos formatos podía dejar un residuo y dar lugar a un sabor salado. Bickham prefería administrar la variante líquida, que era inodora e incolora y se mezclaba bien con el alcohol, lo que intensificaba tremendamente sus efectos.

Su primo Ned, que era farmacéutico allí en el pueblo, la preparaba en la rebotica por la noche. Su mujer le salía por un ojo de la cara: era una tía jovencita que estaba muy buena, se llamaba Anita y tenía gustos caros que habría costado satisfacer con los ingresos limitados de un farmacéutico de pueblo. Por suerte, el primo Bickham tenía mucho dinero, así que su alianza era muy beneficiosa para los dos.

Bickham conservaba una buena cantidad de GHB guardada en el armario, cosa que le venía muy bien, porque Ned había desaparecido hacía un par de días. Bickham probablemente sospechaba que se habría metido en algún lío con un camello o con la policía, y sin duda esa idea lo llevaba a imaginarse haciéndoselo con la mujer de su primo. Según Ned, a Bickham siempre le gustaba evocarlo probando el GHB con Anita antes de vendérselo por primera vez.

En sus noches de «fiesta», cuando los dos cabecillas decidían que había que irse al bosque por culpa de los borrachos del aparcamiento o porque el bar empezaba a cerrar,

George y Robbie iban en otro coche, porque eran más jóvenes y tenían toque de queda a las dos.

Además, no estaban al tanto de que Bickham y Charlie habían acabado matando y enterrando a uno de sus «ligues» hacía unos meses. Los asesinos no tenían miedo de que alguien encontrara el cadáver de Erica. Llevaban toda la vida recorriendo aquellos bosques y sabía por qué zonas recónditas nunca iba nadie.

Por lo general, las chicas eran gordas o incluso cosas peores. Aquella noche, si todo salía bien, ¡les habría tocado la rifa de las tías buenas!

Muy bien, había empezado la partida.

Teddy Boy acababa de servir una segunda copa a Callie. George y Robbie pasaron a la acción y lo llamaron desde la otra punta de la barra para hablar de alcohol y de deportes.

Bickham aprovechó para sentarse disimuladamente en el taburete que había ocupado yo.

—Hola, guapa —saludó.

Callie puso cara de circunstancias.

—Este sitio puede ser muy peligroso —continuó él—. Yo si quieres te protejo encantado, mantengo a raya a los moscones mientras te tomas una copa o dos tan ricamente.

—¡Mira qué bien! —respondió ella—. Mi príncipe azul.

«Típica respuesta de hija de puta», debió de pensar Bickham. Según Ned, por lo visto provocaba esas reacciones en todas las mujeres, incluso las que llamaba «las GFV», es decir, las gordas, feas y viejas.

—Veo que bebes sola... —volvió a atacar.

—Por lo general bebo para que los hombres resulten más interesantes. En tu caso... —Callie agitó la mano en un gesto de desprecio, como si diera aire a una mosca sin mucho afán. Echó un vistazo a la hilera de botellas de whisky del estante de detrás de la barra y añadió—: Me parece que no habría suficiente alcohol.

Vació la mitad del vaso y volvió a dejarlo en la barra.

Entonces Bickham acercó la mano mientras Charlie aparecía por el otro lado.

—Hola, Bickham —saludo—, y hola a ti también, preciosa. Me llamo Charlie. ¿Y tú?

Cuando Callie se dio la vuelta para mirarlo, Bickham vertió el líquido, sin duda pensando: «¿Qué decía yo? ¡Es infalible!» Callie y Charlie hablaron durante un minuto, lo que me dio tiempo para comprobar el detonador. Entonces él levantó la copa como si fuera a hacer un brindis.

Callie sonrió, agarró su vaso, lo hizo chocar contra el de él y se quedó quieta un instante, mientras lo miraba beber. Se mantuvo inmóvil, con el brazo en el aire, como si estuviera pensando si de verdad le convenía tomarse aquel último trago. Se encogió de hombros. ¿Por qué no? Cuando acercaba la mano a aquella boca perfecta se produjo una leve explosión que hizo temblar la parte trasera del edificio.

—¡Mierda! —chilló Charlie—. ¿Qué ha sido eso?

Bickham y él se echaron al suelo. Mientras casi todos los clientes corrían hacia atrás para ver qué había sucedido, Charlie se levantó, avergonzado al comprobar que Callie no se había movido del taburete. La chica se encogió de hombros otra vez, apuró la copa y la dejó en la barra.

Durante los minutos siguientes reinó la confusión en el local: la mitad de los chicos se fueron a sus camionetas a por escopetas, bates de béisbol y palancas. Alguien llamó a la policía y Teddy Boy hizo lo que pudo para restablecer el orden.

Charlie recuperó el control e hizo un gesto con las cejas a Bickham, que entendió que aquella era una buena oportunidad.

—Cariño, lo mejor es que salgamos de aquí, que te llevemos a algún sitio donde no corras peligro —propuso Bickham.

—Ni hablar —respondió ella.

—No pasa nada. Confía en mí.

Sus miradas se cruzaron. La de él era sincera, la de ella estaba perdida.

—¡Vamos! —urgió Charlie.

Bickham y él empezaron a llevar a la rubia tatuada y de ojos marrones entre la gente, hacia la salida.

—Un momento, estoy como mareada —dijo Callie.

Y Bickham hizo un esfuerzo para no sonreír.

14

Una vez en el aparcamiento a Charlie le entraron prisas para marcharse antes de que llegara la policía.

—Pasa, vamos a dar una vuelta, te despejarás.

Yo arranqué el coche y subí el volumen de la radio para escuchar lo que captaba el micrófono inalámbrico colocado en el asa del bolso de Callie. Podría haberlos adelantado, porque sabía adónde se dirigían.

Bickham iba al volante y Charlie en el otro extremo del asiento corrido, pegado a la ventanilla, con lo que Callie quedaba atrapada entre los dos. Por encima de su cabeza los chicos debieron de mirarse con una sonrisa, pensando: «¡Estas tías de ciudad! ¡Joder, qué fácil está siendo!» Callie trató de preguntarles adónde iban, pero arrastró las palabras para hacerles creer que le costaba mucho hablar.

Bickham le puso una mano en el muslo y le dio unas palmaditas.

—Ya sé que tienes sueño. Vamos a parar dentro de un momento —aseguró con toda la sinceridad que fue capaz de expresar. Aquella parte era importante: había que tenerla tranquila hasta que hiciera efecto la droga.

Ella intentó apartar la mano, pero por lo visto le faltaban la fuerza y la coordinación necesarias. Charlie le agarró un pecho y murmuró:

—¡Coño, qué buena estás!

Callie tenía los ojos entrecerrados y respiraba trabajosamente.

—¡Quítame las manos de encima! —trató de decir, pero le salió la voz con la misma lentitud y pesadez que el ketchup de un frasco. Daba la impresión de que estaba prácticamente inconsciente.

Bickham bajó la mano a la entrepierna y trató de acariciarla por encima de los vaqueros. Charlie, descontrolado, le rasgó la blusa, le levantó el sujetador y le dejó los pechos al aire. Se metió uno en la boca mientras frotaba el pezón del otro con el pulgar.

—¡Déjate de gilipolleces! —chilló Bickham—. ¡Hay que cumplir las normas! ¡Me cago en la puta, Charlie, cálmate!

Bickham se tomaba las normas muy en serio. Eran tan importantes como el plan en sí. Charlie había sido de gran ayuda en su redacción, gracias a los años que llevaba viendo a su padre preparar la defensa de acusaciones penales.

En total, eran siete las normas que regían el Club del Polvazo, que era como llamaba Charlie a su grupito, y los cuatro amigos habían acordado seguirlas a rajatabla, bajo pena de muerte.

La primera norma era no hablar nunca del plan, ni siquiera entre ellos, porque las paredes oían. Si sus amigos les preguntaban qué tal había ido el fin de semana, siempre tenían que contestar lo mismo: habían vuelto a quedarse a dos velas. ¿Qué más daba que los demás creyeran que nunca ligaban?

La segunda era esperar a que la chica estuviera inconsciente para desnudarla. Lo peor que podía pasar era tener que explicar por qué se había puesto a chillar si había consentimiento mutuo.

La tercera decía que había que desvestirla por completo pero con cuidado, prestando atención a los botones que llevaba abrochados y a qué prendas llevaba por dentro o por fuera y cómo había que colocarlas. Si estaba rellenita y no se abrochaba el último botón de los vaqueros, se sorprendería si alguien se lo dejaba abrochado. Quizá no se acordara de que había bebido demasiado y se había subido a la furgoneta, pero, si al desnudarse más tarde en casa le faltaba el papel higiénico que normalmente llevaba de relleno en el sujetador, se daría cuenta.

Luego había que doblar la ropa y quitarla de en medio para evitar que se arrugara o se manchara. «No os olvidéis nunca —les había dicho Charlie— de que sin la mancha del vestido Monica era una mentirosa, una guarra y una acosadora, ¡pero en cuanto la sacó a relucir casi se carga al presidente!» Al final tenían que vestirla con cuidado y colocar las prendas una a una como se las habían encontrado al desenvolver el regalito.

La cuarta norma era ponerse un condón. Si no, luego podían aparecer por ahí fluidos comprometedores. No era nada fácil refutar una prueba de ADN después de haber prestado declaración negando que hubiera habido relaciones sexuales. Por descontado, siempre podía recurrirse al truco de decir que había sido un intento de proteger la reputación de la chica, o la de uno, y que sí había sucedido, pero de mutuo acuerdo, pero eso no era más que poner un parche, dar explicaciones para tratar de arreglar las cosas. Por entonces ya se había perdido bastante credibilidad y se había planteado una duda. Lo mejor era no dar pie a que sucediera nada de eso.

La quinta estipulaba que había que conservar la calma en todo momento. Había que tirársela con cuidado, para no dejar las señales ni los rasguños típicos de una violación. Estaba prohibido intentar el sexo oral o anal. Lo primero podía asfixiarla, porque la droga dificultaba la respiración, y de lo segundo era imposible que no se diera cuenta más tarde.

La sexta norma era no hacer ni fotos ni vídeos, no quedarse ni recuerdos ni pruebas de ningún tipo. Y, por supuesto, no había que dejar ningún rastro; es decir, limitar al máximo la saliva y nada de mordeduras ni marcas de ningún tipo. No tenía sentido ponerles la condena en bandeja a la policía o al abogado de la acusación.

La última norma era no reconocer nada de nada. Si la policía los detenía a los cuatro y los interrogaba en salas separadas, no había que admitir nada. Si soltaban una amenaza o si le decían a Charlie que Bickham había aceptado un trato, Charlie sabía que era mentira precisamente por la norma siete, que no podía incumplirse pasara lo que pasara. Ya lo decía el propio Charlie: «Si confiamos en el sistema judicial, no nos pasará nada, porque en este campo en concreto la normativa tiene un agujero. Si nadie incumple ninguna de las siete normas, es imposible que condenen a ninguno de los cuatro.»

Además, si Charlie participaba en el asunto todos podían contar con la protección de un abogado de primera fila como su padre.

Por descontado, el que tenía más posibilidades de saltarse las reglas era el propio Charlie, como acababa de demostrar al destrozarle la blusa a Callie y dejarle un pecho perdido de saliva.

Bickham metió la furgoneta por la pista de tierra que conducía al bosque propiedad de su abuelo y avanzó varios cientos de metros antes de detenerse y apagar las luces. Yo pasé de largo por su desvío y seguí casi dos kilómetros más hasta doblar por otra pista que sabía que me llevaría a trescientos metros del lugar donde le gustaba tirarse a sus víctimas.

A continuación apagó el motor y le dio un empujón a su amigo para apartarlo de Callie.

—¡Coño, Charlie, espera a que te toque!

—Joder, Bickham, ¿has visto qué tetas? —exclamó el otro entusiasmado—. ¡Esta tía es de diez!

—No me digas. ¡Venga, ayúdame a llevarla a la parte de atrás, que estoy a punto de explotar!

En la zona de carga de la furgoneta había un par de capas de sacos de dormir desplegados, para que las chicas no se quedaran con marcas en la espalda.

Charlie abrió la puerta derecha y bajó y plegó su lado del asiento para poder pasar con facilidad a la zona trasera. Su idea era agarrar a Callie por las axilas y arrastrarla, pero cuando se inclinó sobre ella le explotó la cara.

En aquel espacio reducido y cerrado el estruendo del disparo resultó ensordecedor.

—¡Joder! —chilló Bickham, y trató como pudo de bajar por la otra puerta, pero le faltó coordinación.

—¡Qué ilusión que a tu amigo le gustaran mis tetas, pero a ti te he reservado algo muy especial! —anunció Callie, y le apuntó con la pistola a la cara.

Bickham levantó la manos. Se rendía.

—¡No, por favor, no dispares! ¡Mierda! ¡No iba a hacerte nada, te lo juro! ¡Te juro por Dios que te dejaré en paz! Permite que me marche, venga, por favor. Quédate la furgoneta si quieres. ¡Pero no me mates! ¡No me mates, por favor!

—¿Te has meado? —preguntó Callie, mirándole la entrepierna—. Joder, Bickham, ¿no eras el encargado de protegerme?

Él se tapó la cara con las manos y volvió la cabeza hacia el otro lado, gimoteando. Su voz no era más que un chillido con el que volvió a suplicar:

—No, por favor. No me mates.

—¿Sabes una cosa? Siempre me sorprendo del daño que hacen estas balas prefragmentadas cuando disparas a bocajarro.

Le apuntó a la entrepierna y apretó el gatillo. Bickham chilló de dolor y empezó a sufrir convulsiones. Callie bajó por la puerta de la derecha, que se había quedado abierta, mientras él agitaba los brazos y sollozaba histéricamente. El impacto del disparo había lanzado el cadáver de Charlie a unos tres metros del vehículo. Callie lo arrastró hasta la parte delantera y le dio varias patadas hasta que quedó oculto debajo del guardabarros.

La rubia despampanante del tatuaje exagerado y los ojos marrón oscuro volvió a subir a la furgoneta y se dedicó a contemplar la evolución negativa del estado de salud de Bickham hasta que vio unos faros que se acercaban por la pista por la que habían llegado.

—Lo siento, cariño mío. Me encantaría quedarme y seguir la fiesta contigo, porque la verdad es que eres todo lo que busco en un hombre. Sobre todo ahora que te has cagado en los pantalones. No sé qué dirían otras chicas, pero eso a mí me pone muchísimo. Por desgracia, tengo que repartirme un poco y hablar con los demás invitados. Ya sabes el lío que es montar una fiesta sorpresa.

Le metió una bala en el ojo izquierdo sin entretenerse mucho y lo escondió todo lo que pudo debajo del asiento. A continuación pasó a la parte trasera y abrió la puerta apenas dos o tres dedos.

Una buena anfitriona sabe lo importantísimo que es vestirse adecuadamente. O, en aquel caso, desvestirse adecuadamente para recibir a George y Robbie, que esperaban verla desnuda. Tenía que enseñarles algo de carne, pero por otro lado no le apetecía quedarse en pelota picada delante de ellos. Ya tenía la blusa desgarrada, así que una parte del trabajo estaba hecha. Anotó mentalmente que luego debía recoger los botones.

En honor a Charlie, se levantó el sujetador, dejó los pechos al descubierto de la forma que parecía que le gustaba y se abrió los vaqueros. Se planteó bajárselos hasta los tobillos, pero decidió que eso le impediría moverse con rapidez en caso de haber cometido algún error de cálculo. Además, a aquellos críos les bastaría con verle las tetas y las bragas. Se tumbó de espaldas con las rodillas dobladas y se abrió de piernas hacia la puerta trasera del vehículo. Dejó el brazo izquierdo muerto y los ojos entrecerrados. Al otro lado, la chaqueta tapaba la pistola que empuñaba con la mano derecha.

Al cabo de un momento Robbie detuvo el coche detrás de la furgoneta y apagaron el porro que iban fumando.

—Vamos a hacerles una broma —propuso George con alegría—. Vuelve a encender las luces.

Robbie obedeció y se fijaron en que la puerta de atrás estaba entreabierta. Bajaron del coche y se acercaron poco a poco, tratando de no reírse muy alto. Robbie llamó con los nudillos.

—¡Yuju! —gritó—. ¿Hay alguien?

George fue el primero en mirar.

—¡Joder, tío, qué fuerte! —chilló.

Abrió de par en par para que lo viera su amigo. Empezaba a decir «¿A qué huele?» cuando la rubia se incorporó de golpe y disparó dos veces.

George murió antes de desplomarse. Robbie seguía vivo, pero la herida del pecho no auguraba nada bueno.

Callie se vistió, recogió sus pertenencias y limpió el interior de la furgoneta. Luego se acercó a Robbie y se sentó a su lado.

—¿Qué...? ¿Qué haces? —logró decir el herido.

—Pues aquí, miro cómo te desangras —contestó ella.

—¿Po...? ¿Por qué?

—Porque así me entretengo.

Se volvió al oír un ruido a su espalda.

—Eh, Donovan, muy bien la explosión —comentó.

—Coño, Callie —exclamé, tras echar un vistazo a la carnicería.

—Ya, ya lo sé —contestó, encogiéndose de hombros—. ¿Qué quieres que te diga? A veces una se implica personalmente.

Fui hasta donde estaba el tal Robbie, lo vi jadear con los ojos como platos, moviendo la boca para decir palabras que nadie llegaría a oír, y le metí una bala entre ceja y ceja para que dejara de sufrir. Luego me volví hacia Callie.

—Te debo una —le dije.

—¿De verdad? Pues entonces voy a pedirte algo.

—¿El qué?

—Que te vengas conmigo a Las Vegas.

15

«¿Qué? —pensé—. ¿Callie acaba de pedirme que nos vayamos juntos a Las Vegas?»

Incluso allí sentada en el suelo con la blusa destrozada y el torso manchado por un chorro de sangre, Callie estaba más buena que un festín romano. Para cualquier otro hombre, aquella invitación habría sido como un sueño hecho realidad, pero yo sabía que fueran cuales fuesen sus intenciones no buscaba enrollarse conmigo. En su día había intentado acostarme con ella por activa y por pasiva y nunca había conseguido nada.

De todos modos, una breve aclaración no podía estar de más.

—En este momento estoy con Kathleen —precisé—. Creía que lo sabías.

—¡Coño, Donovan, contrólate un poco! —se rio.

—Vale, vale. Solo quería dejar las cosas claras.

—Pero ¿tienes idea de los años que tienes entre pecho y espalda?

—Vale, vale, Callie, es un viaje platónico. Ya lo he entendido.

—Si podrías ser mi padre. Menudo degenerado estás hecho.

—Te saco catorce años. Y punto.

—Ya. De los de los perros, ¿no? Esos hay que multiplicarlos por siete.

Suspiré.

—¿Cuándo quieres ir?

—¿Qué te parece el miércoles?

—Tengo una reunión en Newark a primera hora, a las ocho y media. Puedo reunirme contigo allí en el aeropuerto hacia las diez.

—¿El mismo operador de base fija de la última vez?

—El mismo, pero con otro avión.

—Te esperaré ansiosa en el vestíbulo, con todo mi arsenal emocional —se burló.

—Pues no sé si te lo dejarán pasar, tal y como se han puesto los controles de los aeropuertos.

—Te lo agradezco, Donovan.

Asentí.

—Bickham está en el suelo ahí delante —informó, después de levantarse—, Charlie, debajo del guardabarros, a la derecha, y a estos dos ya los has visto. ¿Hemos acabado?

Le di una linterna pequeña.

—¿Me iluminas el salpicadero con esto? —pedí.

Por la ventanilla del conductor proyectó la luz suficiente para permitirme trabajar. Saqué una bolsita de plástico del bolsillo y metí medio cuerpo dentro de la furgoneta por la puerta del otro lado. Llevaba varios pedazos de cinta con huellas digitales y transferí unas cuantas, incompletas, al salpicadero, así como una huella perfecta de una palma al lateral del asiento que había doblado Charlie. Luego saqué tres pelos rubios de la bolsita y coloqué uno en el asiento, otro en el suelo y el tercero en la manga de la camisa de Bickham, cerca del puño.

—Has dejado los casquillos donde han caído, ¿no? —pregunté, haciendo un repaso mental.

Callie ni se molestó en contestar. Era toda una profesional.

Eché otro vistazo para asegurarme de no haber pasado nada por alto. Volví a meterme la bolsita en el bolsillo y del talego que cargaba saqué dos bolsas de plástico más, mucho mayores.

—Vamos a por las pistolas —anuncié.

Limpié bien la mía y la metí con cuidado en una de las bolsas, que dejé dentro del talego. Callie me entregó la suya y también la limpié y la guardé como la anterior.

—Está todo controlado —dije.

—¿Y qué pasa con la cámara?

—Sal no se fiaba de que Teddy fuera a quitarla, así que ha mandado a uno de sus hombres al bar. No se irá sin ella.

—¿Crees que Sal tratará de utilizar la grabación en nuestra contra algún día?

—Qué va. Los nuestros pueden rebatir cualquier prueba.

Saqué una cazadora del talego y se la di.

—Ponte esto para tapar el brazo —pedí—. Vamos a alejarnos un poco antes de quitarte ese tatuaje.

—Ya lo haré yo luego. Tengo un quitaesmalte que va bastante bien, aunque con algo tan grande llevará su tiempo.

—¿Aún llevas las lentillas marrones?

Volvió la linterna para iluminarse la cara.

—¿Te gustan? Ya las has visto antes.

—Una diferencia enorme —comenté. Sus ojos gris claro era hipnóticos. Los que me miraron en aquel momento, normales y corrientes—. Supongo que estamos listos. En fin, me quedaría más tranquilo si la doble la pusiéramos nosotros y no Sal.

Callie se encogió de hombros.

—Esto es un pueblo de paletos, Donovan —dijo—, no estamos en *CSI Miami*.

Parte del plan era que Teddy Boy sacara una foto a Callie con el móvil en el bar, de lejos pero asegurándose de que se viera, aunque mal, el exagerado tatuaje del brazo derecho. Cuando la policía local se presentara a interrogar a la gente, Teddy Boy se acordaría de haberla hecho.

Sal ya tenía preparada una víctima que era la verdadera propietaria del tatuaje, una bailarina que se llamaba Shawna. Los pelos que había colocado en la furgoneta eran suyos. Solo se parecía un poco a Callie, pero Sal no pretendía que quedara gran cosa que identificar aparte del pelo y el tatuaje. Shawna trabajaba en uno de sus clubes de Cleveland y hacía poco tiempo había cometido el pecado imperdonable de amenazar a uno de los jefecillos de Sal con denunciarlo. El sujeto en cuestión estaba ya a punto de matarla cuando Sal lo convenció para que en lugar de eso la mantuviera escondida y con vida hasta nueva orden. Yo tenía la esperanza de que aquel jefecillo furioso no se la cargara hasta que le hubiera llevado la pistola de Callie a Sal, de forma que pudieran ponerle las huellas de la bailarina. Mi intención no había sido utilizar mi propia pistola aquella noche, pero como lo había hecho me tocaba desmontarla y desperdigarla, pieza a pieza, por un amplio radio.

—¿Cuánto tiempo pasaremos en Las Vegas? —pregunté.

Callie se sonrió con suficiencia.

—¿Es para pedirle permiso a tu carcelera?

—Cuando uno tiene pareja y se compromete hay que cumplir determinadas reglas de protocolo —contesté, encogiéndome hombros.

—Ya. O sea, que vas a contarle que nos vamos los dos solitos a Las Vegas, ¿no?

—La sinceridad absoluta no es una de esas reglas...

—Una noche.

—¿Qué?

—Que estaremos una noche en Las Vegas.

Deduje que le habían encargado liquidar a alguien por su cuenta y el trabajito era complicado, así que necesita a otra persona de apoyo. En ese caso, me hacían falta ciertos detalles antes de salir.

—¿Qué tipo de material tengo que llevar? —pregunté.

—Un buen traje.

—¿Y ya está?

—Solo vamos a ir a ver un espectáculo. En el Bellagio.

—Oh.

—Exacto.

—¿Cómo que exacto?

—O.

—¿Oh, qué?

—El espectáculo se titula *O* —explicó—. ¿No lo entiendes?

—Incluso un niño de cuatro años podría entenderlo. ¡Que me traigan un niño de cuatro años!

—¿Eso te funciona con Kathleen?

—¿El qué? ¿El humor?

Me miró y puso cara de circunstancias.

—La verdad es que no —reconocí.

Nos quedamos en silencio un momento. Callie miraba hacia delante, pensaba en una cosa pero hablaba de otra.

—Lo más probable es que le hagas gracia —opinó—. Acabáis de conoceros.

—Y eso cambiará dentro de poco, ¿no, mi querida psiquiatra?

—Seguramente te preguntarás por qué quiero que veas ese espectáculo en concreto precisamente la semana que viene —dijo.

—Oye, que es todo un honor. El motivo no importa.

—Puede que luego sí que importe.

—¿Y eso?

—Es que después de la función tendrás que tomar una decisión, cuestión de vida o muerte.

—¿Para mí?

—No —contestó—. Para mí.

16

Domingo por la mañana. Me dirigía a casa de Kathleen cuando sonó el móvil. Miré la pantalla, vi que era mi hija y pedí al conductor que subiera el cristal de protección. Antes de apretar el botón hice un esfuerzo para empezar a hablar con alegría.

—Hola, cariño mío, ¿qué hay?

—¡Ay, Dios mío, papá, alguien ha matado a Charlie!

—¿Qué? ¿A quién han matado?

—¡A Charlie! ¡A mi novio! ¡Ay, Dios mío! ¡Han matado a Charlie! —Kimberly empezó a gimotear—. ¡Dios mío! —chilló.

Con cada sollozo sentía un pinchazo de culpa, pero también alivio. La muerte de aquel hijo de puta la hacía sufrir, pero si hubiera seguido con vida podría haberla martirizado mucho más.

—Trata de tranquilizarte, Kimberly. Cuéntame qué ha pasado.

—Esta mañana han encontrado una furgoneta en un bosque. Habían matado a cuatro chicos a tiros. Uno de ellos era Charlie. ¡Ay, Dios mío, papá! —Empezó a gimotear otra vez—. ¿Cómo puede haber pasado una cosa así?

¿Quién iba a querer hacerle daño a Charlie, que era tan buena persona?

—¿Estás completamente segura de que se trata de Charlie? ¿Han identificado el cadáver?

Le costó un esfuerzo controlar la respiración.

—Es él, papá. Los han asesinado a los cuatro.

—Lo siento, cariño mío —dije—. Lo siento muchísimo.

Seguimos así durante un rato. En un momento dado dijo:

—Ojalá lo hubieras conocido. Te habría caído bien.

—Seguro que sí —mentí.

Se puso a llorar de nuevo y seguí al aparato hasta que se desfogó. Le pregunté si podía ayudarla en algo.

—¿Hay alguna posibilidad de que te plantees venir al entierro?

—Pues claro —contesté—. Dime dónde es y cuándo y allí estaré.

No me preocupaba que alguien me reconociera como el hombre que había llegado con Callie al Grantline Bar & Grill la noche anterior. Para empezar, todo el mundo había estado pendiente de ella. Además, me había puesto zapatos con alzas con los que había ganado casi ocho centímetros, peluca castaña, gafas y una barba poblada que me había tapado la cicatriz de la cara. Y me había deshecho de la ropa al poco rato. Las pistolas estaban limpias y ya en poder de Sal. Nada podía vincularme a la escena del crimen.

Kathleen y yo pasamos el día tranquilos, hablando de lo mal que debía de estar pasándolo Kimberly. Tuve que morderme la lengua una docena de veces, porque no dejaba de hacer las mismas preguntas que Kimberly sobre el pobre Charlie, tan bueno y tan maravilloso. Me daba rabia que Kathleen diera por sentado que aquel chico, al que no había llegado a conocer, había sido un santo. Alguien había matado a cuatro jovencitos de una forma que parecía un ajuste de cuentas: ¿no sería lógico deducir que podía haber algo sospechoso? Tenía que hacer un esfuerzo para recordar que Kathleen era civil, que no tenía ni el instinto ni la preparación necesarios para sospechar que Charlie había asesinado a una chica y violado a una docena más. Me mantuve en la neutralidad, ya que era consciente de que durante los días siguientes los periodistas destaparían la mayor parte de los detalles sórdidos. Sin embargo, sabía que jamás podría revelar a Kathleen mi participación en su asesinato, a pesar de que, al matar a Charlie, Callie y yo habíamos salvado a Kimberly y a infinidad de chicas. Por mucho que avanzara mi relación con Kathleen, aquel sería otro terrible secreto que tendría que ocultarle.

—Donovan, ¿tú puedes hacer algo? —preguntó.

—¿Quieres decir tratar de descubrir quién ha sido?

—No sé, al menos conseguir la información más reciente para Kimberly. Seguro que la animarías.

—Es buena idea —respondí—. Voy a encargárselo a Lou Kelly.

Lou era mi mano derecha, el jefe de mi grupo de apoyo dentro de Recursos Sensoriales. Su equipo de informáticos me daría actualizaciones minuto a minuto del departamento del sheriff.

Lou y yo nos pasamos toda la tarde llamándonos. Cuando dieron las ocho la investigación había avanzado lo suficiente como para ofrecer a Kimberly un informe creíble.

—Ya sé que estás pasándolo mal, cariño, pero aprovechando que me debían varios favores he investigado un poco. No puedes contarle nada de esto a nadie, es confidencial, pero tengo algo de información sobre el tiroteo.

—Gracias, papá.

Parecía sumida en un aplacamiento doloroso.

—Tengo que avisarte, lo más probable es que no te guste lo que voy a contarte.

—Pues entonces debe de ser todo mentira —replicó.

Bueno, al menos demostraba algo de empuje.

—Es posible, cariño, pero las pruebas que han reunido contra esos chicos son bastante contundentes.

Se quedó en silencio, un poco a la defensiva.

—De ti depende, Kimberly.

—Quiero enterarme —contestó—. Si no, alguien me lo contará, así que prefiero saberlo ahora.

—Vale, muy bien. Yo empiezo a hablar y si te cuesta soportarlo me lo dices y me callo. Allá voy. Los cuatro chicos eran de Darnell. A dos los mataron como en un ajuste de cuentas, de un único tiro entre los ojos. Uno de ellos era Charlie; el otro, un tal George Rawlins.

Hice una pausa para que pudiera acabar de llorar.

—Sigue, papá. Lo siento.

—Ya lo sé, cariño. Cuesta. Quizá no sea el mejor momento.

—No, papá, de verdad. Quiero enterarme.

—Muy bien. Ahora voy a leer un fragmento de un informe: «Los otros dos, Bickham Wright y Robbie Milford, recibieron heridas primero y luego los remataron con disparos en la cabeza. Al conductor de la furgoneta, Bickham Wright, le dispararon en la entrepierna. A Robbie Milford, en la parte baja del pecho. Los agentes que acudieron a la escena del crimen apuntaron que las muertes podrían estar relacionadas con el crimen organizado y muy posiblemente había una vinculación con el tráfico de drogas, conclusión a la que llegaron tras tratar de conectar los crímenes con la reciente desaparición de Ned Denhollen, primo de Bickham Wright y también residente en Darnell.»

—El señor Denhollen era nuestro farmacéutico —intervino Kimberly—. La gente decía que había dejado a su mujer. ¿Lo han encontrado?

—En el informe no aparece nada. A ver, voy a leer lo que viene: «Denhollen es o ha sido farmacéutico en Darnell. Los amigos y los vecinos interrogados consideran que su mujer, Anita, y Ned vivían por encima de sus posibilidades, lo que apunta a una posible venta ilegal de medicamentos. Los disparos parecen hechos por profesionales: podría tratarse de un ajuste de cuentas o una ejecución de delincuentes.»

—Hasta ahora, nada de lo que dices tiene sentido —argumentó Kimberly—. Si el señor Denhollen vendía medicamentos en el mercado negro, lo lógico sería que lo hubieran matado a él, no a Charlie y a los demás.

—Deja que siga leyendo. Todo empieza a encajar: «La policía de Madison Park descubrió los cuatro cadáveres el domingo por la mañana. Dado que la zona donde se hallaron atañe a ambas jurisdicciones, los agentes de Madison Park y Darnell aunaron esfuerzos para crear un equipo especial que investigara lo sucedido. Los agentes que acudieron conocían a las cuatro víctimas, de modo que las identificaron simultáneamente. A la 1.25 de la tarde el equipo especial inició un registro a fondo de las casas de las víctimas, incluidos sus efectos personales y sus ordenadores. Descubrieron siete frascos con un líquido transparente e inodoro en una caja situada en el estante superior del armario de la habitación de Bickham Wright. Los entregaron a un laboratorio médico para que realizara los análisis pertinentes. Riley Cobb, experto informático residente en la zona, consiguió entrar en el ordenador de Robby Milford, donde se hallaron cientos de descargas pornográficas, así como una carpeta con el nombre "Club del Polvazo".»

Me interesaba ver si tenía algo que comentar. No dijo nada.

—Perdona que hable así —me disculpé.

—No pasa nada, papá —dijo—. No es la primera vez que oigo un taco.

—Sobre ese tema hay mucho material —continué—. En lugar de leerlo, voy a resumirlo. El equipo especial ha encontrado varios archivos en la carpeta Club del Polvazo del ordenador de Robbie, incluidas siete reglas de participación en el club y fotografías de tres chicas, las tres desnudas y al aparecer inconscientes.

—¿Quiénes eran, papá?

—Aún no tengo los nombres, pero el equipo especial tiene claro que son de la zona, de Darnell o de Madison Park.

—¿Por qué estaban inconscientes? ¿Habían bebido? No lo entiendo.

—Esto es lo que no va a gustarte. El equipo especial está casi seguro de que los resultados de los análisis del líquido encontrado en el armario de Bickham indicarán que se trata de GHB, la droga de la violación. Entre los archivos y las fotografías que han sacado del ordenador de Robbie y los frascos de casa de Bickham, parece que tenían montado un club con el que drogaban a chicas para mantener relaciones sexuales con ellas.

—¡Qué tontería! —gritó Kimberly—. No conozco a los demás. Bueno, quiero decir que he oído hablar de ellos pero no los he visto nunca. Pero a Charlie sí que lo conozco. Era guapísimo, papá. Podría haberse enrollado con cualquier chica. No le hacía falta drogar a nadie. Si es que de verdad existía ese club, es imposible que Charlie estuviera metido.

Tuve que morderme la lengua para no responder, pero Charlie no solo formaba parte del club, sino que era el peor de todos.

—Seguro que tienes razón, cariño mío. Puede que cuando acaben la investigación concluyan que fueron los otros tres, pero no Charlie.

—Te lo garantizo —replicó.

—Bueno, desde luego tú lo conocías mejor que yo, así que seguro que tienes razón.

—¿Han encontrado alguna prueba al registrar la furgoneta?

«Se nota que es hija mía», pensé.

—Pues sí. Además de los rastros de sangre, han hallado cinco casquillos de bala que casi con seguridad tienen que ver con los asesinatos, cientos de huellas dactilares y docenas de pelos y fibras. También había numerosas manchas de semen y otros fluidos corporales en unos sacos de dormir en la parte de atrás de la furgoneta.

—Cotejarán el semen con muestras de ADN de los chicos, ¿no?

—Exacto.

—Y si algún resto es de Charlie creerán que estaba metido en todo eso.

—No necesariamente.

—¿Por qué no?

—Por lo que he visto, su padre es un abogado penalista de primera. Estoy convencido de que si Charlie es inocente sabrá demostrarlo sin que quede lugar a dudas.

—Me crees, ¿verdad, papá? En lo de Charlie, quiero decir.

—Sí, hija.

—Vale. Si no, no lo soportaría.

—Tengo entendido que esta noche va a haber una vigilia —dije entonces—. En el colegio.

—Empieza a las nueve. Vamos a ir todos.

—Bueno, no corras ningún peligro, ¿de acuerdo?

—Tranquilo. Y gracias por contarme todo eso. No se lo diré a nadie.

—No te preocupes. Te quiero, Kimberly.

—Y yo a ti, papá. Y también...

—¿Sí?

—También quería a Charlie.

Me estremecí.

—Ya lo sé, cariño.

17

—Vamos al grano, Donovan —pidió la doctora Nadine Crouch—. Esta es la tercera sesión y hasta el momento te has negado a hablar de tus padres o de tu infancia, te has negado a hablar de tu trabajo e incluso de lo que hacías en los momentos previos a que se presentara el dolor en el pecho. Por consiguiente, deduzco que se trata de algo ilegal o inmoral.

Se detuvo para ver si sus palabras me hacían reaccionar.

—¿Lo niegas? —preguntó.

—¿Te molestaría?

—Imagínate que te encuentras un pájaro con una ala rota que necesita tu ayuda —planteó—. ¿De verdad importa cómo se la haya roto?

Hice una breve pausa para tratar de seguir su razonamiento. No lo conseguí.

—Quizá sería mejor que me dijeras directamente adónde quieres ir a parar —propuse.

—Mi trabajo no es juzgarte.

—En ese caso, no lo niego.

—Muy bien —dijo—. O sea, que estabas haciendo algo inmoral o ilegal cuando sentiste el dolor. ¿Se trata de una actividad que hayas realizado con anterioridad?

—¿Hipotéticamente hablando?

—Por descontado.

—Sí.

—¿Me equivoco si deduzco que hasta entonces nunca habías sufrido dolor en el pecho al realizar esa actividad?

—No.

—Por lo general, no me gusta precipitarme al sacar conclusiones, pero eres un paciente atípico —dijo, arrugando los labios—. Al ayudarte, puede que proteja a otras personas.

—Te lo agradezco. Bueno, ¿cuál es el veredicto?

—Hemos pasado poco tiempo juntos y no puedo afirmarlo categóricamente, pero a simple vista parece que se trata de un ejemplo claro.

—¿De qué?

—De un trastorno somatomorfo.

—Un poco amorfo sí que me parece todo. Pero como no te expliques...

—Puede tratarse de un mecanismo de defensa creado por tu subconsciente para tapar problemas emocionales sin resolver. Los trastornos somatomorfos se caracterizan precisamente por la presencia reiterada de síntomas somáticos. Resumiendo, fuera lo que fuese lo que hacía tu cuerpo el día del dolor en el pecho, tu mente no quería verse implicada y se sublevó de la única forma posible: creó dolor.

—¿Lo dices en serio? —pregunté.

—Del todo. La mente crea un dolor intenso con el objetivo de que cese la actividad en cuestión. Obliga al individuo a centrarse en el dolor. Si no, se agudiza. La mente está decidida a poner fin a esa actividad que tan desagradable le resulta. Si el individuo no lo acepta, puede desconectarse por completo.

Lo medité durante unos instantes.

—¿Y eso es habitual?

—Pues sí, pero suele manifestarse con dolor de espalda.

—Entonces ¿por qué me ha pasado en el corazón?

—Solo hay que verte —respondió—. Estás fuerte como un toro. Me imagino que en la vida te ha dolido la espalda. ¿Estoy en lo cierto?

—Sí.

—Es decir, que tu mente sabe que un dolor de espalda no te resultaría creíble. El subconsciente es muy listo. No se molesta en provocar un dolor que no vaya a recibir atención, del que se haga caso omiso. Se aprovecha de ti y crea algo tan convincente que tienes que dedicarle toda tu atención. En tu caso voy a ponerme a hacer elucubraciones y a deducir que tu padre, o alguien cercano, murió de un infarto.

Noté cómo me miraba, a la espera de una reacción.

—O sea, que el dolor es solo para despistar, algo que creó mi subconsciente para distraerme de lo que estaba haciendo en aquel momento.

—Exacto. Tienes suerte de que no haya sido colitis.

—¿Colitis?

—Es el peor dolor psicosomático que hay.

—¿Peor que el del corazón?

—Mucho peor.

—Ya. En fin, como ya te he dicho, lo que hacía en aquel momento lo he hecho ya muchas otras veces.

—Piénsalo bien, Donovan. Estoy convencida de que en ese caso en concreto había algo distinto.

En resumen, su idea era que mi mente no quería que matara a las hermanas Peterson. No, la cosa iba aún más lejos. Mi mente había tratado de impedirlo. Pero ¿por qué? Ya había matado a docenas de personas (bueno, vale, a más de un centenar). ¿Qué tenían de especial las Peterson? No podía ser que fueran mujeres. Había matado a mujeres sin sentir dolor ni remordimientos. No podía ser que estuviera ablandándome, porque hacía poco me había cargado a Ned Denhollen sin el más mínimo rastro de molestias en el pecho.

Entonces ¿por qué eran distintas las Peterson de todos los demás?

La respuesta pululaba por el fondo del cerebro, se ocultaba en un rincón al que no conseguía llegar. Probablemente me esforzaba demasiado por encontrar sentido a algo que mi mente trataba de reprimir. Lo mejor era dejarlo aparcado y volver a abordarlo más adelante. Me levanté.

Ella también.

Nos dimos la mano.

—¿Volverás? —preguntó.

—Me has dado mucho en lo que pensar.

—Te hace falta —insistió.

—Ya te avisaré.

Por un momento me pareció que Nadine iba a añadir algo. La idea revoloteó por su cara como un pedazo de papel atrapado en una corriente de aire. Al final prefirió guardárselo, fuera lo que fuese, y me quedé con la intriga.

Entonces me di cuenta de que era probablemente la técnica con la que conseguía que volvieran sus pacientes.

18

Recursos Sensoriales tenía un Gulfstream en un hangar de Trenton que había que devolver a Los Ángeles, así que Callie y yo lo aprovechamos durante parte del trayecto y nos fuimos con él a Las Vegas. Una oportunidad así no podía desaprovecharse cuando se presentaba. En un mundo ideal lo habríamos tenido también para el viaje de vuelta, pero, bueno, no era cuestión de quejarse. El jueves me tocaría rascarme el bolsillo para alquilar algún otro avión. Luego lo aprovecharía: me lo quedaría por la noche y lo utilizaría para ir con Kathleen al entierro de Charlie el viernes.

En un G4, el viaje de Trenton a Las Vegas duraba unas cuatro horas. Había mucho tiempo para charlar, pero fuimos casi todo el rato en silencio. No podía quitarme de la cabeza lo que había dicho la doctora Crouch sobre el dolor psicológico. Mientras no diera con la causa, estaba expuesto a sufrir intensos dolores en el pecho en los momentos más inoportunos. Y eso era una dolencia que en mi ramo laboral podía resultar mortal.

—El Cirque du Soleil —dije.

Callie levantó la vista.

—¿Qué le pasa?

—No sabía que fueras tan aficionada a las artes escénicas.

—Es que hay muchas cosas de mí que no sabes.

«Es verdad», pensé. Pero también había muchas que sí sabía.

Así se llega a ser Callie: hay una niña de ocho años que ve la tele, juega en el parque, va al colegio y tiene la sonrisa más radiante y la risa más contagiosa de todo el barrio, pero un día está jugando en el jardín de casa de una amiguita, el cielo se oscurece y decide que si se da prisa en volver puede que no se moje, porque vive a solo un par de calles de allí.

Entonces echa a correr y ya está a mitad de camino cuando se pone a llover a cántaros y hace algo que le cambia la vida.

Vacila.

Se detiene, indecisa. ¿Es mejor seguir adelante o volver a casa de su amiga y llamar a su madre para que vaya a recogerla?

En ese preciso instante de titubeo alguien se lanza sobre ella, le da un puñetazo y la arrastra hasta unos matorrales.

Es un hombre alto y corpulento. Huele a ajo y a queso mohoso. La tumba boca abajo en el barro y no le hace falta pegarla en la nuca, pero le atiza igual, y no una sola vez, sino otra y otra. Y con cada golpe se marea un poco más y le entran ganas de chillar, pero cuando lo intenta lo único que logra emitir es un siseo.

Ese individuo apestoso le baja las braguitas hasta los tobillos y le arrea otra vez. Empieza a tocarla de una manera determinada y a la niña le viene a la cabeza una palabra que ha oído: indecente. Al principio no se asusta mucho, porque lo que quería más que nada en el mundo era que dejara de darle puñetazos en la nuca, pero luego cuando el hombre empieza a murmurarle cosas al oído y la llama «muñequita de porcelana» le entran ganas de vomitar. Después se pone verdaderamente asqueroso y empieza a insultarla, y la niña desea con todas sus fuerzas que deje de decir esas cosas y vuelva a darle golpes.

Y entonces, cuando parece que las cosas no pueden empeorar, empeoran y mucho. El tormento no tiene nada que ver con los dolores que pueda haber experimentado o imaginado. La atonta y su mente no puede tolerarlo, así que se bloquea.

El hombre la deja allí tirada, medio muerta boca abajo en un campo fangoso. La niña casi se ahoga en aquella porquería, pero alguien la encuentra y la lleva a su casa, y luego se pasa seis meses entrando y saliendo de hospitales, y no puede hablar, ni sentir, ni pensar. Se sienta delante de una ventana y todo el mundo se cree que mira el paisaje, pero en realidad mira la ventana, y su mente trata de descifrar cómo encajan las piezas de madera, los listones que sostienen los cristales. En ese encaje hay algo extraño. Si consigue desentrañarlo, bueno, no será gran cosa, pero habrá alcanzado algo: un punto a partir del cual recuperar la cordura.

Un buen día, cuando ya ha llegado el otoño, el viento se lleva las hojas de los árboles y una se pierde y va a pegarse a un cristal de la ventana, enmarcado por listones de madera, y en ese momento la niña se fija en ella. Por primera vez en muchos meses ve que hay algo al otro lado de la ventana, y quizá sea lo bastante grande como para devolverle la esperanza de vivir.

Empieza el proceso de reconstrucción de su vida desde cero, pero lo que construye no es la vida que estaba previsto que llevara, sino algo completamente distinto.

Se da cuenta de que está viva, y no muerta ni dormida, pero también comprende que aunque viva por fuera por dentro ha muerto. Transcurren unos meses y la mandan al colegio, pero algo ha cambiado. Todos sus compañeros saben lo que le ha sucedido. Se mofan de ella y le dan golpes, pero no siente dolor. Es porque ninguno puede pegarla como el hombre que la pegó. Pero en realidad quiere que la peguen, así que los provoca. La golpean y se ríe. La golpean más y se ríe con más ganas. Le encanta notar la sangre dentro de la boca. Con ese sabor y esa textura casi se siente viva.

Ya tiene quince años y cada vez está más guapa, pero eso la trae sin cuidado. Empieza a tomar drogas, coquetea con los padres de los que eran sus amigos y consigue que algunos se acuesten con ella a cambio de dinero, que dedica a comprar más drogas.

Acaban deteniéndola por prostituirse y la envían a un hospital público para examinarla. Tiene el mono y le da un ataque, así que le ponen una inyección y la aíslan. Cuando se despierta está atada a la cama con correas por los brazos, la cintura y las piernas. Cuando vuelve a despertarse, dos celadores están abusando de ella. Se pone a chillar y a gemir y salen corriendo, así que se cree que ha descubierto cómo deshacerse de ellos, pero lo único que ha conseguido es que la próxima vez le administren una dosis más fuerte.

Pasa varias semanas internada y cuando ya está desintoxicada se entera de que tiene un coeficiente intelectual de ciento ochenta y dos, es decir, cien puntos más de los que necesita para la vida que está dispuesta a aceptar.

Y así vuelve a casa y a hacer otras cosas, como comprar drogas y vender su cuerpo. Y cuando cumple los dieciocho años ya se dedica a nuevas actividades, como robar coches. Le encantan, le gusta hacerles el puente, conducirlos a toda velocidad, con las ventanillas bajadas y la radio a todo volumen, de modo que los bajos marquen el ritmo con fuerza.

Como el latido de un corazón.

Una noche conduce un Dodge Super Bee tuneado y va lo bastante puesta como para que le entren ganas de saber qué se sentiría al estrellarlo contra un coche aparcado cerca de los matorrales donde su vida cambió por completo. El choque es tremendo, pero sobrevive y vuelven a internarla, vuelven a darle la medicación que la atonta y que permiten a los celadores violarla por las noches, cuando de otra forma jamás conseguirían acercarse a una chica.

Y las cosas siguen así durante varias semanas o meses hasta que sucede algo: por segunda vez en su vida aparece un hombre que lo cambia todo, solo que este la entiende y sabe qué necesita. Se llama Donovan Creed y sí, tiene clarísimo lo que necesita.

Necesita un motivo.

No se llegaba a ser como la Callie de los dieciocho años sin haber experimentado un trauma capaz de desgarrar el alma. Y no se llegaba a ser la máquina de matar retorcida y sin remordimientos que era Callie hoy si no se tenía un motivo.

Pues sí: yo se lo di. La acogí y la preparé. Era buena alumna porque jamás se cansaba y porque, sencillamente, todo le importaba una mierda.

El motivo de Callie era la venganza.

Por eso no le costaba meterle una bala entre ceja y ceja a un desconocido ni matar a sangre fría a unos jovencitos que se dedicaban a drogar y a violar a las chicas de su pueblo. Por eso a veces Callie se implicaba personalmente.

La vi allí sentada al otro lado del pasillo del Gulfstream,

de cara a mí, con el respaldo reclinado y los ojos cerrados. Y una vez más me dije que no había pisado este mundo ninguna mujer de belleza tan exquisita.

Ni más mortífera.

No conseguía entender por qué me llevaba a Las Vegas a ver un espectáculo, pero si se había enternecido lo suficiente para apreciar las artes escénicas me interesaba estar a su lado para verlo.

Además, me intrigaba saber por qué era cuestión de vida o muerte.

19

El espectáculo *O* del Cirque du Soleil se consideraba
tan importante para el éxito del hotel Bellagio que primero se había construido el teatro que lo acogía y luego se
habían levantado el hotel y el casino a su alrededor. ¡Y menudo teatro! ¡En el escenario había una piscina con casi
seis metros cúbicos de agua! Para que la plataforma sobre
la que actuaban pudiera ascender y descender en cuestión
de segundos sin desplazar todo ese líquido contaba con
miles de agujeritos, de modo que los intérpretes podían
lanzarse a la piscina desde las alturas en un momento dado
y al cabo de un minuto deslizarse por la superficie.

Las entradas se vendían con meses de antelación. No
pregunté a Callie cómo había conseguido dos butacas en
primera fila y no me hizo falta. Ella conseguía lo que le
apetecía.

El espectáculo en sí no resultaba fácil de explicar, pero
en líneas generales se trataba de un homenaje al agua. No
había argumento propiamente dicho y tampoco hacía falta. *O* era una deslumbrante explosión de atletas, acróbatas, nadadoras sincronizadas, saltadores y personajes mí-
ticos, todos los cuales actuaban en un escenario líquido en
constante transformación.

El programa de mano aseguraba que la música era «lírica e inolvidable, animada y melancólica», y no mentía: era formidable. Para mí, la amalgama de la música y la coreografía intensificó la belleza y la espectacularidad de la experiencia. Desde luego, había visto otras funciones circenses que me habían impresionado, pero nunca había sentido una conexión emocional con los intérpretes. Sin embargo, aquella noche, viendo O sentado al lado de Callie, quedé atrapado en su mundo de gracilidad, fuerza y arte. Y me encantó todo de principio a fin.

El espectáculo constaba de diecisiete números, sin descanso. Miré a Callie de reojo en varias ocasiones, pero la vi siempre menos expresiva que Nicole Kidman después de un tratamiento de bótox.

Hasta que llegó la última actuación: el solo de trapecio.

Entonces fue cuando se le tensó la mano, aunque muy ligeramente. Me volví hacia ella y no me la encontré llorando, pero sí con los ojos llorosos. Sucedió algo asombroso y una lágrima solitaria se desbordó por el borde de las pestañas y descendió hasta media mejilla. Callie no se fijó en que la observaba y no se movió para limpiársela. Más de nueve millones de personas habían visto O en aquel teatro, pero nadie se había emocionado tanto como Callie. Me daba perfecta cuenta porque la había visto en docenas de situaciones que habrían hecho llorar a los tipos más duros. Si se sumaba todo eso a aquel número se conseguía un total de una lágrima.

Abrí el programa de mano y vi que la trapecista no era la titular, sino su sustituta. El nombre me sonaba de algo.

Y entonces me acordé.

Eva LeSage.

No la conocía, pero Callie había estado encargada de vigilarla en Atlanta por encargo de Recursos Sensoriales.

Uno se encariña de la gente que vigila y quiere que le vaya bien en la vida. Callie estaba resultando mucho más sentimental de lo que esperaba, pero, claro, ni siquiera había arqueado una ceja al matar a Charlie y sus amigos unos días antes, así que no era muy probable que se hubiera convertido en una reencarnación de la madre Teresa.

—En Las Vegas se representan seis espectáculos del Cirque du Soleil —comenté al terminar la función.

—¿Y?

—Pues que esta noche andarán por el Strip quinientos artistas... lo bastante flexibles como para mantener relaciones sexuales sin necesidad de pareja.

—Todo el mundo puede hacerlo sin pareja —replicó Callie, mirándome con recelo.

—Ya, pero yo estaba pensando en posturas muy concretas.

—Gracias por ser tan explícito.

Subimos a la limusina que nos esperaba y nos dirigimos al hotel Encore. Teníamos una reserva para cenar en el Switch.

—¿Se te ha quedado algo más del espectáculo, además de la hipotética destreza sexual de los intérpretes? —preguntó Callie.

—Debe de ser lo mejor que he visto en la vida: nadadoras sincronizadas, acróbatas, soldados con casacas rojas y pelucas empolvadas montados en caballitos de tiovivo voladores, saltadores de primera categoría, contorsionistas, un hombre tan enfrascado en el periódico que sigue leyéndolo después de empezar a arder...

—¿Algo más?

Sonreí.

—Me ha impresionado especialmente el solo de trapecio de una artista que ha debutado esta noche. La suplente de Atlanta. Eva LeSage.

Callie me miró atentamente durante unos instantes antes de preguntar:

—¿Cuándo te has dado cuenta?

—No he visto nada hasta el final.

—¿Crees que es lo bastante buena para quedarse de titular?

—No tengo capacidad para decirlo —contesté, encogiéndome de hombros, pero la miré y me di cuenta de que le hacía falta escuchar algún tipo de refrendo de mis labios. Algo sincero, de corazón. Hice un gran esfuerzo—. Para mí, Eva ha demostrado una delicadeza y un talento de bailarina que destacan muy especialmente. Me ha dejado boquiabierto. Ha sido como poesía en movimiento.

—«Poesía en movimiento» —repitió Callie, con aire pensativo, y al cabo de un momento preguntó—: ¿Eso es idea tuya?

—Es el título de una vieja canción de los años sesenta.

—¿Del siglo XIX? —preguntó, con una sonrisa de oreja a oreja.

—Del XX, listilla. Johnny Tillotson.

—De verdad, Donovan. ¿Cómo sabes esas cosas? Si ni siquiera habías nacido en los años sesenta.

—Hay cosas que merece la pena descubrir.

—¿La música de los sesenta, por ejemplo?

—En aquella época era mejor.

—Los títulos de las canciones, quizá.

Nos quedamos un rato en silencio, notando cómo se adaptaban los neumáticos a las irregularidades de la calzada irregular. El conductor se volvió hacia atrás y se disculpó:

—Siento lo de las obras.

—No pasa nada —dije.

Por supuesto que había obras. Estábamos en Las Vegas, una ciudad en constante construcción.

—¿Tienes hambre? —pregunté a Callie.

Quería probar el Switch porque había oído que tenían ensalada de langosta de primero y unos filetes estupendos, pero la particularidad del restaurante era que cada veinte minutos bajaban las luces, sonaba una música sobrecogedora y las paredes y los techos mostraban otro tema. También tenía entendido que a veces los camareros cambiaban completamente de vestuario en un abrir y cerrar de ojos. Era una cosa turística, sí, pero me serviría para contarles algo a Kathleen y a Addie a la vuelta.

—La comida no es mi pasión —contestó—, pero puedo picar algo mientras hablamos del... problemilla.

—¿Hay algún problemilla? ¿Tiene que ver con Eva?

—Va a haberlo muy pronto.

20

El Switch estaba a la altura de lo esperado. Era un restaurante cargado de energía y decorado con colores vivos, murales de cristal veneciano y telas elegantes y exageradas. Y encima tenían una carta de bourbons que contenía, entre otros clásicos eternos, mi licor preferido: reserva familiar de veinte años de Pappy van Winkle. Pedí un chupito para cada uno.

—Para mí un chardonnay —dijo Callie.

El camarero vaciló.

—Tráigale el chupito de Pappy —ordené— y una copa del chardonnay de la casa, por si las moscas.

Se marchó a buscar la comanda.

—¿Te acuerdas de Burt Lancaster? —pregunté entonces.

—¿El actor? —se sorprendió Callie, y miró alrededor—. ¿Está aquí?

—Solo en espíritu.

—Ah. —Recapacitó por un momento y comentó—: Me gustó en aquella de Kevin Costner, la del béisbol.

—*Campo de sueños* —dije—. Su última actuación.

—Bueno, ¿a qué viene la pregunta?

—A los dieciséis años Burt Lancaster se escapó de casa y se metió en un circo. Quería ser trapecista.

—¿Y lo consiguió? —quiso saber Callie, con aparente interés.

—Lo consiguió.

El camarero llegó con las bebidas.

—Dale un sorbo al bourbon —pedí—. No te arrepentirás.

—Vale —accedió, tras un suspiro—. Salud.

Brindamos y le recomendé algo:

—Deja que se quede en la lengua durante unos segundos, hasta notar el sabor a caramelo.

Callie obedeció, pero enseguida puso mala cara y escupió el licor en la copa del agua.

—¿Cómo puedes aguantar una cosa así? —dijo—. ¡Sabe a gasolina!

Miré el líquido ambarino y turbio de la copa y fruncí el ceño.

—No concibo lo que acabas de hacer —señalé—. Eso es como escupir en una iglesia.

Cogí su vaso y lo coloqué al lado del mío.

Callie agarró mi copa de agua y bebió con frenesí. Cuando recuperó la compostura tomó un sorbo de chardonnay.

Yo levanté mi vaso y probé de nuevo el bourbon.

—«Hacemos whisky de calidad —recité—. Ganamos dinero si podemos, lo perdemos si no hay más remedio, pero el whisky es siempre de calidad.»

—¿Y eso?

—El lema de Pappy van Winkle.

—No sé si conseguiré quitarme ese sabor de la boca —se quejó Callie.

—Estábamos con Burt Lancaster —recordé.

—Eso. ¿Por qué dejó el trapecio para actuar?

—Estalló la segunda guerra mundial, se alistó, llegó a ser soldado de élite en los servicios especiales del ejército.

Desde allí pasó casi sin darse cuenta al cine y gracias a la preparación como trapecista fue uno de los mejores especialistas de Hollywood.

Callie cogió la servilleta, se la puso en el regazo y se quedó observándola.

—Veía ensayar a Eva todas las noches —aseguró.

—¿En Atlanta, cuando la vigilabas?

—Sí. Al principio no le resultaba fácil quedarse cabeza abajo. Se mareaba y tenía jaquecas. Yo creía que tiraría la toalla, pero persistió y se obligó a superar el miedo.

—Hay que demostrar muchas agallas —comenté, a la espera de ver adónde iba a parar aquello.

El camarero nos preguntó si queríamos algún entrante. Yo pedí la ensalada de langosta. Callie prefirió esperar.

—Cada trapecista tiene su estilo particular —continuó—. Los hay muy técnicos, casi mecánicos. Sin emoción. Como Chris Evert en el tenis. Otros, como Eva, parece que bailan por el aire.

Dijo aquello último como si hablara sola. Me quedaba un último detalle pululando por la cabeza y me pareció buena idea utilizarlo.

—Decía que nunca había dejado de adorar el trapecio —informé. Callie me miró distraída y añadí—: Burt Lancaster. Hizo ejercicio en los columpios del trapecio hasta casi los setenta años.

La miré y me di cuenta de que se le habían llenado los ojos de lágrimas. Durante todos los años que hacía que la conocía y trabajaba con ella nunca la había visto así.

—¿Te encuentras bien?

—No puedo dejar que la maten, Donovan.

—Está decidido. Es la doble de Tara Siegel. Tienes que hacerte a un lado.

—No puedo. No pienso permitirlo.

—Esto hay que hablarlo —afirmé, con cara de pocos amigos.

—Bueno. Pues habla.

Los dobles eran individuos desechables que utilizábamos para limpiar nuestro rastro o fingir nuestra muerte si alguien descubría nuestra tapadera. Al matar estratégicamente a uno (como estaba a punto de hacer Sal para borrar las huellas de Callie en Darnell) podíamos conseguir más tiempo para eliminar documentos comprometedores o cambiar de aspecto y seguir con lo nuestro: matar terroristas en nombre de la seguridad nacional. Evidentemente, los dobles no tenían ni idea de que sus vidas estaban en manos de Recursos Sensoriales. El funcionamiento era el siguiente: uno de nosotros se fijaba en un civil con un gran parecido con uno de nuestros principales agentes. Si Darwin aceptaba al candidato, le asignaba a un agente en formación para que lo vigilara y protegiera hasta que hubiera que recurrir a él. Al dejar la CIA yo mismo me había dedicado a vigilar a un doble durante casi un año. Y Callie había pasado año y medio haciendo lo mismo antes de que la ascendieran a mi equipo de asesinos.

La civil en cuestión había sido Eva LeSage.

—¿Quién vigila ahora a Eva? —pregunté.

—Chávez.

—¿Se ha mudado a Las Vegas para protegerla?

Callie asintió.

—Sí. Las entradas me las ha dado él.

Eva tenía apenas veintidós años cuando alguien la había visto en una competición gimnástica y se había fijado en ella. Así funcionaban las cosas. Vamos por la vida y vemos a alguien que se parece a uno de nuestros agentes. Resultó que Eva podía encajar con Tara Siegel, que vivía en Boston.

No hacía falta que el individuo fuera exactamente idéntico para elegirlo como doble. Bastaba que tuviera más o menos la misma edad, la misma altura, el mismo peso y la misma complexión, los mismos pómulos, rasgos faciales y tono de piel. Cuando teníamos necesidad del doble, lo arreglábamos un poco para que pudiera pasar por nuestro agente y hacíamos el cambio. Por supuesto, era requisito indispensable que abandonara el mundo de los vivos.

Por lo visto, al pasar Callie a la categoría de asesina habían asignado a Antonio Chávez para vigilar a Eva.

—¿Y después de tantos años no han ascendido a Antonio?

—Prefiere vigilar —aseguró Callie—. Además, creo que es demasiado equilibrado para matar a alguien.

Al trasladarse Eva a Las Vegas por avanzar profesionalmente, Chávez podría haber entregado el relevo a otro agente, pero, según me contó Callie, había preferido seguirla hasta allí. Me pregunté si habría tenido algún motivo oculto. No era nada extraño encapricharse de la persona a la que se vigilaba.

—¿Crees que se ha enamorado de ella?

—Ni hablar —contestó.

—Pareces muy segura.

—Chávez es muy profesional.

—¿Tienes algún motivo para creer que estén a punto de requerir los servicios de Eva?

—No hace falta que maquilles las cosas —me reprochó, mirándome fijamente—. No requerimos los servicios de nadie. Los asesinamos y punto.

—Responde a la pregunta —insistí.

Frunció la boca asqueada.

—Tara Siegel es una bomba de relojería —dijo—. En cualquier momento puede meter la pata hasta la ingle. Eva

LeSage no es un ama de casa cualquiera, de las que hay veinticinco mil, Donovan. Es maravillosa. Da igual lo deprimida que esté, siempre que la veo me alegra el día. Una persona así, que inspira y entretiene a tanta gente, no se merece morir.

—Ninguno de los dobles se merece morir, Callie. Es un mal menor. Sacrificamos a uno para salvar a muchos. Venga, que todo eso ya lo sabes.

Entonces entendí por qué me había dicho que después del espectáculo tendría que tomar una decisión, cuestión de vida o muerte para ella. No quería que aquella doble en concreto muriera, lo cual me ponía en una situación incómoda. Si me situaba del lado de Darwin, tendría que matar a Callie, pero si me alineaba con ella correrían peligro su vida y la mía.

—¡Para empezar, no se parece en nada a Tara, que es el doble de grande! —exclamó.

—Darwin debe de haberle visto algo.

—Es imbécil. Tienen que encontrar a otra. Ya la buscaré yo.

—Es imposible, Callie. Llevan años invertidos en esto...

—Lo digo en serio, Donovan.

Aquello era tan extraño en Callie que me costaba centrarme en la conversación. Entendía lo que trataba de decir, pero ya sabía cómo funcionaba el sistema. Sí, claro, Eva era artista, una excelente trapecista, pero no por eso su vida tenía más valor que la del catedrático de literatura que había vigilado yo o las de la otra docena de civiles que cuya existencia transcurría sin la más mínima sospecha de que controlábamos todos sus movimientos. No entendía por qué podía importarle a Callie lo que le pasara a Eva.

A no ser que...

—¿Te la estás tirando? —pregunté.

Tomó aire, lo retuvo un instante y luego lo soltó poco a poco. Apartó la mirada.

—¡Hostia puta! —exclamé.

21

De repente Callie esbozó una sonrisa. Supuse que compartir el secreto sería un alivio.

—No puedo dejar que la maten —repitió.

—Espera un momento —pedí—. Estoy tratando de imaginaros a las dos en la cama.

—¿Qué? ¡Venga, no seas tan infantil, Creed!

—Es la fantasía de cualquier hombre, Cal. No tardo nada.

—¿Estás...? ¡Por el amor de Dios, me estás dando un repaso! ¡Joder, Donovan!

—Tranquila, te doy repasos constantemente —dije—. Lo que pasa es que nunca te habías fijado.

—Es cierto que todos los hombres sois unos cerdos.

—Pues sí.

—Y tú, el que más.

—Oink.

Volvió a respirar hondo.

—No me hace ninguna gracia decirlo —reconoció—, pero necesito tu ayuda.

—La verdad es que sí.

En aquel momento me fijé en una ancianita que se había colocado al lado a la torre de marisco. Saqué el teléfono, se lo di a Callie y señalé a la señora con la cabeza.

—Para Kathleen —dije.

—Es coña.

—Venga, ya sabes cómo son estas cosas.

—¿Llevas bragas, Creed? Todo empieza cuando un hombre se pone bragas, ¿sabes?

—Tranquila. Es que no quiero que Kathleen se agobie, ¿vale? Le cuesta confiar.

—Me parece que necesitas un trasplante de columna vertebral.

—Me lo apunto. Pero ven y échame una mano, ¿quieres?

Nos acercamos a la ancianita.

—Perdone —la abordé—, pero ¿me haría el honor de posar para una foto conmigo?

—¿Y por qué iba a querer usted sacarme una foto? —se sorprendió—. Si su amiga es preciosa. La que tendría que hacerles la foto soy yo.

Callie aprovechó el pie como si hubiera ensayado la escena.

—Es que se parece a su madre.

—¿Qué?

—¿De dónde es usted? —insistió—. En serio, podría ser hermana de su madre.

—Soy de Seattle —contestó la señora—. ¿Y ustedes?

—De Atlanta —dijo Callie—. Por cierto, me llamo Julie. Y este es Joe.

—Encantada de conocerlos, Julie y Joe. Yo soy Mildred. —Señaló a un señor mayor que nos mirada desde lo lejos—. Ese es mi marido. Otro Joe.

—Un buen hombre, estoy seguro —intervine—, a juzgar únicamente por el nombre.

Mildred se rio.

—Venga, pónganse bien juntitos y sonrían —dijo Callie.

Nos apuntó con mi móvil y sacó una foto. Luego acompañamos a Mildred hasta su mesa. Nos dimos todos la mano.

—Acabamos de ver *O* en el Bellagio —contó Callie—. ¿Lo han visto?

—Pues sí —contestó Joe.

—Hará unos dos años —añadió Mildred.

—¿Y no les encantó? —preguntó Callie.

Coincidieron en que era excelente. Entonces le contamos a Joe que Mildred era idéntica a mi madre y nos preguntó si conocíamos a alguien en Seattle. Le conté que sabía de un jefe de bomberos de Montclair, en Nueva Jersey, que se llamaba Blaunert y tenía previsto jubilarse en la bahía de Portage.

—Es un rincón precioso —aseguró.

Nos despedimos y cuando regresábamos a nuestra mesa paré a nuestro camarero y le pedí que llevara una botella de champán a Joe y Mildred. Ocupamos nuestras sillas y nos miramos.

—Vaya, menuda juerga —comentó Callie, sarcástica.

—Lo has hecho de maravilla, por cierto.

—Ya. Bueno, no es la primera vez que me toca. En fin, ¿vas a decirle algo de lo mío a Darwin?

—Pues no —respondí—. Querría saber por qué se lo pido y te aseguro que se enteraría. Y entonces pondría punto y final a tu historia de amor con una buena bala. Total, que si quieres seguir con esto, y es evidente que sí, Darwin no puede saber que te has enrollado con ella. Por cierto, ¿cómo has conseguido que no se diera cuenta Chávez?

—Ha sido más fácil de lo que podría parecer. No te olvides de que a quien sigue es a Eva. Como yo ya sé adónde va a ir antes que él, llego con antelación y ya está.

—O sea, que si Eva va a una fiesta en casa de alguien tú llegas antes, ¿no?

—Te doy un ejemplo mejor: cuando va a visitar a sus padres duerme en un hotel y resulta que su habitación está al lado de la mía.

Pensé en la logística que entrañaba haberse enamorado de ella, haberla abordado, haberla conquistado, el tiempo que habría invertido en establecer una relación así.

—Es imposible que montaras todo esto después de pasarle el testigo a Chávez —dije.

Callie no contestó.

—Tendrías que haber empezado hace años, cuando la vigilabas.

Siguió en silencio.

—Y luego seguiste todo este tiempo —dije—. ¿Qué ha pasado ahora?

—¿Qué quieres decir?

—Siempre has sabido que su vida corría peligro. ¿A qué vienen estas prisas?

—Me parece que Tara está metida en una operación que podría salir mal.

—¿Y eso?

—Chávez ha recibido una llamada. Darwin le ha pedido que esté preparado, por si acaso.

—¿Y eso cómo lo sabes?

—De vez en cuando Chávez y yo charlamos.

—O sea, que has mantenido el contacto para ir viendo qué sabía, ¿no?

—Una cosa así.

De repente se me ocurrió algo.

—¿No te lo estarás tirando también?

—¡Vete a la mierda!

—Vale, vale, cálmate. Lo único que quiero es saber el alcance de todo esto.

—Chávez cree que somos compañeros de trabajo y punto. Cuando estaban en Atlanta quedábamos un par de veces al año para tomar una copa. Siempre iba con cuidado al preguntarle por Eva.

—Me lo creo. Si no, estaría muerta.

Callie me observó con detenimiento, como si tratara de descubrir algo en mi expresión.

—Si no puedes hablar con Darwin, ¿qué nos queda? —preguntó.

—Puedo tratar de convencer a Tara para que se retire.

—¿Qué?

—Ya lo has dicho tú, las cosas le van fatal. A lo mejor está harta de todo esto.

—En ese caso, ya lo habría dejado ella solita.

—A veces la gente necesita un empujón.

—¿Y serías capaz de dar con ella sin ayuda de Darwin?

—Supongo —contesté—. Nos conocemos bien.

—Ya. Me han dicho que la cosa acabó mal —espetó, y se llevó el índice a la mejilla para dibujar la fea cicatriz que me empezaba en el pómulo y bajaba hasta la mitad del cuello.

—Hay gente que se hace tatuajes —respondí, encogiéndome de hombros.

Callie se echó a reír y comentó:

—Boston es una ciudad bastante grande.

—Es verdad.

—Pero tú sabes algo de Tara, algo que descubriste cuando te la tirabas, ¿no?

Asentí.

Callie reflexionó un poco.

—¿Y si dice que no?

—Entonces pasamos al plan B —dije.

—¿En qué consiste?

—En liquidarla.

Callie se echó hacia delante y me dio un beso en la mejilla. La de la cicatriz.

—Gracias, Donovan. Has vuelto a salvarme la vida.

«A ver qué tal», me dije.

22

—¿Se movían las paredes? —preguntó Kathleen—. ¿Cómo?

—Parecía un gran decorado de Hollywood —expliqué—. Había tres escenarios distintos, con paredes: tres decorados diferentes con dos techos. Y de uno de ellos colgaban arañas de cristal.

—Pero ¿cómo lo cambian todo?

—La escenografía se desliza y van pasando de una cosa a otra.

—¿Y la cena era buena? —quiso saber.

—¡Te habría encantado! Ya te llevaré un día.

—Bueno, pero cuéntame un poco.

—Vale. Había una torre de marisco con una escultura de un caballito de mar. Y tres niveles de ostras con la concha abierta. ¡Y en algunas de las de muestra había perlas de verdad!

—¿Y la mujer con la que cenaste?

«Ay, ay, ay», pensé.

—¿Qué quieres saber?

—¿Qué edad tiene?

—No sabría decirte —contesté, arrugando la frente. En un momento así había que sopesar las ventajas de la sinceridad frente a la felicidad. No tenía mucho sentido contarle la verdad, porque para empezar no le había puesto los cuernos y por otro lado lo más probable era que Callie y Kathleen no llegaran a conocerse. Y aunque un día se vieran Callie no me delataría. Nuestros secretos estaban a salvo. Nos protegíamos mutuamente.

Miré a Kathleen a los ojos, como me había enseñado el presidente Clinton, y dije:

—Cariño, la señora Calloway debe de tener al menos sesenta años.

—Sesenta —repitió.

—Como mínimo. Quizá sesenta y cinco.

—¿Y por qué iba a pedirte que te fueras hasta Las Vegas solo para sacarla a cenar y al teatro?

—Ya te lo he contado. Su marido se puso enfermo. Ya tenía las entradas y también la reserva para la cena. Es uno de mis jefes. Me sentí obligado.

—Ya. Pero me da la impresión de que te lo pasaste bien.

—Al mal tiempo, buena cara —respondí.

Kathleen era desconfiada. Había que echarle la culpa a su ex marido, Ken Chapman. Me di cuenta de que le costaba creerse mis explicaciones y me dije que ya iba siendo hora de tranquilizarla.

Me di una palmada en la frente.

—¿Qué? —dijo—. ¿Te has dejado algo?

—Acabo de acordarme. Tengo una foto con Mildred.

—¿Mildred?

—Mildred Calloway. El camarero nos sacó una foto con el móvil.

—¿En el Switch?

—Sí.

—¿Por qué?

—Bueno, me da un poco de corte —contesté, intrigando sin la más mínima vergüenza—. Es que dice que soy muy mono y quería mandarle una foto de los dos a una amiga que tiene en Seattle, para engañarla diciendo que había salido con un pimpollo.

—Dame el teléfono —pidió Kathleen—. Quiero verte con esa lagarta.

Toqué un par de iconos en la pantalla y se lo entregué.

—Ten.

Al ver la foto le cambió el gesto.

—¡Ay, pero si Mildred es un encanto!

—Tú estás mucho mejor —contesté, aunque solo fuera para demostrar que mi desfachatez no tenía límites.

—Mira cómo sonríe —dijo—. Se nota que se lo pasó de maravilla. Ay, qué majete eres, cariño.

—Gracias.

—¿Y eso del fondo es la torre de marisco?

—Exacto. Tendría que haber sacado una de más cerca para que la vieras.

Antes de devolverme el móvil tocó el icono de avance para ver si había alguna foto posterior. No salió nada.

Luego retrocedió para ver la anterior, en la que resultó que salían Addie y ella jugando durante la visita de la inspectora de adopciones, Patty Feldson, a su casa.

—No sabía que nos habías sacado una foto —comentó.

—No pude resistirme. Fue un momento muy especial para todos.

Kathleen me dirigió la sonrisa más maravillosa del mundo.

—Me encanta que digas eso: «para todos».

De repente se quedó triste.

—¿Qué pasa?

—Lo siento —dijo—. Es que no sabía si me ponías los cuernos.

—¿Con Mildred?

—No, cariño. Con alguna chulaza de Las Vegas. Pero no, estabas demasiado ocupado siendo un sol. ¿No te parece increíble que no confiara en ti? Es una locura, ¿verdad?

«¿Teniendo en cuenta todo lo que he hecho? —pensé—. Pues no.»

—Bueno, ¿crees que podríamos...? —propuse, mirando la puerta que daba a su dormitorio.

—No sé —replicó.

—¿Por qué no?

—Me da miedo que te pongas a pensar en Mildred mientras hacemos el amor.

—¿Qué?

Prorrumpió en una carcajada y me arrastró hasta la cama.

Luego, en el momento más indicado, musité:

—¡Mildred! ¡Ay, Mildred!

—Ja, ja, ja —se rio—. A lo mejor sí que deberías acostarte con Mildred. Y sobre todo asegúrate de ponerte tú debajo.

—¿Y eso?

—Así sabrás lo que es que se te venga encima la vejez de golpe.

23

El cielo de Huntington, en Virginia occidental, se mostraba oscuro y amenazante, como una pantera furiosa dando vueltas dentro de una jaula. Los asistentes al entierro contemplaban recelosos las nubes negras que rugían en lo alto, y no les faltaba motivo: el día anterior un rayo había matado a un hombre que jugaba al golf a poco más de un kilómetro de allí. Me imaginé que algunos tendrían la suerte de volver a ponerse el traje negro aquella misma semana.

El padre de Charlie, Jerry Beck, leal antiguo alumno de la Universidad de Marshall, había adquirido hacía años varias parcelas de primera categoría en el cementerio de Spring Hill, a la sombra de un gigantesco roble de corteza negra y cerca del Monumento de Marshall.

En aquel momento Jerry se había sentido orgulloso de hacerse con tan elegantes lugares de descanso eterno, aunque en ningún caso se había imaginado que utilizarían uno de ellos tan pronto.

El Monumento de Marshall rendía homenaje al equipo de fútbol americano, los entrenadores y los aficionados fallecidos en el famoso accidente aéreo de 1970. Al igual que el monumento y el roble, la tumba de Charlie estaba situada en el punto más elevado del cementerio, con vistas a la ciudad de Huntington y al recinto de la Universidad de Marshall. Kimberly, Kathleen y yo seguimos a la comitiva ladera arriba. Al pasar junto al monumento me fijé en que había seis tumbas sin inscripción, donde reposaban los restos de los seis fallecidos en el accidente a los que no se había identificado.

Me pregunté cuántas de las víctimas de Charlie habrían callado y por consiguiente habrían quedado sin identificar. Me dije que Kimberly podría haber sido la siguiente. Le apreté la mano con fuerza.

Acudieron más de doscientas personas al entierro, el más concurrido que había visto en la vida. Si hubiera hecho mejor tiempo, la cifra quizá se habría doblado. Según Kimberly, había ido tanta gente porque todo el mundo conocía a Charlie, pero yo sospechaba otra cosa. Quiero decir que no había que ser de allí para deducir por dónde iban los tiros en aquella parte del país. En Virginia occidental, un estado tan religioso y tan todo, los tiros bajaban cagando leches colina abajo, y en lo alto estaban el gobernador y Jerry Beck.

Me mostré circunspecto, como correspondía a la ocasión, pero no por eso dejé de fijarme en todo. Por ejemplo, en cuántos asistentes había, cuántos no dejaban de mirar al cielo y cuántos de los hombres tenían un bolso en la mano.

Me había puesto traje negro y gafas de sol de aviador, llevaba el brazo por los hombros de Kimberly y hacía todo lo posible por consolarla. La pobre no lo estaba pasando bien. No paraba de sollozar y de hundir la cabeza en mi pecho. El viento azotaba los vestidos de las mujeres sin piedad y las que llevaban sombrero necesitaban las dos manos para mantener en su sitio tanto una cosa como otra;

de ahí que muchos maridos les aguantaran los bolsos a sus señoras.

Mi ex mujer, Janet, estaba a pocos metros de distancia, con cara de pocos amigos. Las pocas veces que se cruzaron nuestras miradas vi que se preparaba una tormenta que iba a dejar en pañales al Katrina.

Si mi presencia en el entierro le daba rabia (y se la daba), el hecho de que me hubiera acompañado Kathleen la hacía echar humo. Además, le bastó un vistazo para darse cuenta de que mi novia no era la misma mujer que se había presentado en su casa hacía unos meses para contarle que Ken Chapman, con el que Janet planeaba casarse por entonces, le había dado una paliza de padre y muy señor mío. Tras aquella visita, se había deshecho de él, pero se había quedado con la sospecha de que yo había tenido algo que ver con la ruptura. Allí en el cementerio acaba de darse cuenta de que en realidad lo había tramado todo.

Me fijé en su bolsito de charol, intrigado por los secretos que pudiera contener. En concreto me interesaba saber si todavía llevaba la Taurus 85 ultraligera del treinta y ocho que le había regalado hacía unos años. En caso afirmativo, quizá también me haría falta a mí una buena parcela en un cementerio antes de que acabara la ceremonia.

El grupo se congregó en torno a la tumba y el pastor hizo varias observaciones sobre la vida, la muerte y los umbrales, sobre la sanación, la fe, los seres queridos y el más allá. Los familiares dejaron rosas sobre el ataúd mientras lo bajaban. Una vez estuvo en el fondo el predicador cogió una pala pequeña y echó un poco de tierra encima. Los padres y el director del cementerio intercambiaron unas palabras. Este señaló el cielo y luego a los dos hombres que se habían situado un poco más allá con sendas palas. Jerry Beck habló en voz baja con el pastor y se tomó la decisión de empezar a llenar el agujero antes de que estallara la tormenta. Me imaginé que en realidad trabajarían con una excavadora que sacarían en cuanto se hubieran ido los asistentes.

Jerry y Jennifer Beck se quedaron junto a la tumba y rezaron durante unos minutos antes de dirigirse al Monumento de Marshall, donde estaba previsto que recibieran el pésame de sus amigos y familiares. El aire estaba cargado de tensión, como si fuera a abrirse el cielo sobre nuestras cabezas.

Kimberly no conocía a los padres de Charlie y quería ir a saludarlos. Le hacía falta darles un abrazo, me dijo, y recibir uno de ellos. Se había creído la ilusión de que, de no haber muerto Charlie, algún día habría sido la nuera de Jerry y Jennifer. Kimberly, Kathleen y yo nos quedamos mirando la larga hilera de allegados que se formó y que empezó a avanzar a buen ritmo. Janet no se movió; parecía que le bastaba con dirigirnos miradas de odio a Kathleen y a mí desde cierta distancia. Yo iba controlando dónde ponía la mano y qué hacía con el bolso. A veinte metros por detrás de nosotros los sepultureros iban echando tierra en la tumba a una velocidad que me sorprendió. Durante unos minutos los vi trabajar hasta que apareció la excavadora mecánica Bobcat, miré a los señores Beck y me quedé pensando qué les parecería que la pusieran a llenar la sepultura en aquel momento. Seguramente creían que era lo más sensato.

—Acompáñame, papá. Tengo que decirles algo —me pidió Kimberly cuando la cola de gente empezó a menguar.

—Pero ¿y tu madre? —pregunté, mirando un instante a Janet.

—No pasa nada.

Me daba miedo alejarme y que mi ex se enfrentara a Kathleen y montara una escena. Sin embargo, había ido para apoyar a Kimberly y si me pedía que estuviera a su lado en el momento de saludar a los señores Beck no podía negarme. Susurré a Kathleen que nos esperase abajo. Kimberly le dio un breve abrazo y miró a su madre. Kathleen siguió sus ojos, sintió el desasosiego latente y pidió que la disculpáramos. Kimberly y yo la vimos bajar con cuidado por la ladera hasta el camino de grava que llevaba a la salida del cementerio. A continuación nos acercamos a los padres.

—¿Los señores Beck? —preguntó Kimberly con una vocecilla que se perdía en aquel viento arremolinado.

—¿Sí? —dijo Jennifer Beck.

—Soy Kimberly.

—Hola, Kimberly —saludó Jerry Beck, tendiéndole la mano—. ¿Habías ido a clase con Charlie?

—Ay, Jerry, ¿no ves que es demasiado joven? —lo regañó su mujer—. Encantada, Kimberly. ¿De qué conocías a nuestro hijo?

—Soy Kimberly Creed —aclaró ella—. Tendría que haberlo dicho.

Los Beck se miraron. Su confusión era evidente.

—Bueno, nos alegramos de conocerte, Kimberly —dijo Jerry por fin—. Estoy seguro de que Charlie se alegraría mucho al saber que has venido a presentar tus respetos. —Entonces se volvió hacia mí—. ¿Y usted es...?

—Donovan Creed —me presenté—. El padre de Kimberly. Mi hija y Charlie salían juntos.

Miraron a Kimberly, que asintió.

—Quería a su hijo —dijo—. Lo quería mucho.

La mirada de Jennifer se relajó un poco.

—¿Qué edad tienes, cariño?

—Dieciséis años.

Nadie dijo nada durante unos segundos.

—Qué situación tan incómoda —comentó Jennifer—. Charlie tenía mucho éxito entre... Bueno, estoy segura de que pensaba presentarnos en algún momento. Lamento que no nos hayamos conocido hasta ahora.

—Pero... Pero ¿nunca les habló de mí?

—Lo siento —intervino Jerry—. Sería injusto decir que sí.

Kimberly se quedó desolada al comprender que el amor de su vida no había considerado su relación lo bastante importante como para mencionársela a sus padres.

—Mi más sentido pésame —dijo entonces.

Me cogió del brazo. Mientras bajábamos y luego recorríamos el camino de grava circular se puso a soltar tacos a toda velocidad. Más que una adolescente que acababa de perder a su primer amor parecía una mujer despechada.

Su cambio de actitud me alegró. Una vez más, las cosas se resolvían de la mejor forma posible. Charlie y los demás violadores habían pagado sus delitos con la vida. Kimberly había descubierto que para él había supuesto poco más que un entretenimiento y con eso se había llevado una importante lección sobre los hombres.

Ya había cumplido con mi misión en Darnell. Solo me quedaba largarme de allí sin tener que vérmelas con Janet...

—¿Donovan?

Era ella.

24

—¿Cuántas Kathleen Chapman crees tú que hay en el mundo? —preguntó Janet.

—¿Así, a ojo?

Vi de refilón que Kathleen se nos acercaba. Apenas tardaría unos segundos en alcanzarnos.

—¡Mamá! —exclamó Kimberly con un susurro censor—. No es el momento ni el lugar.

Janet me taladró con la mirada. Tenía la cara retorcida de rabia.

—¡Volveremos a hablar de esto, que no te quepa duda!

En ese momento llegó Kathleen y le tendió la mano.

—Debes de ser Janet —saludó.

—¡Venga, vete a tomar por culo! —chilló la otra, y se alejó hecha un basilisco.

—¡Qué criatura tan encantadora! —dijo Kathleen—. Pero ¿cómo pudiste dejarla escapar?

—Lo siento, Kathleen —se disculpó Kimberly con un hilo de voz, y dirigiéndose a mí añadió—: ¡Gracias!

Entonces dio media vuelta y echó a correr detrás de Janet. No me habría gustado estar en su pellejo durante el camino de regreso a casa.

Un relámpago electrificó el cielo ennegrecido y al instante lo siguió un trueno ensordecedor. La gente que aún no se había ido se dirigió a toda prisa a sus coches y Kathleen y yo nos quedamos solos en el camino de grava. Vimos a Janet agitar un puño con el dedo índice extendido delante de la cara de Kimberly de camino al aparcamiento. Estaba claro que le gritaba, pero en voz baja, como una mujer furiosa al regañar a su marido en un restaurante atestado. A nuestra espalda, la excavadora y los sepultureros habían terminado su trabajo. Kathleen y yo nos quedamos quietos.

—Tenemos que invitar a Janet a cenar sin falta una noche de estas —dije—. Así podréis poneros un poco al día.

—Huy, me encantaría. Tendré a mano un diccionario de jerga carcelaria, para entender bien todas las referencias que me dedique —respondió ella.

Dio la impresión de que el cielo avanzaba seis horas en un abrir y cerrar de ojos. Los coches formaban una fila, todos con los faros encendidos, como peleándose por salir de allí. A nuestro alrededor se sucedían los relámpagos como si fueran luces estroboscópicas. Los truenos rugían y resonaban a todo volumen. Nos cayeron varias gotas consistentes y una ráfaga de viento repentina hizo que Kathleen se estremeciera.

—¡Ya empieza! —exclamé.

Me cogió de la mano en el momento en que empezara a diluviar.

—¡Dame un beso! —chilló.

—¿Qué? ¿Aquí? ¿No te parece de mal gusto?

Apenas nos oíamos con aquel estrépito. La lluvia arreciaba.

—¿Quién va a enterarse? —gritó.

Le miré el pelo, que se le había pegado a la cara, y el vestido empapado.

—Qué gracia —dije, y la besé.

—¡Ya te había dicho que también tenía gracia! —exclamó, y me dio otro beso.

Nos abrazamos bajo aquella lluvia torrencial. Empapados hasta los huesos, nos aferramos como almas gemelas que éramos. Después me aparté un poco y la miré bien.

—¡Pero bueno! —exclamé.

—¿Qué?

—¡Pareces la ganadora de un concurso de Miss Camiseta Mojada!

Siguió mi mirada hacia abajo.

—¡Vaya! ¡Debería ponerme bajo la lluvia más a menudo!

Hay gente que disfruta con un hermoso atardecer. Otros prefieren la vista del mar. Supongo que todo el mundo se emociona al contemplar algo que considera espectacular. Al menos a mí sí me pasa.

Me levantó la barbilla con el dedo hasta que volví a tener la mirada a la altura de sus ojos.

—Aguafiestas —me quejé.

Volvimos a besarnos.

—Te quiero —dijo Kathleen.

De repente se apartó de mí, con lo que puso fin al beso, y abrió los ojos como platos.

—¡Ay, Donovan, lo siento mucho! ¡No te lo tomes en serio!

—¿Ah, no?

—Bueno, sí, pero es que... ¡No quería decírtelo!

—¿Y por qué no?

—No quería asustarte.

—Pero me quieres, ¿no es verdad?

Se recogió un grueso mechón de pelo empapado detrás de la oreja.

—Sí.

Le puse la palma de la mano en la mejilla. Me miró a los ojos con expectación. Entonces un trueno la sobresaltó.

—¡Joder, Donovan! Date prisa y dime que me quieres. ¡Antes de que nos parta un rayo!

Me eché a reír.

—¡Te quiero!

Me abrazó y me estrechó contra su pecho como si le fuera la vida en ello.

Me acercó la boca al oído y cuando habló fue con voz ronca:

—No había sido tan feliz en la vida.

Yo me sentía igual, pero no me veía preparado para empezar a ponerme vestiditos, así que repliqué:

—Esto no es una conversación premarital, ¿verdad?

—¡No te cargues el momento, idiota!

—Por preguntar...

—¡Calla!

Me dio un buen beso en los labios y me quedé pensando si lo de «calla» era un sí o un no a mi pregunta sobre sus intereses matrimoniales. Por suerte, enseguida se encargó de aclararlo.

—Tranquilo —dijo—. Te quiero demasiado para casarme contigo.

Dejé que la cabeza diera vueltas a aquel comentario durante unos segundos y decidí que me había gustado.

—En ese caso, sí. Soy más feliz de lo que me merezco. Más feliz de lo que jamás he llegado a imaginarme. Más feliz que...

—No hace falta que me sueltes un discurso —me interrumpió—. Me queda claro.

Le aparté un poco de la lluvia de la frente y volví a abrazarla. Mientras estábamos pegado el uno al otro miré por encima de su hombro, pendiente arriba, hacia el monumento, el roble y el montículo recién levantado, junto al cual habían vuelto a colocarse los padres de Charlie para rezar.

El hijo de Jerry y Jennifer Beck había sido un cabronazo y un indeseable que se dedicaba a drogar a jovencitas y violarlas con sus amigos. Probablemente había ayudado a matar a una, según algún testimonio. Por otro lado, había tenido la suerte de contar con un buen físico y un encanto abundante, gracias a lo cual había conseguido que mi hija se enamorase de él. En el entierro se habían contado numerosas historias sobre sus muestras de generosidad y cariño, así que debía de haber tenido buenas cualidades, además de las malas.

En aquel momento, mirando al matrimonio Beck mientras abrazaba a la mujer que amaba, mientras nos mojábamos, me di cuenta de que nunca había conocido a una persona perfecta y tan solo a unas pocas que fueran malvadas al cien por cien. Todos estábamos en un lado u otro de la frontera que separaba el bien del mal, ¿y cuánta gente podría haber dicho de mí que no me alejaba más que Charlie del centro? Al fin y al cabo, no esperaba que en mi entierro se contaran demasiadas historias emotivas, y si alguien se ponía a comparar mis crímenes con los de Charlie el chico habría parecido un monaguillo. Y sin embargo allí estábamos los dos en el cementerio de Spring Hill, uno en la superficie y el otro a dos metros bajo tierra. Su error había sido acercarse demasiado a mi hija. Si eso no hubiera sucedido, seguiría con vida aquel día.

Acababa de manifestar mi amor por Kathleen. Por algún motivo había entrado en mi vida en el momento más indicado para darme la oportunidad de ser mejor persona. Quizá la misma mano había situado a Kimberly en la de Charlie por el mismo motivo. En ese caso, ¿me había entrometido en algún tipo de plan cósmico?

Allí arriba Jerry y Jennifer Beck seguían bien erguidos y completamente empapados. Cogidos de la mano, con la cabeza inclinada hacia delante, se quedaron mirando el montículo que indicaba dónde estaba enterrado el muchacho que habían educado, querido y perdido.

25

—¿Qué es lo más tremendo que has hecho? —me preguntó Kathleen.

—¿Cómo dices?

Por la noche, en Nueva York, ya con ropa seca, en el gastropub The Spotted Pig de la calle 11. La carta ofrecía los platos típicos de un pub inglés con un toque italiano. Acabábamos de dar buena cuenta del salmón real asado a fuego lento.

—Lo más tremendo que has hecho —repitió.

Dentro de mi cabeza empezó a proyectarse un noticiero cinematográfico a base de escenas de terror.

—No sé a qué viene esto —dije—, pero para ser breve te diré que mejor que no lo sepas.

—Va, deja de hacerte el machito. Tan terrible no puede ser. A ver, ya sé que recibes información de gánsteres y que trabajas para el Departamento de Seguridad Nacional, pero básicamente te dedicas a interrogar a gente, ¿no?

Por motivos evidentes, había ofrecido a Kathleen una versión muy depurada de mi actividad en Sensoriales, más o menos lo que haría mi hipotético Clark Kent. Era verdad que hacía interrogatorios en nombre del departamento y de otra gente turbia, pero en realidad se trataba o bien de prolongados encuentros en los que me dedicaba a infligir dolor y torturar o bien de breves episodios donde solo había una pregunta y el final de la conversación venía propiciado por una bala o una inyección mortal.

«¿Qué es lo más tremendo que he hecho?», me pregunté. ¿Era posible que Kathleen se hubiera olvidado de que una vez, hacía unos meses, la había llevado a comer por ahí y había acabado matando a tres tíos.

—Empieza tú —dije.

—Vale.

Kathleen trabajaba en una agencia de publicidad. A juzgar por su sonrisa, aquello iba a ser jugoso.

—El lunes me dan la custodia permanente de Addie.

—¿Qué? ¡Eso es maravilloso!

Brindamos para celebrarlo.

—Bueno, pero ¿eso qué tiene de tremendo? —apunté—. Vas a ser una madre estupenda.

—Es que hay algo más que podría ser muy tremendo —dijo.

Me quedé a la espera.

—Ayer me despedí.

—¿Qué dices? ¿Dejas el trabajo?

Kathleen asintió.

—Pero ¿por qué?

—Voy a comprar una casa como Dios manda para Addie —anunció. Y enseguida añadió—: Sin pasarme, claro. Quiero decir que no voy a despilfarrar todo el dinero que me regalaste tan generosamente, pero me parece necesario que Addie tenga su habitación y su baño.

—Me parece lógico, pero ¿por qué tienes que dejar el trabajo?

—La casa que quiero no está en Nueva York.

—¿Ah, no?

—Está en Virginia.

—Virginia.

—Nos mudamos a Virginia.

—A Virginia —repetí—. ¿Por qué?

—¡Para estar cerca de ti, tonto!

Estaba exultante.

—Bueno, di algo —pidió—. ¿Es una sorpresa?

Decir que era una sorpresa era quedarse corto.

En aquel preciso instante me sonó el móvil. Darwin.

—¿Qué te cuentas, Cosmo?

—¿Perdona?

—Es el nombre que vas a utilizar. Cosmo Treillis. —Se echó a reír—. ¿Te gusta?

Tapé el micrófono y musité a Kathleen que era una llamada de trabajo. Me alejé a toda prisa de la mesa y encontré un rincón relativamente tranquilo en la calle.

—Vas a tomar un vuelo comercial de Denver a Dallas.

—¿Qué? ¿Cuándo?

—Mañana por la tarde.

—No me viene bien. Tengo cosas pendientes.

—No me vengas con esas, Creed. Joder, que no has hecho una sola misión desde hace no sé cuánto tiempo. Y luego, cuando necesitas un equipo de técnicos para uno de esos proyectos de investigación que te sacas de la manga o un helicóptero en el quinto coño para que te lleve a un hospital, ¿a quién llamas?

—A ti —contesté con un suspiro.

—¿Quién te salva siempre el pellejo? ¡Dilo!

—Tú.

—Eso, yo. Joder. ¿Necesitas un chófer? ¿Necesitas esterilizar una escena del crimen que no tiene nada que ver con el departamento antes de las doce de la noche? ¿Necesitas que alguien meta en un avión un arma de impulsos de energía montada en un todoterreno Hummer y la mande a California cagando leches en dos horitas?

—No insistas, ha quedado claro.

—Bien clarito tiene que quedar. ¿Quieres seguir viviendo de puta madre?

—A ver, tampoco nos pasemos.

—¡Tienes que irte a Denver esta noche y se acabó!

—¿Puedo coger el Gulfstream?

—Tienes un Lear 60.

—No está mal —reconocí—. ¿Y eso de Cosmo?

—Cosmo Treillis. Mañana volarás en primera con ese nombre.

—¿Estás orgulloso de tu sentido del humor?

—Pues sí, la verdad.

—Da un poco de pena, ¿qué quieres que te diga?

—Oye, si quieres cambiamos de trabajo. Cuando te apetezca, cabronazo. ¿Qué te parece si yo me follo a la contable y tú te las ves con el chalado de Donovan Creed? El día que cambiemos de trabajo ya te encargarás tú de elegir los nombrecitos.

—Vale.

—¿Te pillo en mal momento? ¿Tienes que interrumpir una conquista amorosa? ¿No vas a poder sacarte un millón de dólares más? Ay, qué pena me das. ¡A tomar por culo!

Sí, me pillaba en mal momento. Callie contaba conmigo para encontrar a Tara Siegel en Boston, cosa que pensaba hacer al día siguiente tras haber dormido mis ocho horas. El día había sido largo, con el entierro, lo de Kimberly, la tormenta, los vuelos y la cena con Kathleen al final. Lo último que me apetecía era pasarme cuatro horas en un avión aquella misma noche para ir a Denver y al día siguiente subirme a otro para volar a Dallas.

—Oye, ¿qué es eso de follarse a la contable? —pregunté.

26

La chica que iba sentada a mi lado no dejaba de mirarme las joyas. Acabábamos de acomodarnos en nuestros asientos cuando... Sí, había vuelto a hacerlo.

—¿Negocios o placer? —pregunté.

Curvó un poco las comisuras de los labios hacia arriba. No era una sonrisa exactamente, pero tampoco ponía cara de pocos amigos.

—Negocios, por desgracia. ¿Y tú?

—Lo mismo. Por cierto, me llamo Cosmo.

Soltó una risilla y se le arrugaron los párpados por los extremos. Luego levantó la vista y se dio cuenta de que yo no me reía.

—Ah. Lo dices en serio.

Esbocé una sonrisa.

—Maldigo a mis padres todos los días. ¿Y tú?

—No. Si ni siquiera los conozco —replicó, divertida.

Me reí un poco con ella.

—Muy graciosa.

—Gracias. Me llamo Alison. Alison Cilice.

—¿Cilice con S inicial?

—No, con C —respondió, y me lo deletreó.

Siempre me había fascinado la gran cantidad de infor-

mación personal que desvelaba la gente ante completos
desconocidos al ponerse a charlar en un avión. En menos
de tres minutos podía conseguir que prácticamente cualquier persona me revelara dónde, cuándo y cómo matarla.

—Encantado, Alison. ¿A qué te dedicas?

—Ay, Dios mío. ¡Es aburridísimo!

—Cuenta, a ver si estoy de acuerdo —me reí.

—Vale. ¿Conoces los Park 'N Fly?

—¿Los aparcamientos de al lado de los aeropuertos?
¿Son tuyos?

—Ja, ja, ja. ¿Qué edad te crees que tengo? No, no soy
la propietaria, sino la auditora interna.

Alison tenía unos treinta años y se comportaba con soltura ante los hombres. Darwin debía de guardar todos los
detalles de su vida sexual en una carpeta encima de la mesa.

—Viajarás mucho —dije.

—Semana sí, semana no.

—¿A cuántos sitios vas?

—Tenemos diecinueve ubicaciones en todo el país
—explicó—, así que estoy bastante liada.

—Seguro que a muchos directores de sucursal no les
hace ninguna gracia verte llegar.

—Pues el problema es suyo.

—¿Siempre encuentras irregularidades?

—Siempre —contestó.

—O sea, que haces bien tu trabajo.

Alison sonrió.

Aparté la mirada un momento y extendí las manos para
que viera bien de cerca todo el lujo que llevaba encima.

—Qué joyas tan bonitas —comentó.

Me volví hacia ella y vi cómo lo catalogaba todo: el Rolex Presidential en la muñeca izquierda, el anillo con un

diamante de cuatro quilates en la mano derecha y la ausencia de decoración en el anular de la izquierda.

—A ver, corrígeme si me equivoco —dije—. La empresa te suelta en un hotel de aeropuerto y espera que te pases toda la semana allí metida.

Alison parecía sorprendida.

—¿Cómo lo has adivinado?

—Llevamos la misma vida. Es la primera vez que voy a Dallas y, evidentemente, me dejan tirado en el Marriott del aeropuerto.

—¿En serio? ¡A mí también! —exclamó.

—Tampoco es una coincidencia tan rara. Seguro que los pilotos y los auxiliares de vuelo también acaban allí, junto con la mitad de los comerciales del avión.

Reflexionó unos instantes.

—Ahora que lo dices, en los hoteles suelen repetirse mucho las caras.

Alison tenía un pelo estupendo, una cara bonita y tendencia a coquetear. Se vestía lo bastante bien para ocultar los quince kilos que le sobraban, pero se excedía un poco con las joyas. Llevaba anillos, numerosas pulseras en las dos muñecas, pendientes con diamantes en las orejas... y probablemente algo más en alguna otra parte del cuerpo. Me quedé con la duda de cuánto tardaría en quitarse toda aquella quincallería antes de pasar por el detector de metales.

Ninguno de los dos dijo nada más hasta que estuvimos en el aire y tuvimos que informar a la azafata de lo que nos apetecía beber. Yo pedí un cabernet y Alison una Coca-Cola Light.

—¿Alguna vez tienes oportunidad de conocer un poco las ciudades que visitas? —pregunté entonces.

—Por lo general estoy muy cansada para salir por la

noche —contestó—, pero de vez en cuando me voy al bar del hotel a tomarme una copita.

—A ver si lo adivino: ¿un mojito?

—No, qué asco —rio—. Yo soy fiel a mi cosmopolitan.

La miré arqueando las cejas.

—¿Te estás riendo de mí?

Lo entendió al cabo de un momento.

—¡Ay, no, por Dios! —exclamó, entre risas—. Pero menuda coincidencia: tú te llamas Cosmo y yo siempre pido un *cosmo*.

La coincidencia no había sido tal. Darwin no me había encasquetado un nombre ridículo solo por rabia o por aburrimiento, sino que quería alardear de lo bien que se había documentado. Me faltaba saber por qué había elegido aquel apellido: Treillis. Metí la tarjeta de crédito en la ranura y esperé a que se activara la conexión a internet. Tuve que probar un par de veces para que funcionara y entonces conecté el teléfono y escribí «treillis» en el motor de búsqueda. Descubrí que era una palabra francesa que quería decir «arpillera», es decir, un tejido basto y transpirable, hecho de estopa o yute, que al resistir la condensación evitaba que el contenido se deteriorase. Leí un poquito más y descubrí que antiguamente la arpillera se utilizaba para mortificar la carne en una penitencia, ya que con ella podía confeccionarse la vestidura abrasiva denominada «cilicio».

De ahí la conexión con Alison Cilice.

Por enésima vez me propuse recordar que nunca debía hacerle la puñeta a Darwin.

—¿Estás buscando información? —preguntó mi compañera de viaje.

—Es parte de mi trabajo —contesté.

—¿Y a qué te dedicas?

—Soy comercial de joyería.

—¿De Rolex? —dijo, alargando la palabra.

—Entre otras primeras marcas.

Me quité el reloj de la muñeca y se lo entregué, sin saber si era capaz de ver que se trataba de una pieza original. Por los ojos que puso al instante deduje que sí.

—Pesa mucho —comentó.

—Es mucho más voluminoso que el Piaget que llevo en el maletín —contesté, y al sonreír abrió la boca hasta un punto que me pareció casi imposible; también se le quedó una mirada de ensimismamiento y levantó la punta de la lengua para pegarla a la parte inferior del labio superior y hacerla chasquear de una forma que parecía tener connotaciones sexuales.

—A saber si coincidimos en el bar del hotel alguna noche esta semana —dijo.

Estaba enamoradísimo de Kathleen y no tenía la más mínima intención de acostarme con aquella obsesa de las joyas entrada en carnes, pero no me quedaba más remedio que desempeñar mi papel en nombre de la seguridad de mi país.

—Estoy convencido de que no solo coincidiremos, sino que además nos tomaremos una copa —respondí.

—Demuestras mucha confianza en ti mismo —dijo, sin perder la sonrisa de oreja a oreja.

—Pues sí. O lo consigo o no me llamo Cosmo Treillis.

Alison prorrumpió en una carcajada.

—¡Ay, Dios mío! —exclamó—. Pobrecito, qué nombre tan ridículo. ¡Dime que no es verdad!

27

La historia de Alison Cilice era la siguiente.

Varios días antes de que voláramos juntos a Dallas, una cámara de vigilancia del aparcamiento del aeropuerto de Denver había captado su imagen en compañía de un sospechoso de terrorismo llamado Adnan Afaya. Eso, según Darwin.

—¿Y adivinas con quién se ha vinculado a Afaya? —me preguntó.

En aquel momento tenía prisa por reemprender la cena con Kathleen en The Spotted Pig, así que contesté:

—Anda, dímelo sin más, ¿vale?

—Fathi.

Eso despertó mi interés.

—¿El padre o el hijo?

El padre, diplomático de los Emiratos Árabes Unidos, era prácticamente intocable. El hijo, en cambio...

—Abdulazi —contestó—. El hijo.

—Cuenta conmigo.

—Ya me parecía a mí.

El Día de San Valentín, Callie y yo creíamos haber matado a una mujer llamada Monica Childers mediante una dosis mortífera de toxina botulínica. Se trataba de un asesinato por encargo de Victor, que según supimos posteriormente tenía dos motivos para encomendárnoslo: en primer lugar quería comprobar la capacidad de su ejército para desviar el satélite espía que utilizó para supervisar el golpe; en segundo lugar le interesaba descubrir si funcionaba su antídoto para la toxina botulínica. Sus hombres encontraron a Monica y lograron resucitarla. Después, como no le servía para nada más, Victor se la vendió a los Fathi como esclava sexual, según él mismo me contó. Le pregunté si aún la tenían en territorio estadounidense y básicamente me dijo que los Fathi la habían matado a polvos.

Aquel episodio se me había quedado atragantado.

Me imaginé de repente a mi psiquiatra, la doctora Nadine Crouch, diciéndome: «Pero si tú lo que querías era matarla, ¿qué más te da cómo acabara muriendo?»

La pregunta sería pertinente y no estaba seguro de poder ofrecer una respuesta creíble. Fuera como fuese, aquello me daba mucha rabia. Quizá porque me dedicaba al contraterrorismo y no me hacía ninguna gracia que los terroristas violaran a compatriotas mías hasta matarlas a polvos. O quizá porque me parecía que Victor me había utilizado o porque Monica había resultado una buena persona que no se merecía morir así. En el fondo mis motivaciones subconscientes carecían de relevancia. Lo importante era que había decidido castigar a los Fathi, padre e hijo, por lo que le habían hecho a Monica. Y tal vez aquel vínculo con Alison Cilice me permitiera alcanzar ese objetivo.

Por descontado, a Darwin no le interesaba castigar a los Fathi. Su misión era destruir células terroristas antes de que tuvieran oportunidad de atentar en territorio estadounidense. Claro que tampoco habría derramado una sola lágrima si yo conseguía cargarme a uno de los Fathi o a los dos. En fin, Darwin creía que Alison estaba enrollada con Afaya y que este pretendía utilizarla para infiltrarse en varios establecimientos de Park 'N Fly.

—Quedan tres meses para el Día de Acción de Gracias —recordó Darwin—, una de las épocas de más movimiento del año.

—¿Y?

—Si los terroristas meten a un conductor en la flota de camiones de Park 'N Fly, podrán llenar uno hasta arriba de explosivos y estrellarlo contra una zona de recogida de equipaje.

—¿Qué puedo hacer?

—Acercarte a ella, enterarte de qué sabe.

—Quieres que me la tire —repliqué, tratando de parecer indignado.

—Tíratela, tortúrala. A mí me la trae floja.

—¿Y si no sabe nada del asunto?

—Eso es precisamente lo que me imagino —contestó Darwin—. Si estoy en lo cierto, puedes quedarte con ella y mantener los ojos bien abiertos, porque tarde o temprano alguien moverá ficha.

—No podré vigilarla constantemente. Me conocerá del avión.

—No me has entendido, Creed. Mi impresión es que ya la sigue alguien. Si ven que se te acerca irán a por ti.

—O sea, que soy el cebo.

—Si Alison no sabe nada, pues sí, eres el cebo.

—¿Y quién acudirá a rescatarme cuando actúen los malos?

—Eso depende de ti. A lo mejor puedes llamar a tu ejército de enanos y esconderlos debajo de la cama.

—Personas de baja estatura —lo corregí.

—Ya. En fin, lo que quiero decir es que si necesitas refuerzos llames a quien tengas que llamar.

—Muy bien —contesté—. ¿Y mi tapadera cuál es?

—Comercial de joyería.

—Es coña.

—No. Así que vístete bien elegante y ponte quincallería de la buena.

—No tengo ninguna joya.

Darwin hizo una pausa, como preguntándose si lo que acababa de decirle podía ser verdad.

—Eres un caso —dijo, y suspiró—. Te pondré algo en una caja que encontrarás en el Lear. Y, ah, Creed...

—¿Sí?

—Quiero que me lo devuelvas.

No contesté y preferí no hacer caso de la acusación implícita de que podía robarle las joyas. Un hombre que no hubiera tenido mi nivel podría haberse sentido obligado a señalar ejemplos concretos que demostrasen su honradez sin parangón, pero no iba a rebajarme a hacer tal cosa. Además, a Darwin podría darle por recordarme que seguía viviendo de los millones de dólares que le había robado a Joe DeMeo tras matar a la mayor parte de sus hombres.

—Comercial de joyería —repetí, con todo el escepticismo del que fui capaz.

Darwin se apresuró a defender su decisión.

—Te parecerá un burdo juego de palabras, pero esta tapadera de comercial de joyería es oro molido. Tengo a un equipo siguiendo a Alison las veinticuatro horas desde hace dos días, así que sé más de ella que su propia madre. Confía en mí, Creed: si le dices que llevas joyas en el maletín se te abrirá de piernas como si fuera la tía esa de los octillizos en un banco de esperma.

—Qué imagen tan entrañable.

Colgamos e hice una breve llamada antes de reunirme con mi novia, que estaba algo molesta. Me entregué en cuerpo y alma y logré salvar la cena... hasta que le dije que tenía que llevarla a casa, volver a hacer la maleta y marcharme a Denver aquella misma noche.

Dormí en el Lear y llegué a Denver con tiempo de sobra para tomar el vuelo de Alison. No dejamos de charlar durante todo el trayecto hasta Dallas, aterrizamos, recogimos el equipaje y nos subimos al minibús lanzadera del Marriott.

Una vez en el vestíbulo, la cola del registro fue avanzando a buen ritmo, delimitada por dos cuerdas de terciopelo. Cuando terminó el papeleo Alison me hizo un gesto para que me colocara a su lado ante el mostrador de recepción. Obedecí mientras trataba de deducir qué pretendía descubrir. ¿Querría saber si me llamaba de verdad Cosmo Treillis? ¿O qué tipo de tarjeta de crédito entregaba para garantizar el pago? ¿Era posible que esperase a mi lado para enterarse de mi número de habitación y así telefonearme o hacerme una visita más tarde? O a lo mejor era simplemente buena educación. Pedí a la recepcionista que me diera una habitación contigua a la de Alison.

Se volvió hacia mi nueva amiga y dijo:

—Si a usted no le importa, señora...

—¡Claro que no, por Dios! —susurró Alison, sin demostrar el más mínimo rastro de vergüenza. Y señalándome añadió—: ¡Este atractivo comercial de joyería acaba de darme una alegría!

Luego, cuando subíamos en el ascensor hasta nuestra planta, comenté:

—Tengo que hacer unas llamadas. ¿Te apetece que nos veamos dentro de una hora y cenemos algo?

—Qué buena idea. Voy a refrescarme. Tú pásate por mi habitación cuando estés listo.

La cena con Alison no pudo ser en el Marriott porque en el vestíbulo vio a un hombre que le dio miedo y que, según le pareció, la observaba. Pasamos de largo a toda prisa y nos subimos a un taxi para ir a I Fratelli.

Aunque me gusta la comida italiana, por lo general prefiero acudir a sitios más elegantes. Sin embargo, en aquel restaurante familiar servían buena comida y no era nada caro. La carta de vinos incluía una amplia selección de variedades costeras italianas. Con una buena botella, una focaccia y un antipasto yo ya habría cenado, pero decidí probar la especialidad de la casa: una pizza de pepperoni de masa fina, grande y hecha a mano, que compartí con Alison.

Como suele suceder en una primera cita cuando las cosas van bien, la conversación se centró en una amplia cantidad de asuntos inofensivos y un par de temas más sugerentes, como la soledad de los viajes de trabajo, que ella mencionó varias veces. Como comimos con las manos, durante la cena no hubo excesivo contacto físico, pero no me cupo duda de sus intenciones: entre las caras seductoras que ponía, los guiños y las sensuales pasadas de lengua por los labios, Alison daba más pistas que una ancianita tramposa en una partida de bridge de residencia de la tercera edad.

En otras palabras, Darwin había acertado al elegir mi tapadera.

Para ser auditora profesional, Alison demostró una sorprendente tolerancia al alcohol. Además de tres copas de vino, dio buena cuenta de un cosmopolitan de los que tanto le gustaban y se había entregado al segundo cuando de repente se puso blanca como el papel.

—¡Ahí está otra vez! —susurró, ante lo que empecé a darme la vuelta, pero al instante me agarró del brazo—. ¡No mires!

—¿De quién hablas?

—De aquel tiarrón horripilante del vestíbulo del hotel.

Tardé unos instantes en recordarlo.

—¿El que te ha asustado antes? ¿Estás segura?

—¡Sí! —musitó—. Acabo de verlo por la ventana.

—A lo mejor ha sido una lámpara o un reflejo en el cristal.

—Cosmo, te juro que era él. —Se la notaba claramente asustada. Temblaba. Me apretó el brazo con más fuerza—. Gracias a Dios que estás aquí.

—¿Qué crees que quiere?

—Me parece que nos sigue.

28

Llamé al camarero, le entregué una tarjeta de crédito y le pedí que llamara a un taxi. Luego me levanté.

—Voy a mirar en la calle, para asegurarme de que se haya ido —anuncié.

—No salgas, por favor —rogó Alison—. Podría hacerte daño.

—No te preocupes. Solo voy a echar un vistazo.

—Espera —dijo entonces—. Te doy mi número de móvil. Si pasa algo, hazme una llamada perdida.

Apunté el número en el teléfono y luego salí por la puerta delantera del restaurante y empecé a dar la vuelta a la manzana en busca de zonas oscuras en los que pudiera esconderse un hombre corpulento. Al doblar la segunda esquina me topé con él cara a cara. Me apuntó con el dedo índice y el pulgar hacia arriba, como imitando una pistola, y dejó caer el pulgar.

—Pum —dijo.

Aquel gigante con horribles deformaciones en la cara nos había seguido, desde luego, pero porque yo se lo había pedido cuando lo había llamado desde The Spotted Pig tras hablar con Darwin.

Su cometido era reunirse con nosotros en Dallas, pisarnos los talones y acojonar a Alison. Se llamaba Augustus Quinn y, al igual que Callie, formaba parte integral de mi equipo; es decir, sabía dónde estaban enterrados casi todos los cadáveres.

Y no lo digo en sentido figurado.

—No ha mencionado a Afaya —informé—, aunque tampoco lo esperaba.

—Da igual. Darwin acertó.

—¿En qué?

—Va a robarte.

—¿No jodas?

Quinn se rio.

—Cuando habéis salido he ido a buscar la tarjeta que habías dejado en la maceta y me he llevado tu maletín, como me dijiste. Lo he dejado en mi habitación, que es la trescientos veintiséis, por cierto, en el mismo pasillo, y al salir he visto a dos tíos que entraban en la tuya.

—¿Con tarjeta?

Asintió.

—Deben de estar compinchados con la chica de la recepción.

—Con un botones —me corrigió Quinn.

—¿Seguro?

—Del todo. He bajado al vestíbulo a esperarlos. Han salido del ascensor y se han ido directos a la zona de los botones y se han peleado a gritos con el que estaba allí. Se han puesto a gesticular exageradamente y a uno de los dos que querían robarte le he visto un tatuaje carcelario.

Permanecimos unos momentos en silencio.

—¿Seguro de que Alison está en el ajo? —pregunté.

—Si no, ¿de dónde iba a sacar el botones que llevabas algo en el maletín que merecía la pena trincar?

—O sea, que coquetea conmigo para que la saque a cenar y llama al botones, que avisa a los matones.

—Es lo que me imagino —confirmó Quinn.

—Parece bastante arriesgado para una auditora.

—Esa gente se pasa el día viendo el dinero de los demás —apuntó.

—Sí, no lo había pensado.

—Será interesante ver cómo reacciona luego, cuando se entere de que el robo ha salido mal.

—¿Crees que no será capaz de olvidarse del tema?

—Exacto.

—O sea, que el plan funcionará, ¿no?

Augustus Quinn asintió.

—Lo que pasa es que atraparemos a presidiarios, no a terroristas.

—Puede que unos y otros tengan alguna vinculación.

—Solo hay una forma de descubrirlo.

—Será mejor que vuelva —dije—. Sobre todo, llega al hotel antes que nosotros.

—Dame cinco minutos de ventaja.

29

Al regresar al restaurante me encontré a Alison muy nerviosa.

—¡Gracias a Dios que no te ha pasado nada! —exclamó—. ¡No sabes lo preocupada que estaba!

Había que reconocer que era una estafadora nata, pero desde luego Quinn tenía razón: la prueba de fuego sería la vuelta al hotel, cuando Alison tendría que buscarse apresuradamente un plan B. En aquel momento me dije que si conseguía salir del aprieto con algo convincente podía ofrecerle un trabajo una vez hubiera pasado todo.

—¿Lo has visto? —preguntó.

—Sí. Pero se ha escapado.

—¿Crees que volverá al hotel?

—No, no. Lo dudo.

Llegó el taxi, subimos y regresamos en silencio al Marriott. Le ofrecí tomar un café antes de subir a la habitación, pero contestó que no. Mientras cruzábamos el vestíbulo la observé atentamente para comprobar si cruzaba una mirada con el botones. Nada. Volví a quitarme el sombrero ante ella. Aquello se le daba de maravilla.

Llegamos a los ascensores y pulsé el botón.

—Bueno, ¿quieres atacar mi minibar, quizá tomar una copa de vino? —propuse.

—Qué oferta tan encantadora —contestó con una sonrisa—, pero el día ha sido largo. Creo que voy a acostarme pronto. ¿Puedo recordarte la oferta otro día?

—Cuando te apetezca.

Se abrieron las puertas. Me miró con carita de niña pequeña perdida y pidió:

—¿Me acompañas a la habitación?

—Será un honor —respondí, tras hacer una reverencia.

—Cosmo Treillis. Mi príncipe azul.

Me permitió darle un beso en la mejilla antes de retirarse. Yo metí la tarjeta en la cerradura de mi habitación, entré y me fui directo al minibar.

—Ya te había servido un vino —musitó Quinn, señalando las dos copas que había encima de la mesa.

—Gracias, pero las reglas son las reglas —contesté también en voz baja, y me acerqué a la neverita para buscar otra botella.

—Solo había una —anunció, y tras suspirar preguntó—: ¿Cuánto hace que nos conocemos?

—Eso da igual.

—Algún día tendrás que ceder y confiar en alguien.

—Puede, pero no será hoy.

—Como quieras —respondió Quinn.

Dio un sorbo a una copa y luego a la otra y se quedó a la espera de que yo eligiera. Se regodeó al ver que esperaba cinco minutos de reloj antes de decidirme por una. Pasado ese tiempo bebí un poco.

—En el Marriott el vino de la casa está bueno —comenté.

Quinn cogió la otra copa y la levantó para hacer un brindis mudo. Lo imité. Nos quedamos allí sentados en silencio bebiendo hasta que se oyeron unos leves golpecitos en la puerta que conectaba mi habitación con la de Alison.

—A escena —murmuró Quinn casi imperceptiblemente.

Se metió en el baño con su copa de vino y cerró la puerta. Esperé a que se acomodara y cuando Alison volvió a llamar crucé la habitación y abrí la puerta de comunicación.

—No puedo dormir —anunció—. Me da miedo que ese tío nos haya seguido hasta el hotel.

Se había retocado el maquillaje y llevaba un camisón de franela roja cubierto de corazoncitos rosas de Victoria's Secret. Enseñaba toda la pierna que podía sin dejar al descubierto otro secreto más personal. En condiciones normales se lo habría puesto fácil y habría dejado que me llevara a su habitación para que sus cacos de tres al cuarto trataran por segunda vez de dar el golpe, pero me interesaba comprobar si sabía improvisar, ya que seguía pensando que podía llegar a contratarla.

—¿Quieres pasar la noche conmigo? —pregunté.

—No —contestó—. Quiero que tú pases la noche conmigo.

—¿Qué diferencia hay?

—Ya tengo todo lo que necesita una mujer preparado en el baño —aseguró—. Además, he conectado el iPod a unos auriculares. Para ir creando ambiente.

—Creía que estabas cansada.

—Y es verdad. Pero me queda energía para ciertas cosas.

—Y estás asustada —apunté.

—Sin mi príncipe azul me moriría de miedo.

—Quizá debería llevarme el maletín de las joyas —dije entonces—, para no correr riesgos.

Alison levantó los brazos por encima de la cabeza y se agarró las manos, arqueó la espalda y fingió un bostezo, con lo que por supuesto se le levantó el camisón un palmo. Yo, como buen observador, no me perdí ningún detalle.

—Tengo que felicitarte por llevarlo todo tan arregladito —comenté.

—¡Ay, Dios mío! —exclamó y la pobrecita consiguió sonrojarse sin pellizcarse las mejillas. Acto seguido inclinó la cabeza hacia un lado y con voz sugerente ordenó—: Ven aquí, Cosmo.

La seguí hasta su habitación. Cerró la puerta a mi espalda y dio la vuelta al pestillo. Luego se dirigió al cabecero, bajó la intensidad de la luz y subió el volumen del iPod para tapar el ruido del robo que estaba a punto de producirse al otro lado de la pared.

Se balanceó un poco al ritmo de la música y se quitó el camisón.

—Cosmo, ¿sabes lo que me gustaría hacer ahora? —musitó.

—No. Dime.

—Me gustaría chupártela.

—Pues claro que te gustaría —repliqué—, pero ¿yo qué gano con eso?

30

Voy a tomar prestada una frase del que fue presidente de mi país: no mantuve relaciones sexuales con esa mujer, Alison Cilice.

De hecho, ni siquiera inicié relaciones de las que dejan manchas en la ropa que luego pueden conservarse como recuerdo. Me lo planteé, por si encontraba una forma de justificarlo en nombre de la seguridad nacional. Al fin y al cabo, la misión había empezado como un asunto de seguridad nacional, ¿no? Por desgracia, enseguida había descarrilado hacia aquella historia del robo en el hotel. Alison era una ladrona, de eso no cabía duda, pero ¿también simpatizaba con terroristas? No me cuadraba. Si aquel individuo de Denver, aquel tal Adnan Afaya, trataba de infiltrarse en Park 'N Fly, como creía Darwin, no me parecía que ya le hubiera hecho una propuesta a Alison. La cámara debía de haberlos captado en una primera o segunda cita. Tampoco me parecía que Afaya estuviera metido en los robos en los hoteles, así que no vi forma de justificar ninguna mancha en el camisón de Alison, lo cual me planteaba un problema: no me sentía cómodo acostándome con ella, pero no podía irme todavía, dado que había que dejar que las cosas siguieran su curso en la habitación de al lado.

Por eso, tras rechazar inicialmente la proposición de Alison accedí a echarme un poco en su cama, completamente vestido. Me dedicaba habitualmente a probar armas e instrumentos de tortura para el ejército, así que no me preocupaba ser incapaz de resistirme a sus encantos. Sin embargo, Alison utilizó una táctica muy distinta a las de los militares. El objetivo de las armas era provocar dolor, mientras que ella se dedicó a mordisquearme la oreja y soplármela con dulzura. Aquello no era ser infiel, me dije, pero tampoco tenía nada que ver con una tortura y poco a poco Alison avanzaba posiciones. Me di cuenta de que tenía que pararle los pies, pero antes de que pudiera abrir la boca empezó a recorrer todo mi cuerpo con manos expertas. Técnicamente seguía sin ponerle los cuernos a Kathleen, pero sí empezaba a acordarme un poco de una tortura. Enseguida pasó a la zona de mi cuerpo donde mi fidelidad habría quedado hecha añicos y llegó el momento de dejar las cosas claras. Abrí la boca y logré hablar.

—Dentro de un rato me arrepentiré de lo que voy a decirte, pero tienes que dejar de hacer eso —aseguré.

—No te oigo —contestó Alison, juguetona.

Me agarró la mano y se la metió entre los muslos, donde la dejó mientras sacudía las caderas. La verdad es que quizá podría haber tirado con fuerza para tardar unos segundos menos en retirarla, pero a lo hecho pecho.

—¡Estás contratada! —exclamé.

—¿Qué?

—No, lo que quiero decir es que no puedo.

—¿Por qué no?

—Me ha venido la regla.

—No tiene gracia —replicó.

—Me duele la cabeza. Estoy cansado. Podrían entrar los niños.

—¿Es por mí? ¿Es porque estoy gorda?

—Claro que no. Eres guapísima.

—¿Qué? ¿No te parezco lo bastante sexy?

—Desde luego, eres muy sexy.

—Pues, entonces, dime de verdad qué pasa —pidió.

—Es que estoy un poco comprometido con otra persona.

—Como no esté aquí, no veo el problema.

—El problema es que... Me parece increíble decir esto, pero el problema es que te utilizaría. Y eso estaría... ¿Cómo se dice? Ah, sí: mal. Estaría mal.

Puede que oyera un ruidito al otro lado de la pared. Alison desde luego sí que lo oyó. Se me acercó y musitó:

—Cosmo, lo que acabas de decir denota... mucho respeto. Puede que no fuera tu intención, pero hace rato que me has puesto como una moto. ¿Te importa quedarte aquí conmigo un poco mientras digamos que me lo arreglo yo solita?

—Sí, muy bien —contesté.

Durante veinte minutos contuve la risa mientras Alison se pellizcaba, se apretaba y se golpeaba distintas partes del cuerpo e interpretaba un exageradísimo popurrí vocal de sus grandes éxitos más íntimos: sonidos sexuales agudos y gorjeos, gemidos guturales y una especie de relincho alocado hacia el final que estalló en un crescendo de pasión de película porno de bajo presupuesto.

Aquella noche descubrí que, cuando uno no participa, el sexo puede ser para morirse de risa. El apareamiento nunca me había dejado indiferente, así que fue una experiencia revolucionaria. Me quedé con una sensación de poder que no había experimentado en la vida.

«Así deben de sentirse las mujeres —pensé—. Esto es tener todo el poder sexual de una relación.»

—Voy a hacer una llamada rapidita —anuncié cuando hubieron amainado los últimos gritos ahogados y espasmos de Alison.

Subí las luces, levanté el teléfono de la base y marqué el número de mi habitación. Alison oyó que sonaba el aparato del otro lado de la pared.

—Pero ¿qué...?

Levanté un dedo para que se callara. Quinn descolgó y dijo unas pocas palabras.

—De acuerdo —respondí, y después de colgar advertí a Alison—: Tenemos que hablar.

Se incorporó sin levantarse de la cama y se tapó los pechos con los brazos, un gestó que resultó extraño, teniendo en cuenta lo que acababa de suceder.

—¿Qué pasa aquí? —preguntó, tratando de que no le temblara la voz y fracasando estrepitosamente.

—Ahí al lado hay dos cadáveres.

Puso los ojos como platos. De forma instintiva se volvió hacia la puerta de comunicación y luego hacia mí.

—Pero ¿qué dices?

—Mira, Alison, me caes bien, de verdad, pero te has topado con algo mucho más peligroso de lo que te imaginas. Voy a hacer todo lo posible para que nadie te mate, porque cuando pase todo esto quiero ofrecerte un trabajo.

Mi tono de voz debió de darle el aplomo necesario para responder:

—Si te crees que voy a dedicarme a vender joyas...

—Escúchame bien, Alison. No soy comercial —informé, y dejé que asimilara la información durante un minuto antes de proseguir—. Me dedico a asesinar gente para garantizar la seguridad nacional. Mato terroristas.

Alison soltó una carcajada.

—Admiro que seas capaz de reírte de mí cuando hay

dos muertos en el suelo de la habitación de al lado, dos hombres que han pasado a mejor vida porque ese botones y tú habéis tratado de robarme.

Se le cortó la risa.

—¿Te acuerdas del tiarrón espeluznante que te ha seguido antes?

Intentó hablar, pero las palabras no pasaron de la garganta. Tragó saliva y asintió poco a poco, aunque se notaba que no quería saber nada del tiarrón espeluznante.

—Se llama Augustus Quinn —informé—. Trabaja para mí.

Se hizo un largo silencio. Cuando por fin dijo algo, su voz había perdido casi toda la fuerza:

—¿Qué va a pasar ahora?

—Vas a vestirte y luego vamos a pasar a la otra habitación, a ver si me identificas a los dos patosos que hay en el suelo. Lugo vamos a charlar un poco tú y yo sobre el botones y sobre tu novio.

—¿Qué novio?

—El de Denver. Adnan Afaya.

—¿Quién?

—Puede que te haya dado otro nombre, pero el tío con el que estás saliendo en Denver es Adnan Afaya, un conocido terrorista.

Soltó un grito ahogado que me pareció mucho más convincente que los ruiditos de placer que me había dedicado hacía unos momentos. Se quedó blanca y parecía a punto de desmayarse. O era la mejor actriz del mundo o de verdad tenía miedo.

Volvió a costarle un poco decir algo.

—¿Quieres portarte como un señor y darte la vuelta mientras me visto? —pidió.

—No.

Se quedó boquiabierta.

—¿Por qué no?

—Esta noche me he abstenido de tantas cosas que deberían declararme santo. A lo mejor no tengo otra oportunidad de verte desnuda.

—Eso te lo garantizo.

Señalé la maleta que estaba abierta en el suelo y me miró sin entender. Estaba descolocada. En la vida había conseguido mucho sorprendiendo a los demás y no me apetecía cambiar. Incliné la cabeza hacia la maleta.

—Ya va siendo hora de que te pongas en movimiento, Alison.

—Muy bien —resopló—. Pues que te aproveche.

Se levantó de la cama y empezó a elegir el atuendo: ropa interior limpia, una camiseta rosa, un chándal gris, calcetines y zapatillas de correr.

—Ya sabía yo que no te llamabas Cosmo Treillis —dijo mientras se ponía las bragas.

—Precisamente por esa capacidad de percepción eres buena candidata para el trabajo —contesté.

—¿Qué tipo de trabajo tienes pensado? ¿Matar gente? Porque no me veo.

—Ya hablaremos de eso. Ahora tenemos cosas que hacer. ¿Estás lista?

Se ató los cordones de las zapatillas y asintió.

Nos dirigimos a la puerta de comunicación. Di la vuelta al pestillo, puse la mano en el pomo y me detuve.

—Tienes que prepararte para lo que vas a encontrarte ahí dentro —advertí—. Trata de no chillar.

—No será el primer cadáver que veo.

—No, si yo me refiero a Quinn —repuse.

31

Al entrar en la habitación nos encontramos lo siguiente: Quinn estaba sentado a la mesa con una Coca-Cola Light y se despedía de alguien por teléfono, mientras que en una de las dos camas de matrimonio descansaban apaciblemente dos tíos. Uno de los ladrones tenía cara de comadreja y el pelo, negro y abundante, peinado hacia atrás. El otro llevaba la cabeza afeitada y bigote de Fu Manchú. Los dos eran corpulentos y estaban cubiertos de tatuajes carcelarios.

—En ocasiones veo muertos —susurré con voz fantasmagórica.

—*El sexto sentido*, 1999 —apostilló Quinn.

Alison me sorprendió al dirigirse directamente a él y tenderle la mano.

—Soy Alison —se presentó.

Quinn me miró antes de responder. Le di permiso con un gesto y se levantó. Alison dio un paso atrás como reacción ante aquella mole, pero en ningún momento apartó la mirada. Quinn le cogió la mano y la colocó sobre la suya, como si fuera un gorila que acabara de recibir un nuevo juguete. Se llevó las yemas de los dedos a la zona de la cara donde en un principio tendría que haber habido labios e hizo un ruido como si le diera un beso.

—Ya me caes mejor que tus amigos —aseguró, inclinando la cabeza hacia los cadáveres.

Alison los miró con detenimiento. Estaban muertos, pero no se apreciaba ninguna herida.

—¿Cómo han muerto? —preguntó.

Quinn me miró otra vez y volví a asentir.

—Le he hecho un *pronge* —informó.

Entonces la que me miró fue Alison.

—Robert Pronge fue un temible psicópata que descubrió la forma de mezclar cianuro y dimetilsulfóxido. Metía el resultado en un atomizador y rociaba a sus víctimas en la cara como si fueran insectos, y como si fueran insectos morían en cuestión de segundos —expliqué, y dirigiéndome a Quinn pregunté—: Estos tíos son grandes. ¿Cómo has conseguido rociarlos a los dos?

—Primero ha entrado uno mientras el otro montaba guardia en el pasillo, con la puerta entreabierta para poder irse sin hacer ruido después de robarte.

Entonces miró a Alison, que bajó la vista y se volvió hacia un lado.

—Al final el que registraba la habitación ha abierto la puerta del baño —continuó—. Lo he rociado y lo he agarrado de la camisa para que no se desplomara. El muy hijoputa pesaba mucho y me ha costado llevarlo hasta la cama, pero lo he conseguido. Al cabo de un par de minutos el otro se ha puesto nervioso, ha acercado la cabeza a la ranura de la puerta y le ha susurrado a su compinche: «¿Necesitas que te eche una mano?». Yo le he contestado, también susurrando: «¡Sí!», así que ha entrado, le he hecho un *pronge* y lo he colocado al lado del otro.

—Alison, ¿conoces a estos tíos? —pregunté.

—No los había visto nunca —contestó con una mirada de sinceridad—, el que los conoce es Hector.

—¿Hector el botones?

—Sí. Todo esto fue idea suya.

—Solo tienes derecho a una advertencia —repuse.

Alison se volvió hacia Quinn.

—¿Y si no me matarás? —preguntó.

—Para empezar —dijo Quinn.

—No sé muy bien qué quiere decir eso —contestó Alison—, pero me ha dado tan mal rollo que me gustaría corregir lo que acabo de decir. Sí, vale, el robo lo he organizado yo, pero lo de recurrir a estos tíos ha sido idea de Hector. Tendría que haberlo hecho él mismo.

Nos quedamos en silencio durante un momento y luego Alison añadió:

—Queda claro que nada de esto estaba pensando específicamente para ti, ¿no?

—Ya lo habías preparado y ha dado la casualidad de que yo me he puesto a tiro.

—Exacto.

—Pero no soy el primero.

—En este hotel sí que lo habrías sido.

—O sea, que lo has hecho en otros sitios.

—En un par.

—¿En Denver?

—Aún no, pero tenía previsto comentárselo a Adam.

—¿A Adam? —se sorprendió Quinn.

—Adnan Afaya, el terrorista —expliqué.

—A ver, os juro por Dios que no sabía que era terrorista —afirmó Alison—. Me abordó la última vez que vine. Quería pedir trabajo de conductor. Le dije que no teníamos nada. Me explicó que no era para él, que él era rico, que el trabajo era para un primo suyo que trataba de conseguir un visado de trabajo. Me ofreció mil dólares para que colocara a su primo.

—¿Y los aceptaste?

—Sí, pero le dije que el primo tendría que hacer las cosas como todo el mundo, comenzar lavando coches y luego ya ascendería poco a poco.

—¿Cuándo tenía que empezar?

—Empezó el mes pasado. Cuando Adam (o como se llame) me recogió en el aeropuerto me dio más dinero para que enchufara a su primo y lo pusieran de conductor.

—¿Le dijiste cuándo podrías conseguirlo?

—Le dije que haría lo que pudiera.

—¿Y qué contestó?

—Que me daría una bonificación de mil dólares si su primero estaba al volante de una furgoneta el 1 de diciembre.

Saqué el móvil del bolsillo.

—Id charlando un poquito —les dije, mientras llamaba a Darwin, y luego me metí en la habitación de Alison y cerré la puerta.

La nueva información dejó preocupado a Darwin. O estábamos ante el inicio de un atentado importante o a punto de llegar al final, y era necesario saber a qué atenernos. Colgué y abrí la puerta de comunicación. Me miraron los dos.

—Alison, ¿te gustaría ganar dinero de verdad? —pregunté.

—Es lo que siempre he buscado.

—Pues te ha tocado la lotería. —Y dirigiéndome a Quinn pregunté—: ¿Has terminado? ¿Estás listo?

Asintió, de modo que pasamos el equipaje a la habitación de al lado y esperamos a que recogiera sus cosas. Luego volvimos a la mía, donde estaban los muertos, o los *bernies*, como preferíamos llamarlos.

—¿Puedo hacerte una pregunta? —dijo Alison.

Me quedé a la expectativa.

—¿Qué vais a hacer con los cadáveres? ¿Y cuándo podemos largarnos de aquí?

—Son dos preguntas. Pero la respuesta es la misma: esperamos a que llamen a la puerta.

—Oye, que soy nueva en esto, ¿vale?

—Lo que quiero decir es que el equipo de limpieza está en camino. Además de los cadáveres borrarán cualquier posible rastro. En cuanto lleguen, nosotros tres pasaremos a tu habitación y nos iremos con nuestro equipaje.

—No te molestes, pero es imposible que te vayas de rositas —respondió.

—¿Y eso?

—Huy, pues no sé —espetó con sarcasmo—. ¿Por los cadáveres? ¿Por las cámaras de seguridad?

Inclinó la cabeza, extendió las manos con las palmas hacia arriba y me miró como diciendo: «Venga, hombre, sé realista.»

—El equipo de limpieza desconectará las cámaras cuando llegue —expliqué— y confiscará las cintas de las últimas veinticuatro horas.

Cerró los ojos un instante y consideró la situación.

—Si vas a preguntarme cómo lo hacen, no gastes saliva —continué—, porque no tengo ni idea. Yo solo sé que son obsesos de la limpieza. Pero no como tu tía Ethel, a la que le gusta tenerlo todo bien limpito. No, estos tíos te dejan la escena del crimen como una patena, ponen el mismo empeño en limpiar que Rain Man en ver al juez Wapner en la tele. No son normales, están enfermos y parecen menos profesionales que Nick Nolte y Mel Gibson después de una noche de fiesta.

Me dio la impresión de que Alison no acababa de entender el proceso.

—¿Dos tíos van a llevarse los dos cadáveres y a borrar todas las huellas de esta habitación? —preguntó.

—Son muy, muy especiales —afirmé—. Podría escribir un libro sobre ellos. A lo mejor lo hago cuando me jubile.

Quinn soltó una carcajada.

—¿Qué? —preguntó Alison.

—Es que me he acordado de algo que pasó una vez —explicó, entre risas.

—No sé si me conviene oír la historia —contestó ella.

—¿Es la del novato y el rastro de gusanos? —pregunté yo.

—Joder, tíos —se quejó Alison.

Quinn se rio con más ganas.

—No, aunque esa es la hostia. Pero yo pensaba en el tío de doscientos kilos desnudo que no podían sacar por la ventana.

—¿El que se les quedó de rodillas, con la tripa encajada en el marco de la ventana y el culo mirando hacia la puerta? ¿Ese?

—Sí. Y cada vez que le daban un empujón al culo ¿qué decían? Que sonaba como la invasión de Bagdad, ¿no?

—El fin del mundo —apostillé con una amplia sonrisa.

—Eso. Total, que fueron a buscar una tarrina de margarina y entonces el novato llamó desde el vestíbulo y decidieron hacerle una jugarreta.

—La novatada del siglo.

Alison levantó las dos manos.

—Haced el favor. Esto podría resultar más gracioso en otro sitio. No sé, en el lavabo de chicos de un colegio, por poner un ejemplo.

Quinn echó la cabeza hacia atrás y se rio con todas sus fuerzas. Daba gusto verlo feliz, aunque me dio miedo que los clientes del hotel se quejaran de aquel insólito estruendo.

Cuando cesaron las carcajadas Quinn y yo mantuvimos una conversación muda que consistió básicamente en que lo miré y arqueé las cejas, ante lo cual él se encogió de hombros. Lo mío quería decir: «¿Crees que va a preguntar por Hector?» Lo suyo, que no estaba seguro. O que le traía sin cuidado.

En ese momento Alison abrió los ojos y dijo:

—¿Y qué voy a contarle a Hector? Me llamará en cualquier momento.

—No, no creo —contesté.

Alison miró a Quinn con incredulidad.

—¿También te lo has cargado?

Mi compañero se encogió de hombros otra vez.

—Necesito una copa —anunció Alison, así que fui a su habitación y le llevé una botellita de vodka. Al aceptarla comentó—: No sé si he tocado algo del minibar.

—El equipo de limpieza se encargará de eso.

—Pero quedará constancia de que nos hemos alojado aquí. Tú puede que hayas utilizado una tarjeta de crédito de pega, pero yo no. Me encontrarán y me interrogarán.

—Te quedas en otro hotel.

—¿Ah, sí? ¿En cuál, si puede saberse?

—Aún no lo sé. El equipo de limpieza traerá la llave. En el historial de tu tarjeta de crédito aparecerá que esta tarde te has registrado en el otro hotel, no en este.

Alison miró hacia la puerta, como si calculara mentalmente sus posibilidades de huir.

—Pero ¿de dónde salís? —preguntó.

—La cosa no es fácil —contestó Quinn

Ella apuró el vodka y dejó la botella en la mesa.

—Augustus, dime lo que sepas de los *bernies* —pedí entonces.

Con los ojos clavados en Augustus Quinn, Alison repitió la última palabra en silencio, moviendo solo los labios.

—¿Has visto la película *Este muerto está muy vivo*?

—Sí.

—Cuando nos toca vigilar cadáveres los llamamos *bernies*, como el muerto de la peli.

—Lo más natural del mundo —sentenció, y mientras Augustus levantaba el antebrazo de uno de los muertos y lo estudiaba preguntó—: ¿Cómo puede Quinn tener información sobre esos individuos?

—Son ex presidiarios.

—¿Y?

—Llevan tatuajes carcelarios.

32

Sabía varias cosas sobre los tatuajes carcelarios. Para empezar, casi siempre eran azules o negros, por tratarse de los colores más fáciles de preparar. El tatuador carcelario confeccionaba una aguja con cualquier pedazo de metal que tuviera a mano: un sujetapapeles, una lima de uñas, una grapa, un clavo, un pedazo de percha o un fragmento de cuerda de guitarra de acero. La tinta procedía habitualmente de una estilográfica o de un bolígrafo, pero también podía ser plástico fundido. Por lo general el tatuador metía el metal afilado en un recipiente de plástico, por ejemplo el cilindro de un bolígrafo, y lo conectaba a un motorcito que hacía que la aguja subiera y bajara. Una vez iniciado el proceso podían salir mal cien cosas distintas, desde que hubiera una falta de ortografía hasta que se contagiaran la hepatitis o el sida.

Los dos *bernies* que reposaban en la cama delante de nosotros lucían las letras S y T en el antebrazo.

—¿Qué quieren decir esa S y esa T? —pregunté.

—Sindicato Tejano.

—¿Sabes algo de ellos?

—Son una de las bandas carcelarias más antiguas de Tejas.

—¿De las duras?

—De las durísimas.

Aparte de la clásica lágrima debajo de un ojo, no sabía mucho de la interpretación de tatuajes. Quinn, en cambio, dominaba ese lenguaje.

—¿Qué más nos dicen? —le pregunté.

Les rasgó las camisas y estudió las marcas como un explorador indio al examinar un rastro.

—¿Ves el trazo fino y las sombras de los dibujos de las mujeres? Eso nos indica que a estos tíos los tatuó un experto. En la cárcel nadie merece más respeto que un buen tatuador.

—Ya ves —respondí—. ¿Y eso otro qué es?

—Los tatuajes son el principal sistema de comunicación entre los presos. Te dicen a qué banda pertenece un tío, qué categoría tiene en la trena, a cuánta gente ha matado, de qué ciudad o de qué país es, si está casado, cuántos hijos ha tenido, qué tragedias ha sufrido, si es religioso y por qué tendencia política se decanta.

—Gracias por la conferencia. ¿Y esos números qué son?

—La primera parte indica que es de por aquí —explicó Quinn—. El de la izquierda alardea de haberse cargado a tres tíos, el de la derecha a dos. Me lo creo.

—¿Y por qué?

—En la piel es mejor no mentir. Mucha gente sería capaz de matarte.

—¿El trece qué significa?

—Que fuman maría —respondió.

—¿Eso cómo lo sabes?

—El trece equivale a la M, que es la letra número trece del abecedario. —Señaló entonces al de la izquierda—. ¿Ves el ocho que lleva este? Es una H. O sea, que se mete o se metía heroína. A veces se ve a alguno con un ochenta y ocho, que es «Heil, Hitler».

—¿Por qué iban a querer que la gente supiera que eran drogadictos? —preguntó Alison.

—Así los camellos saben que quieren comprar —contestó Quinn.

—¿Y esas cifras del hombro qué son? —continuó ella, cada vez más interesada.

—Los números de identificación penitenciaria.

—¿Son los que nos permitirán descubrir su identidad?

—Exacto —sonrió Quinn.

Entonces llamé a Darwin y le dicté esos números.

—Darwin va a buscarlos en el sistema, a ver si hay vinculación entre los *bernies* y los terroristas —informé, después de colgar.

—¿Y si la hay? —quiso saber Alison.

—Lo dudo. Tú le propusiste lo de los robos a Hector, mientras que lo de que contrataras a un conductor fue idea de Afaya. Mi jefe creía que podía estar en tratos contigo aquí en Dallas y en las demás ciudades a las que viajas.

—Afaya me ha preguntado en qué otras ciudades trabajo, pero no me ha pedido que meta a más parientes suyos de conductores.

—Aún no, pero seguro que saldrá por ahí.

—¿Y qué vais a hacer? ¿Cargároslo?

—Eso lo decide Darwin, pero lo más probable es que quiera que sigas como si nada y, mientras, él infiltrará agentes en vuestras sucursales para que vigilen las cosas.

—¿Tengo que ayudar a la gente de Afaya a entrar en la empresa?

—Te digo lo mismo: depende de Darwin. Me imagino que querrá que estreches la relación con Afaya, que intiméis, que dejes que te convenza para contratar gente en la mayoría de tus Park 'N Fly.

—¿Y si quiero desvincularme de todo esto?

Quinn y yo nos miramos.

—A estas alturas no hay ninguna posibilidad de desvincularse —intervino Augustus.

Alison se cruzó de brazos y replicó indignada:

—Me niego a acostarme con un terrorista.

—Harás lo que sea necesario —dije yo—. Y con todos los extras.

—Cuando os vayáis nadie podrá obligarme a nada. Me buscaré una nueva identidad, me ocultaré.

—Alison, estás metida en esto hasta las pestañas. Vas a ayudarnos a desmantelar la mayor célula terrorista de todo el país y vas a hacerlo por motivos de peso.

—¿Cuáles? —preguntó, en tono burlón—. ¿El amor a la patria? ¿El sentido del deber?

—Eso y doscientos mil dólares libres de impuestos.

—¿Estás dispuesto a ponerlo por escrito?

—No ponemos nada por escrito. Lo que haremos será meter el dinero en una taquilla y darte la llave.

—¿Qué me impide llevarme la pasta antes de que matéis a los terroristas?

—No sabrás dónde está la taquilla hasta que haya acabado la misión.

—Ya, y tengo que confiar en vosotros.

—Si lo prefieres, podemos matarte y acabamos antes —terció Quinn.

—Qué encanto —repuso ella.

Él hizo una reverencia.

—Hay un problema más acuciante —apunté yo—. El Sindicato Tejano. Cuando se enteren de lo que ha pasado querrán darte tu merecido para que sirva de ejemplo.

Alison tensó los músculos faciales.

—Pero si no ha sido culpa mía —se quejó—. El que los llamó fue Hector.

—Esa gente no estará de acuerdo. Claro, como Hector ha pasado a mejor vida...

—No puedo quedarme aquí —aseguró Alison, mirando alrededor y a punto de perder los nervios.

Nos quedamos un rato en silencio. Quinn y yo analizábamos la situación y ella estaba a la espera de oír algo que la tranquilizara.

—Cuando llame Darwin para identificar a los *bernies*, le pediré que se entere de quién dirige el sindicato —propuse por fin—. Iré a verlo para tratar de que te perdone la vida durante una temporada.

Alison había utilizado muchas voces en las pocas horas que hacía que nos conocíamos. La que oí en aquel momento me indicó que por fin había entendido el peligro al que estaba expuesta.

—Si consigues que no me maten y me das doscientos de los grandes, cumpliré mi cometido —garantizó. Pensó un momento en lo que acababa de decir, apretó los dientes y asintió una única vez, con determinación—. En serio. Haré todo lo que me digas.

—Así se habla —contesté.

—Ya que vamos a trabajar juntos —añadió, frunciendo los labios—, no tengo que seguir llamándote Cosmo, ¿verdad?

Quinn se echó a reír.

—Por lo que a mí respecta, es su nuevo apodo.

Puse cara de pocos amigos.

—Me llamo Donovan Creed —informé a Alison.

—Prefería Cosmo Treillis —replicó.

—¿Por qué no me sorprende?

33

La unidad de control de la cárcel de máxima seguridad de Lofton, en Tejas, se había construido cuatro años antes en respuesta a la revuelta que había acabado con la vida de cuatro funcionarios y doce reclusos. Aquel anexo albergaba a trescientos veinte hombres distribuidos en seis niveles de seguridad distintos. Los criminales más peligrosos estaban encerrados en celdas unipersonales veintitrés horas al día. Las paredes eran de hormigón y las puertas y las rejillas, de acero. El mobiliario, incluidas la cama, la mesa y la silla, se había confeccionado con hormigón vaciado. En la parte superior de la celda había una ventana de diez centímetros de alto por metro y cuarto de largo que permitía a los reos ver un pedazo de cielo y nada más. El diseño obedecía a un motivo claro: sin referencia alguna, el ocupante no podía deducir su ubicación exacta en el complejo. La hora diaria en que se les permitía salir la pasaban también en solitario, en un búnker de hormigón sin tejado donde tenían la oportunidad de hacer ejercicio. Cada mes se les permitía recibir una visita de un familiar y otra de un abogado. La mía era una excepción, resultado de los contactos de Darwin.

A Roy Williams, apodado *Wolf*, acababan de caerle

en gracia tres añitos en la zona de seguridad de nivel seis por tratar de matar a un vigilante. Como lo habían apartado del resto de la población reclusa, no me cabía duda de que pronto algún otro gusano se haría con las riendas del Sindicato Tejano, pero por el momento el que mandaba era él.

—Me la trae floja que murieran de una forma u otra —espetó—. Se la carga la tía y punto.

—Alison ni siquiera los conocía. El que los llamó fue Hector.

—Ya, bueno, pero Hector no está entre nosotros, así que solo queda la tía —respondió, con una sonrisa burlona—. Dile que la cosa será desagradable—. Se relamió los labios—. Muy desagradable.

Wolf Williams sabía mucho de cosas desagradables. Era un mastodonte de metro noventa y cinco de altura y ciento sesenta kilos de peso, con la mirada ausente, la cara hinchada y picada de viruelas y unos labios de Joker que dejaban al descubierto una boca repleta de dientecillos de distintas tonalidades que iban del amarillo al negro pasando por el marrón. La normativa de la cárcel lo obligaba a ir con el pelo rapado, pero con solo verlo quedaba claro que de haber podido lo habría llevado largo y asqueroso. Como la barba, grasienta y descuidada.

—Voy a pedirte con buenas maneras que no la matéis.

—Vete a tomar por culo.

Las visitas y los reclusos quedaban separados por un grueso cristal antibalas que iba del suelo al techo.

Por suerte para él.

—Mira, si quieres ir a por alguien por la muerte de esos dos colgados, ve a por mí —propuse.

—Ya se nos había ocurrido. Tienes los días contados.

—Vale. Pues entonces dejad en paz a Alison.

—Ni de coña. Va a sufrir. Son cosas del código, tío.

Nos miramos por el cristal.

—Estoy dispuesto a negociar —anuncié.

—¿Quieres negociar? Sácame de aquí.

—Las cosas no funcionan así.

—Pues entonces no hay trato. Tengo poco que ganar y nada que perder. No tengo familia, cuando salga no habrá nada esperándome.

—Podría esperarte tu familia si no los hubieras matado a todos.

Se encogió de hombros y se pasó la mano por la barba inmunda. Yo me quedé en silencio, a la espera de que planteara la pregunta que sabía inevitable.

—¿Qué pinta tiene? —dijo—. ¿Está buena?

Saqué una bolsa de plástico del bolsillo y la pegué al cristal. Dentro había una foto de Alison completamente vestida.

—No está mal —reconoció—. Te propongo una cosa: consígueme cien de los grandes y un vis a vis con esa una vez al mes para que podamos mantener relaciones conyugales y la dejo vivir un año.

Y yo que habría apostado mil dólares a que Wolf habría sido incapaz de utilizar una palabra tan complicada como «conyugales».

—La pasta puedo conseguirla —respondí—. Lo del sexo no.

—Pues no hay trato.

—A ver. Durante los próximos tres años no se te va a poner ninguna mujer a tiro. Seguro que te lo explicaron cuando te metieron en aislamiento.

—Si te han dejado venir a verme es que eres un pez gordo, así que dame lo que te pido.

—Las cosas no funcionan de esa forma a no ser que

tengas algo muy importante que ofrecernos, y los dos sabemos que no.

—Y por eso la tía va a pasar a mejor vida.

—Yo prefiero que viva. Es más, a ella tampoco le apetece morir. Vamos a ir acabando, Gumby. Mi mejor oferta es la siguiente: cien de los grandes y cien fotos de Alison en pelotas.

—No me dejan tener fotos de tías en pelotas.

—Ni se enterarán. —Volví a enseñarle la foto de Alison—. La llevo dentro de la bolsa de plástico porque es de las que se rascan. Si me das el nombre de tu vigilante, me encargaré de que te pase un montoncito cada vez. Lo que tienes que hacer es rascar la imagen con el dedo. Debajo de la capa pintada hay una foto de Alison completamente desnuda.

—Y una mierda.

Incliné la foto para que viera que la ropa formaba un ligero relieve.

—¿Cuánto tiempo llevan haciendo esas cosas? —preguntó

—La tecnología es nueva, pero la idea se remonta a Leonardo da Vinci. Al estudiar la *Mona Lisa* con rayos X descubrieron que debajo había dos cuadros más. En aquella época no era muy fácil encontrar lienzos, así que el que quería pintar algo cogía uno ya usado.

—¿Te parece que me apetece una lección de historia?

—Rasca la imagen con el pulgar o el índice con un poco de fuerza, para producir calor, que es lo que derrite la capa superficial. Te conseguiré cien fotos de Alison vestida. Puedes disfrutar de sus encantos tal cual o rascar un poco para verla desnuda. Tú decides.

—¿Qué tía está dispuesta a posar para cien fotos en pelotas?

—Una que no quiere que la maten.

—¿Y ya le has contado ese plan?

—No. De momento solo se ha hecho esta foto.

—¿Tú la has visto?

—Sí.

Se puso colorado. Se relamió los labios. Se me revolvió el estómago.

—Si vas a sobornar al vigilante, dale las fotos en pelotas y punto —propuso entonces.

—Si le doy fotos de una tía en pelotas, ¿tú crees que te las entregará?

—¡Ni de coña! Ese hijoputa es un degenerado.

—Pues por eso voy a poner ropa encima de las fotos de Alison desnuda.

Basta con mirarle la cara picada de viruelas para ver que estaba intrigado.

—¿Va afeitadita? —dijo.

—¿Quieres que vaya afeitada?

—Pues sí.

—Bueno, en esta no va afeitada, pero me encargaré de que lo esté para la próxima vez.

Decidimos cómo me encargaría de pagar al vigilante y me dijo cómo se llamaba.

—¿Qué tal ha ido? —preguntó Alison.

Íbamos en el coche que había alquilado, de camino a nuestra habitación en el motel Quality Inn.

—Por el momento creo que no corres peligro, pero la situación cambiará dentro de unos días o unas semanas cuando le quiten la capacidad de decisión.

—¿Y qué vamos a hacer?

—Matarlo.

Alison iba mirando por la ventanilla, pero cuando dije esas palabras volvió la cabeza de golpe hacia mí.

—¿Por qué? ¿Cómo?

—¿Por qué? Porque así el que ocupe su lugar en la banda recibirá un mensaje bien claro. ¿Cómo? —Sonreí—. Luego te lo cuento.

—¿Sigue en pie lo de volver a Dallas esta noche?

—En cuanto haya hablado con el vigilante de Wolf.

—¿A qué hora lo verás?

—Sale a las ocho, así que supongo que hacia las ocho y media. Según Wolf, al vigilante le gusta tomarse unas cervecitas en el bar de *striptease* de Euclid antes de volver a casa a darle de hostias a su señora.

Miró el reloj.

—Quedan como seis horas. ¿Qué vamos a hacer hasta entonces?

—Echar la siesta. Hasta Dallas hay muchas horas de coche y anoche no pegamos ojo ninguno de los dos.

—Pero antes en el motel has cogido solo una habitación.

—Una habitación, dos camas.

—¿Qué? ¿Te crees que si me dejas sola en una habitación me escaparé?

—Lo que creo es que me costaría más protegerte.

—Pero por el momento no corro peligro. Tú mismo lo has dicho.

—He dicho que creo que no corres peligro. ¿Te apetece comprobar si me equivoco?

34

A cambio de quinientos dólares y la promesa de que el grifo seguiría abierto, el vigilante aceptó encantado meter discretamente la foto de Alison en la celda de Wolf Williams. Se la entregué, junto con los billetes, en el aparcamiento de detrás del bar de *striptease*, tras lo cual pudimos por fin meternos en la autopista y emprender el camino de regreso a Dallas.

—Yo no he posado desnuda para ninguna foto —recordó Alison.

—Lo importante es que Wolf crea que sí —respondí.

—Pero sigo sin entenderlo. Cuando tenga la foto la rascará con el dedo ¿y luego qué?

—Si va dentro de una bolsa de plástico es porque el recubrimiento está hecho de veneno de serpiente y además lleva cientos de fragmentos de cristal microscópicos incrustados. Cuando Wolf se ponga a rascar, se cortará el dedo y el veneno podrá penetrar en su organismo.

—Estás loco —dijo Alison.

—Probablemente.

Me miró exasperada.

—¿Y se supone que tengo que esperar que ese plan ridículo me salve la vida?

—Confía en mí. Quince minutos después de que le den la foto estará muerto.

—¿Has hecho esto alguna vez?

—Pues sí.

—¿Quién es capaz de incrustar cristales rotos y veneno de serpiente en una fotografía en dos horas?

—Dilo.

—¿El qué?

—Te alegras de estar de mi parte.

—Estás como una puta cabra, Creed —contestó.

—Y tú haces mucho ruido en la cama.

Me miró fijamente.

—¿Te refieres a lo de anoche? Pero si era todo falso. Que lo sepas.

No dije nada.

—¿Qué? ¿Te crees que de verdad quería acostarme contigo?

No respondí.

—Desde luego, amor propio no te falta.

Suspiré.

—Verme obligada a tocarte anoche me dio repelús —soltó entonces, y aún tenía mucha cuerda.

Quedaban muchos kilómetros hasta llegar a Dallas.

35

Toda mi vida adulta se ha regido por lo que yo llamo la teoría de la llamada telefónica.

Según mi teoría, uno puede ser bueno, malo o regular. Uno puede ser rico, pobre o de clase media. Un puede ser todo un ganador o todo un perdedor, dedicarse a construir cosas o a destrozarlas, a dar o a recibir. Da igual: a todos puede cambiarnos la vida de repente con una simple llamada telefónica.

Lo he visto mil veces. Uno puede abusar de su cuerpo o cuidarlo. Puede ser la persona más honrada, cariñosa y generosa del mundo... o la peor. Puede vivir a golpe de estrategia o dejándose llevar por el azar, meterse en una banda callejera o codearse con reyes. Da igual. Todos somos rehenes de esa llamada telefónica. Porque si de algo podemos estar seguros en la vida es de que en algún momento nos llegará el turno.

Como Ronald Goldman, camarero de la Mezzaluna Trattoria de Los Ángeles: el 13 de junio de 1994 recibió una llamada de Nicole Simpson, que le dijo que su madre, Juditha, se había dejado las gafas en el restaurante. Fue una llamada que le cambió la vida.

No todas las llamadas son malas.

Herbert Plant, un tío que había vivido en la calle en Worcester, en Inglaterra: lo llamaron para decirle que había ganado cinco millones de dólares en la lotería Lucky Dip.

Cada día le pasa a alguien. Un individuo a quien le va todo de maravilla recibe una llamada: tiene los glóbulos blancos por las nubes. Suena el teléfono de una mujer que no puede quejarse de nada: su marido le pone los cuernos o acaba de morir en un accidente de tráfico.

¿Quién quiere vivir como yo? Cada vez que suena el teléfono pienso que la llamada podría destrozarme la vida o salvármela. Y con eso no quiero decir ni mucho menos que valga la pena salvarla.

A todo esto estaba en el aeropuerto de Dallas-Fort Worth, a la espera de coger un vuelo para Nashville, cuando me sonó el móvil. Miré la pantalla y vi que era Kathleen.

—¿A qué hora llega tu avión? —preguntó.

—¿Mi avión?

—No me digas que sigues en Dallas.

—Lo siento —me excusé, sin saber qué esperaba que hiciera aquel día.

Kathleen suspiró exageradamente.

—Al menos llegarás a tiempo para cenar, ¿no?

—¿A Nueva York? ¿Para cenar?

—Ay, por el amor de Dios, Donovan. No me digas que te has olvidado —contestó, desconsolada.

Evidentemente, me había olvidado. Mi vida avanzaba a la velocidad de la luz. Hasta aquel momento mis planes eran salir pitando para Nashville, matar a Trish y a Rob para cumplir las estipulaciones del retorcido experimento social de Victor y después marcharme a Boston a toda prisa para empezar a buscar a Tara Siegel y convencerla de que dejara de utilizar a la novia de Callie como doble.

—Pues claro que no me he olvidado. ¿Cómo has podido pensar una cosa así? —dije, para hacer tiempo mientras obligaba al cerebro a rebobinar.

—Gracias a Dios. Por un momento me has dado un buen susto.

Aquel día iba a pasarle algo importante y tenía que recordar de qué se trataba.

—Espera un momento —pedí—, tengo que darle la tarjeta de crédito a la chica del mostrador.

Tapé el micrófono y me puse a rebobinar los últimos acontecimientos. El día antes Alison y yo habíamos ido a Lofton y había visitado a Wolf en la cárcel. Por la noche había sobornado al vigilante para que le entregara la foto envenenada. Luego habíamos vuelto a Dallas, donde yo la había ayudado a instalarse en su nuevo hotel. Había dedicado las cuatro horas siguientes a hacerle un cursillo intensivo para que colaborase con Darwin en la preparación de una trampa para los terroristas. Afaya no tardaría en ponerse en contacto con ella. Hasta entonces debía quedarse en Dallas y hacer la auditoría del Park 'N Fly como si no hubiera pasado nada raro durante los dos días anteriores. Ya habían encontrado a Wolf Williams muerto y Augustus Quinn vigilaba a Alison hasta que me diera tiempo de cerrar un acuerdo con quien acabara siendo el nuevo jefe del Sindicato Tejano. Darwin había quedado en avisarme cuando se produjera el relevo y en conseguirme una reunión con él.

—¿Sabes quién tiene más puntos para conseguir el ascenso? —le había preguntado.

—Hay media docena de candidatos. Esta vez seguramente elegirán a alguien que no esté a la sombra.

—¿Y tienes idea de cuánto tiempo nos queda?

—No, pero la mierda siempre acaba saliendo a la superficie.

El rebobinado no me daba buenos resultados. Quizás era mejor repasar los últimos acontecimientos de la vida de Kathleen.

«Vamos a ver —me dije—. Kathleen ha decidido trasladarse a Virginia con Addie para estar más cerca de mí. ¿Será algo relacionado con la mudanza? ¿Será algo de...?» Mierda. ¿Cómo había podido olvidarme?

—Hoy te dan a Addie —recordé—. Por supuesto que voy a estar ahí.

—¿A tiempo para acompañarme a recogerla o a tiempo para cenar?

—Entre una cosa y otra —contesté, mirando el reloj—. Con suerte, estaré en tu casa antes de que lleguéis.

—Ojalá hubieras llegado ya. Desde luego me vendría muy bien el apoyo moral.

—Claro, cariño. Lo siento.

—En fin, ya sé que tu trabajo es así —suspiró—. A lo mejor tendríamos que replantearnos tu profesión. Está claro que nos obliga a pasar mucho tiempo separados.

A eso no respondí. Empezaba a darme cuenta de por qué una mujer guapa e inteligente como Kathleen había estado disponible cuando la había conocido. En los escasos meses que llevábamos saliendo había metido a una criatura en nuestra dinámica romántica, había decidido irse a vivir cerca de donde yo trabajaba, había dejado claro que no le gustaba que viajara tanto y me había propuesto cambiar de profesión.

—¿Qué te parece una buena cena en el Serendipity esta noche? —propuse—. ¿Y quieres que organice algo especial para luego?

—Ya está todo pensado. Después de cenar vamos a volver para ponernos delante del ordenador para mirar vídeos de casas en venta hasta que sea hora de meterla en la cama.

—¡Me parece estupendo! —exclamé, con la esperanza de que el grado de entusiasmo de la respuesta fuera el adecuado.

Kathleen se quedó callada un momento.

—Sigues estando decidido, ¿no? —preguntó por fin.

—Por supuesto.

—No pretendo obligarte a nada. Quiero que te haga la misma ilusión que a Addie y a mí.

—Sí, claro —respondí, no muy seguro de mi sinceridad.

—¿Estás convencido?

—Pues claro —dije, sin estarlo.

—¿Me lo prometes?

«Joder, ¿así habla la gente normal? —pensé—. ¡No me extraña que en los barrios residenciales la gente se meta tanta droga!»

—¿Donovan?

—¿Eh? Ah. ¡Sí, pues claro que te prometo que estoy convencido! —contesté, pensando al menos de que eso era lo que quería que dijera.

Me mandó un beso y se rio al ver que yo no hacía lo mismo.

—¿Qué?

—Que siempre tratas de parecer un tipo duro. Eres monísimo.

Me moría de ganas de contarle a Quinn lo monísimo que era.

Después de colgar me quedé sentado en la silla situada junto a la puerta de embarque del avión que debía llevarme a Nashville. Me tocaba volver hasta la terminal principal, cancelar el billete y comprar otro para el vuelo a Nueva York de las doce y cuarto, cuya puerta... estaba justo delante de la de Nashville. Lo único positivo era que no tenía equipaje que desembarcar del primer avión: hacía ya tiempo que me había deshecho del maletín de joyas falsas que había facturado a la ida.

Tomé aire hasta el fondo de los pulmones, me relajé y cerré los ojos. Al abrirlos me encontré con un individuo de cuarenta y bastantes años, bien vestido, que se dirigía al acceso de primera clase del brazo de una tía buena de piernas interminables a la que más o menos debía de doblar la edad. Estaba en forma y bronceada, llevaba coleta y lápiz de labios rosa brillante, y tenía los dientes blancos y perfectos y ese aire efusivo y jovial, de seguridad mezclada con ingenuidad, que a todos los tíos les recuerda a la animadora de la que estaban enamorados en el instituto pero nunca consiguieron abordar.

En otras palabras, era como la mitad de las putas que yo mismo me había llevado en viajes parecidos.

Todos los que estábamos en la sala de espera nos quedamos mirándola como un niño al tratar de encontrar a Wally en una ilustración. Hablo solo a título personal cuando digo que, si Wally se hubiera escondido cerca de su minifalda vaquera o de las bragas rosa clarito que llegamos a vislumbrar, lo habría encontrado veinte veces. Sentí un tirón de deseo y me di cuenta de que acababa de recibir la llamada telefónica que podía o bien salvarme la vida o bien destrozármela. Puede que en aquel momento estuviera sentado ante una puerta de embarque de un aeropuerto, pero en realidad me encontraba en una encrucijada. A la izquierda se adivinaba Nashville, que representaba el statu quo, la comodidad y lo conocido.

La puerta de Nashville ofrecía un futuro repleto de putas y de tiempo libre, de viajes, emociones, balas y peligros.

La de la derecha, en cambio, daba a Nueva York y a

Kathleen, que parecía estar llevándome a una velocidad vertiginosa hacia la monogamia, la paternidad y el altar. Si la abría, al cabo de tres años el grifo del sexo apenas gotearía y las discusiones tardarían más en aplacarse. La rutina haría que a los dos empezaran a molestarnos cosas del otro y el rencor se acumularía. Addie iría haciendo palanca hasta llegar al fondo de nuestros corazones y nuestras vidas y sería cuestión de tiempo que desapareciera la relación de pareja que nos había unido en un principio. Tendríamos ante nosotros horas y horas de cuidados, deberes escolares, lágrimas, problemas adolescentes e invitaciones de compañeras de clase para ir a dormir a sus casas. Habría obligaciones con la iglesia, el colegio, los amigos y los deportes, y toda espontaneidad desaparecería de nuestras vidas.

Miré la puerta de Nueva York y vi ante mis ojos que se desplegaba un futuro que me hizo cuestionarme el compromiso con Kathleen y Addie. ¿Tendría que dejar el trabajo y ponerme traje y corbata para obedecer a algún gilipollas en una empresa? ¿Esperaría Kathleen que participara en sus actividades de beneficencia? ¿Me veía jugando al tenis o al golf en algún club de campo para pijos u organizando barbacoas imbéciles para los vecinos, teniendo que tratar con educación a uno que babearía al mirarle el culo a mi mujer y le tiraría los tejos cada vez que yo me diera la vuelta?

Miré a la tía buena, que le susurraba cositas al oído al cuarentón. Él le dijo algo y ella soltó una risilla y le dio un mordisquito en el lóbulo de la oreja con aquellos dientes perfectos de porcelana. Parecía que ninguno de los dos se había dado la más mínima cuenta de las miradas de las mujeres asqueadas y los hombres envidiosos que contemplaban sus demostraciones de cariño en público. Cuando echaron a andar por la pasarela él le agarró el culo con una mano. ¿Acaso lo regañó ella o le dijo que era un guarro? No. Lo recompensó con un chillido de placer.

«No es demasiado tarde —pensé—. Aún puedo ser como ese tío.»

36

Al final, la decisión no fue tan difícil. Aunque estaba claro que Kathleen me llevaba hacia el altar, no me obligaba a tirarme a la piscina de inmediato. Iba a dejar que me metiera en el agua poco a poco. Ya sabía lo que era llevarme a una puta a Nashville, pero no qué se sentía al vivir con Kathleen y Addie. Y quería descubrirlo.

Al cabo de unas horas, ya en Nueva York, oí el ruido de la puerta del taxi al cerrarse. Como un pardillo, salí corriendo de casa de Kathleen, donde llevaba un rato esperando, y las abracé a Addie y a ella consciente de lo mucho que aportaban a mi vida.

—¡Kathleen me va a regalar la Wii! —exclamó la niña.

—¡Pero bueno, la Wii! —repetí.

No tenía ni idea de lo que era eso y Kathleen lo sabía.

—Es una videoconsola que le hace mucha ilusión —musitó, con una sonrisa en los labios.

—Ya lo sabía —susurré también yo.

—¡Sí, seguro!

Pagué al taxista y recogí las maletas de Addie, pero me detuve ante la puerta de la casa cuando Kathleen dijo:

—Espera. Vamos a disfrutar del momento. Una vez entremos, nuestra vida cambiará para siempre.

Estaba radiante de felicidad y Addie no dejaba de sonreír. Hacía seis meses había perdido a sus padres, a su hermana gemela y todas sus posesiones en un terrible incendio que la había dejado desfigurada, aunque en aquel momento nadie habría sido capaz de ver todo lo que había sufrido. Yo me dedicaba a probar armas de tortura para el ejército, pero mi robustez y mi capacidad de resistencia no eran nada al lado de las de Addie. Además de fuerza de voluntad tenía un optimismo y un valor que no solo servían de inspiración, sino que eran contagiosos. Addie era por un lado como la huerfanita Annie y por el otro como Superman.

Cruzaron el umbral y Addie chilló emocionada y se puso a aplaudir al ver las galletas que yo acababa de sacar del horno y colocar encima de la mesa de la cocina. Me imaginaba lo mucho que les gustarían los regalos que había llevado: una gran cesta de mimbre para ir de picnic y una manta de cuadros azul. Me quedé pensando si algún día recordaríamos que habían sido las primeras cosas compradas para nuestra nueva familia.

Permanecí durante un instante ante la puerta antes de entrar con ellas y pensé con calma en lo que había dicho Kathleen. Tenía razón, por supuesto. A partir de aquel día mi vida no volvería a ser igual. Y eso era positivo.

Dos horas después empezó la cena de celebración.

No conocía ningún restaurante en Nueva York que fuera territorio exclusivo para las niñas pequeñas, pero el Serendipity 3 no andaba muy lejos. Con su reloj gigante, las lámparas de estilo Tiffany de vivos colores y las mesitas y las sillas blancas como para tomar el té, el interior me hizo pensar que nos habíamos metido en el decorado de una película basada en *Alicia en el País de las Maravillas*. No todo era la decoración. Me había dicho que los postres, en especial el chocolate a la taza helado, eran deliciosos. Addie se puso a corretear por la tiendecita del restaurante mientras Kathleen y yo esperábamos la mesa. Cuando nos sentamos los dos, Kathleen me miró y prorrumpió en una sonora carcajada.

—¿Qué? —pregunté, arqueando las cejas.

—Verte aquí.

—Ajá.

Volvió a reírse.

—Es muy... No sé.

—¿Incongruente?

Me miró y movió los labios para repetir la palabra sin sonido, mientras hacía una mueca para burlarse del refinamiento de mi vocabulario.

—Decidido. El que hará los deberes con ella serás tú —anunció.

Asentí y inclinó la cabeza, mirándome con curiosidad.

—¿Y ahora qué pasa? —pregunté.

Extendió el brazo por encima de la mesa y me cogió la mano.

—Te quiero, Donovan, y tengo ganas de que nos vayamos de picnic por primera vez.

—¿Por qué no mañana mismo?

—Prefiero que sea dentro de seis semanas.

—¿Y eso?

—Entonces Addie podrá pasar ratos más largos al aire libre.

—Perfecto. Dentro de seis semanas.

—Tenemos un compromiso —dijo.

Entonces llegó Addie a la carrera, ocupó su silla y nos habló de los tesoros que había descubierto. Kathleen la escuchó extasiada, con el mismo nivel de animación y entusiasmo que la que ya era su hija. No cabía duda: iba a ser una madre de primera.

Mientras charlaban, no pude evitar fijarme en las miradas de curiosidad de los demás niños del restaurante, que contemplaban las horrorosas deformidades de Addie. El incendio que había matado a su familia le había destrozado la cara, el cuello y los brazos. Sin embargo, me alegré al comprobar que nadie la señalaba ni se burlaba de ella.

Aquella valiente chiquilla tenía por delante años de dificultades y sin duda contaba conmigo para ayudarla en lo posible. ¿Formaría parte de su vida? ¿De su familia?

En aquel momento estaba seguro de que sí.

37

Los cuatro días con tres noches que pasé en Nueva York con Kathleen y Addie no podrían haber ido mejor. Fuimos al acuario, al planetario y a varios museos, y la niña se adaptó con facilidad a su nueva vida con Kathleen. Las tardes las pasábamos conectados a internet. A Addie le encantaban las visitas virtuales a las casas en venta de la zona de Bedford y dimos con varias que decidimos inspeccionar en cuanto mi calendario lo permitiera.

Me llevé una feliz sorpresa: Kathleen parecía completamente satisfecha con nuestra relación tal cual estaba y ni una sola vez mencionó el matrimonio. Debía de ver con claridad cómo disfrutaba estando con ellas dos, pero también entendería con la misma claridad que aún no estaba preparado para incorporarme al servicio a tiempo completo. Traté de que no se notara, pero al cuarto día de convivencia en aquella casita tan estrecha empecé a subirme por las paredes.

No había dejado el trabajo completamente de lado, sino que había hecho algunas gestiones. Quinn seguía con Alison, que había terminado el trabajo en Dallas, así que los dos se dirigían ya a Phoenix, donde ella iba a pasar otra semana más haciendo una auditoría. Aún no había sabido nada de Afaya, pero Darwin estaba seguro de que daría señales de vida, y pronto.

Por otra parte, Darwin también me había informado de que el nuevo jefe del Sindicato Tejano era un tío asqueroso que se llamaba Darryl Hobbs. Estaba preparando un informe sobre él, pero tendríamos que tomar determinadas precauciones antes de organizar la reunión, ya que durante las primeras semanas Hobbs estaría de los nervios.

Además de eso, me había dedicado a preparar un plan para enfrentarme a Tara Siegel, en caso de encontrarla. Me haría falta el refuerzo de Callie y al menos un soldado más. Victor, mi diminuto cliente sediento de poder, aseguraba contar con un ejército de personas de baja estatura distribuidas por todo Estados Unidos. Lo llamé sin estar muy convencido para preguntarle si contaba con algún colaborador competente en Boston al que pudiera recurrir en caso de que las cosas se pusieran muy delicadas con Tara. No se mostró excesivamente entusiasmado cuando le conté mis propósitos, ya que habría preferido que fuera a Nashville a matar a Rob y a Trish, pero acabó dándome los datos de un colaborador de baja estatura que se llamaba Curly.

—Mucho cuidado con Curly —me advirtió.

—¿Y eso por qué?

—Es un donjuán tremendo.

—Ajá.

—¿De verdad que Callie y tú no podéis encargaros de esa mujer los dos solos?

—Tara podría tener también sus soldados —respondí.

38

Las posibilidades de dar con Tara en mi primera noche en Boston eran absolutamente nulas, así que decidí que fuera ella la que se topara conmigo.

El grupo de terapia para supervivientes de tentativas de suicidio se reunía todas las semanas en el Centro Comunitario Norton de la calle Franklin de Boston, cerca de Devonshire. Me presenté a propósito unos minutos tarde, con la esperanza de pillar a Tara por sorpresa, pero no estaba. Hacía casi dos años que no asistía y no reconocía a ninguno de los presentes. El monitor era el mismo y me recordaba lo bastante bien como para fruncir el ceño. Lo saludé con una inclinación de cabeza, me senté y siguió con la presentación.

—En Nueva York los suicidios provocan más muertes que los asesinatos —decía—. Y lo mismo pasa aquí en Boston y en la mayoría de las grandes ciudades de Estados Unidos. El suicidio se ha situado como la tercera causa de muerte entre los adolescentes y los jóvenes de entre quince y veinticuatro años. —Hizo una pausa para que asimiláramos sus palabras y luego prosiguió—. ¿A qué se debe esa situación, compañeros?

Y entonces se dedicó a explicarnos a qué se debía.

Escuché durante todo el tiempo que pude, es decir, unos veinte minutos, antes de salir a media sesión por miedo a deprimirme irremediablemente. Sus palabras, como siempre, evocaron recuerdos.

Tara y yo habíamos empezado a salir durante la peor etapa de mi vida, tras la separación de Janet. Éramos dos personas amargadas y abatidas con varias cosas en común: a los dos acababan de dejarnos nuestras parejas, los dos nos dedicábamos a asesinar por encargo de Darwin, los dos nos habíamos quedado huérfanos siendo jóvenes y los dos éramos hijos de padres con tendencias suicidas. Los suyos se habían matado juntos. Habían tratado de llevársela con ellos, pero en el último momento, por motivos que no se habían esclarecido, se habían echado atrás. Mis padres, por su parte, habían tratado de quitarse la vida varias veces, pero solo ella lo había conseguido, y eso una vez mi padre había muerto de un infarto. Tara y yo habíamos acudido a aquellas sesiones durante un tiempo, así como a la convención anual celebrada en el hotel Park Plaza.

A las personas afectadas por el suicidio de un familiar (éramos cinco millones en todo Estados Unidos) nos llaman supervivientes. Como grupo tenemos tendencia a regodearnos en la muerte y, dado que solo un veinte por ciento de los suicidas deja una nota que explique sus actos, en la mayoría de los casos dedicamos una parte desmesurada de nuestra vida adulta a tratar de encontrar algún sentido a la devastadora pérdida que hemos sufrido.

El suicidio afecta a los familiares supervivientes de una forma muy particular. Sí, por descontado, nos entristece, nos confunde y nos enfurece, pero más que cualquier otra cosa nos preocupa, puesto que sabemos que tenemos muchos más puntos que la población en general para amartillar un arma o salir a una cornisa.

Entre las mujeres se produce el triple de intentos de suicidio que entre los hombres, pero ellos tienen el cuádruple de posibilidades de conseguirlo. Con frecuencia las mujeres como Tara Siegel se mueven por la vida con una bomba dentro que puede hacer explosión en cualquier momento y provocar que se maten: cuando se presenta algún factor externo que enciende la mecha, no hay blanco más fácil que ellas. Lo que acabé entendiendo con el tiempo fue que Tara deseaba morir. Aunque tanto ella como yo y los demás esbirros de Darwin éramos psíquicamente inestables, Tara también presentaba una marcada tendencia suicida, y su conducta autodestructiva se manifestaba siempre que parecía que su vida iba sobre ruedas.

Por ejemplo, cuando estábamos en nuestro mejor momento.

Aquella noche salí del edificio del Centro Comunitario Norton y me acerqué a una cafetería próxima a tomar un café. Luego cogí un taxi hasta el hotel y me pasé una hora bebiendo whisky en el bar y viendo a la gente entrar y salir.

Ni rastro de Tara.

Pagué y me quedé merodeando por el vestíbulo durante unos minutos antes de tomar el ascensor hasta la quinta planta. Me detuve delante de mi habitación, metí la llave en la ranura y tomé aire antes de empujar la puerta y hacerme a un lado.

Tara no me disparó ninguna bala.

Entré, miré si había algún mensaje en telefónicos, comprobé que no hubiera trampas explosivas y por fin me desnudé, apagué la luz y me metí en la cama.

Al cabo de una hora me desperté al oír que alguien amartillaba una pistola a diez centímetros de mi cara.

—Desde la aparición de la raza humana han muerto cien mil millones de personas —informó Tara.

Aunque pueda parecer morboso, siempre iniciábamos nuestras conversaciones con información enciclopédica sobre la muerte.

—En Madagascar, las familias desentierran los huesos de los parientes y los pasean por todo el pueblo, junto con el sudario con el que los enterraron —aporté yo—. Luego vuelven a enterrarlos con otro sudario.

—¿Y qué hacen con el primero? —preguntó.

—Se lo dan a una pareja joven y sin hijos.

—¿Para qué?

—Para que envuelvan la cama con él y mantengan relaciones sexuales encima todas las noches.

—Qué asco.

—No te digo que no.

—¿Qué tal te va todo, Donovan?

—Bien, la verdad. ¿Te importa si me siento?

—Pues mira, sí que me importa. Como puedes imaginarte, no me fío de ti. Creo que lo menos arriesgado es matarte.

—No sería la primera vez que lo intentas.

—Me parece un comentario bastante injusto, ¿no?

—La cicatriz es mía, así que el que opina soy yo.

Durante el tiempo que habíamos pasado juntos, siempre había sospechado que mientras pudiera matar a otros Tara Siegel no tendría por qué suicidarse. Qué equivocación. Una noche en que nos habíamos bebido una botella de Cakebread me despertó una especie de borboteo. Encendí la luz y descubrí horrorizado a Tara tumbada en el suelo, en un charco de sangre.

—Adiós, Donovan —musitó.

Llamé al 911 mientras me abalanzaba sobre ella. Cuando le di la vuelta hacia mí me pegó un buen tajo en la cara con su arma preferida, una navaja automática AGA Campolin Catalana de veinticinco centímetros, que me dejó una gran cicatriz. Tara había sostenido siempre que su intención no era matarme, sino simplemente impedir que le salvara la vida. En cualquier caso, había sido el momento que había determinado nuestra relación y que había precipitado su fin.

—Si hubiera querido matarte, lo habría hecho aquella noche —apunté.

—O quizás has tomado la decisión hace poco.

—En realidad, he venido a pedirte un favor.

—Lo siento, Donovan. La culpa es tuya. Eres demasiado peligroso, joder.

—¡Ahora, Curly! —grité en ese momento.

Tara estaba a punto de echarse a reír ante aquel intento poco convincente de distraerla cuando la pistola eléctrica Taser de Curly la alcanzó en el muslo sin darle oportunidad a empezar. Yo salí como una exhalación de debajo de la sábana y le propiné un empujón. Aunque estaba casi paralizada, logró disparar una vez; su pistola de balas expansivas del calibre cuarenta y cinco dejó un agujero en el techo.

Me hice el propósito de comprobar si la habitación de encima estaba ocupada.

La Taser tuvo su efecto mágico habitual y Tara no pudo seguir agarrando el arma. Me levanté, la recogí y la coloqué en la mesita de noche. Encendí la luz. Curly y yo vimos a Tara retorcerse impotente encima de la cama durante unos segundos. Le rodeé el cuello con mi cinturón, le giré la cara y le clavé la rodilla en la parte baja de la espalda.

—Buen trabajo, Curly —lo felicité—. ¿Me pasas una brida?

Con la mano libre me lanzó uno de los cierres de plástico que utilizábamos como esposas y le até las muñecas a la espalda a nuestra amiga. Entonces Curly apagó por fin la Taser.

Tara había utilizado silenciador, así que no teníamos que preocuparnos por si el disparo había despertado a alguien. Curly y yo la sentamos en una silla y le pasamos los brazos por detrás del respaldo. Él le sujetó los tobillos a las patas de la silla con dos bridas más mientras yo seguía aferrándole el cuello con el cinturón bien apretado. Entonces Curly cortó la brida de las muñecas y las ató por separado, cada una a un brazo de la silla. A continuación se fue a la puerta de conexión con la habitación de al lado y la abrió. Solté el cinturón y me puse delante de Tara.

—¿De dónde has sacado al enano? —preguntó.

—Persona de baja estatura —la corregí.

—¿Cuánto tiempo llevaba escondido debajo de la cama?

Me volví hacia Curly.

—No sé, ¿unas seis horas?

—Más o menos —confirmó él.

—¿Quién te ha avisado de que estaba en Boston? —pregunté entonces a Tara—. ¿El monitor?

—Da igual. ¿Vas a matarme o qué?

—Ya te lo he dicho. Lo único que quiero es pedirte un favor. Estás muy guapa, por cierto.

—Ya. ¿Qué favor?

—¿Has visto a tu doble alguna vez?

—¿La gimnastilla de Atlanta? ¿Eva no sé qué?

—La misma.

—Sí, una vez fui a ver cómo era.

—¿Crees que se te parece?

—Ni de lejos, pero ya sabes cómo son estas cosas. Se acerca. ¿Eso que tiene que ver con tu visita? ¿Cuál es el favor?

—Quiero que le digas a Darwin que prefieres otra doble.

Me miró durante un momento antes de hablar y vi cautela en sus ojos.

—¿Y si me niego? —dijo.

—No te negarás.

Se echó a reír.

—¿Puede saberse por qué?

—Porque ha resultado ser muy buena trapecista. Está a punto de disfrutar de su gran oportunidad en la vida y lo que te pido es muy poca cosa. Si me haces caso, tú y yo permitiremos que un ser precioso sobreviva a toda esta locura en la que estamos inmersos.

—Ya. ¿Y cuánto tiempo hace que te la tiras?

—Te lo juro por Dios: ni siquiera la conozco —contesté.

—Lo hace por mí —anunció Callie, procedente de la otra habitación.

Nada más verla, Curly exclamó:

—¡Madre de Dios, llévame contigo!

—Ah, la asesina cañón —comentó Tara.

—¿Cómo estás? —preguntó Callie.

—He tenido días mejores. ¿Y tú?

—Eso básicamente depende de ti.

Tara asintió despacio, haciendo cábalas.

—Entendido. O sea, que la que se tira a Eva eres tú. Aún más: te has enamorado de ella. Qué pena.

Tara no parecía apenada, pero al menos lo dijo, que ya era mucho. A continuación suspiró.

—Vale —accedió—. Se lo diré a Darwin.

—¿De verdad?

—Sí, claro. ¿Por qué no?

Me volví hacia Callie, para ver qué pensaba de aquello, pero lo único que vi fue el arma que empuñaba y que apuntaba a la cara de Tara. Le metió dos balas entre los ojos y quizá me disparó una tercera al corazón, porque de repente sentí una terrible punzada. Me llevé las manos al pecho y me desplomé. Callie acudió corriendo a mi lado.

—¿Te encuentras bien? —preguntó—. ¿Es el corazón?

Un momento antes de perder el sentido oí que Curly le decía:

—¿Alguna vez te has planteado hacértelo con un tío? Porque en ese caso que sepas que estoy disponible.

39

Recuperé la conciencia al oírme decir:

—No me pasa nada, es todo psicosomático.

Abrí los ojos buscando a Callie, pero me llevé el peor susto de mi vida cuando la persona que apareció ante mí fue una completa desconocida con uniforme de enfermera.

—¡Ay, Dios mío! —gritó, y apretó el botón del mando colgado de la barandilla de la cama de hospital en la que me encontraba.

¿Una cama de hospital?

La enfermera salió pitando y me quedé preguntándome qué coño pasaba. Traté de deducir lo ocurrido. Recordaba que Callie había matado a Tara y entonces había aparecido el dolor. Entendía por qué había disparado. Tara no era de las que se olvidaban de las cosas. Si la dejábamos suelta, era capaz de buscar a Eva y cargársela por puro resentimiento. Como mínimo se lo contaría todo a Darwin, que se encargaría de que alguien matara a Eva. Por consiguiente, lo que había hecho Callie era lógico.

Y yo debería habérmelo imaginado.

Eché un vistazo a la austera habitación para tratar de orientarme. Estaba en una cama de hospital, pero aquello no era un hospital de verdad, sino una de las habitaciones de atención médica de la sede de Recursos Sensoriales. Lo que quería era descubrir cómo había llegado hasta allí y si alguien había avisado ya a Kathleen. Quería pensar en Addie, me preocuparía si la niña estaba asustada. La pobre no podía permitirse perder a otro ser querido. Quería pensar en sentar la cabeza y formar una familia. Quería pensar en todas esas cosas, pero iban a tener que esperar, porque solo podía concentrarme en lo que Darwin iba a hacer a Callie.

Nadie podía ir por ahí matando a sus agentes sin pagar un precio. Tenía que encontrar a Callie y ponerla a salvo. Tenía que hablar con Darwin, tenía que organizarme. Traté de incorporarme, pero me di cuenta de que estaba conectado a un montón de máquinas.

No podía ser una buena señal.

Estiré los brazos para buscar el móvil a mi alrededor. Sin duda Callie lo habría dejado a mi alcance. No, pensé entonces, no me habría acompañado hasta allí. Debía de estar escondida, a la espera de que encontrara una forma de llamarla, para que pudiéramos organizar un plan y plantar cara a Darwin. O quizás había vuelto a toda prisa a Las Vegas para proteger a Eva.

Un momento.

Tara Siegel estaba en la habitación del hotel, muerta y atada a una silla, cuando había notado el dolor en el pecho. Callie se habría ido antes de que llegara la ambulancia. Curly y ella lo habrían limpiado todo lo mejor posible y se habrían largado corriendo.

En ese caso, Darwin tendría todos los motivos del mundo para creer que a Tara la había matado yo.

Al pensarlo con calma me di cuenta de que lo que me había provocado el dolor insoportable en el pecho había sido lo mismo que había dado pie al incidente de la caravana de las hermanas Peterson, lo mismo que me había hecho cuestionarme los motivos para matar a todos los que habían aceptado los préstamos de Rumpelstilskin antes que ellas. Eso mismo me había empujado a posponer el asesinato de Rob y Trish en Nashville: era lo que me había preocupado cada vez que había matado a alguien por orden de Victor desde el primer trabajito que le había hecho, cuando me había contratado para liquidar a Monica el día de San Valentín. Al final, no la habíamos matado Callie y yo, aunque sí habíamos hecho todo lo que estaba en nuestra mano para cumplir el encargo.

Había gente que no merecía morir. No digo que fueran inocentes. Cuando alguien contrataba a un asesino para acabar con una persona siempre había un motivo. El que buscaba mis servicios la había declarado culpable y la había sentenciado a morir.

Sin embargo, eso no quería decir que el castigo se ajustara al delito.

Durante todos los años que llevaba matando gente antes de conocer a Victor, siempre había sabido que el mundo sería mejor lugar sin esas personas. Daba igual que asesinara a terroristas o a espías para Recursos Sensoriales o a mafiosos por orden de Sal Bonadello: el trabajo nunca me había quitado el sueño.

Y entonces, hacía unos meses, Victor había entrado en mi vida.

El primer encargo que me había hecho había sido el de Monica Childers. La había matado un día después de conocer a Kathleen. Victor me había soltado una historia según la cual en la vida de todo el mundo había al menos a dos personas que merecían morir por las cosas horribles que nos habían hecho. No me costó estar de acuerdo, porque en mi vida había habido varios sujetos así y me había encargado de solucionar la situación.

Era posible que Monica Childers hubiera hecho algo lo bastante malo para que otra persona deseara su muerte, pero según el tribunal de la humanidad y la justicia no merecía morir. Seguramente ya me daba cuenta en aquel momento, pero actuaba con el piloto automático puesto. Cumplía con mi cometido convencido de que un asesino a sueldo no debía hacer preguntas. Me pagaban para llevar a cabo ejecuciones, no para sopesar si eran justas o no.

No obstante, era evidente que mi conciencia no estaba de acuerdo.

Los motivos del asesinato de Monica no se sostenían. Cuando resultó que seguía viva me sentí aliviado. Luego, enterarme de que los terroristas a los que perseguía la habían violado hasta matarla había supuesto un duro golpe.

Sin lugar a dudas, los beneficiarios de los préstamos de Rumpelstilskin habían hecho algo monstruoso al permitir que alguien muriera para que les entregaran un préstamo, pero les habían dicho que se trataba de un asesino que había quedado impune. En el fondo era consciente de que matarlos porque habían permitido que otros murieran era tergiversar mucho las cosas. Al llegar a las hermanas Peterson mi cuerpo había decidido rebelarse.

Por consiguiente, las víctimas de Victor eran las responsables de mis problemas cardíacos. Tenía sentido, pero había algo que no encajaba: había vuelto a sentir el dolor cuando Callie había matado a Tara Siegel, que no era uno de los experimentos letales de Victor.

Sin ser psiquiatra, me parecía que Tara encajaba en el perfil de persona que no merecía morir. No estaba libre de pecado, desde luego, y en determinadas circunstancias la habría matado, pero cumplía una función en nombre del país, ya que trabajaba para el departamento matando terroristas. Además, habíamos compartido mucho y en aquella situación en concreto mi intención no había sido que muriera. Cuando Callie le había disparado me había sentido responsable de la muerte de una inocente, una antigua amiga... Claro que esa «amiga» acababa de intentar matarme a mí.

Mientras miraba la habitación, conectado a varios aparatos de control, tomé la importantísima decisión de no volver a aceptar ningún otro contrato de Victor. Lo que me preocupaba no era si sería capaz de seguir matando a culpables ni a gente que merecía morir. Al final y al cabo, lo había hecho recientemente sin ninguna repercusión.

Probablemente Ned Denhollen había sido un buen hombre, pero asesinarlo no me había remordido la conciencia. ¿Era porque se había dedicado a suministrar la droga de la violación a aquellos chicos? No. Era porque me daba miedo que estuvieran a punto de meter en todo aquello a mi hija, Kimberly. Así pues, Ned tenía que morir. Pegarle un tiro a aquel jovencito la noche en que habían tratado de violar a Callie no me había afectado porque ya estaba medio muerto y lo único que había hecho había sido ahorrarle más sufrimiento. En cuanto a Wolf Williams, merecía morir por toda una serie de motivos, entre ellos la amenaza de matar a mi nueva empleada, Alison.

La puerta se abrió tan repentinamente que me sobresaltó. La enfermera entró a toda prisa en la habitación, arrastrando a un médico.

—Llamada para el doctor Howard —dije entonces—. Doctor Howard, doctor Howard... Los Tres Chiflados, ¿te acuerdas?

El doctor Howard logró contener una mueca.

—No tenía gracia la primera vez que estuviste aquí y

no la tiene tampoco ahora. Me alegro de verte de nuevo entre nosotros, Creed.

El doctor Howard me había tratado hacía unos años, después de que un matón ucraniano me metiera en el cuerpo una bala endemoniada. Estaba en sus manos porque me habían llevado al centro médico de Recursos Sensoriales. Mi despacho quedaba a apenas treinta metros de aquella habitación. Cuando nos compráramos la casa nueva, Kathleen, Addie y yo viviríamos a unos veinte kilómetros de allí, en Bedford.

—Señor Creed, me llamo Carol —se presentó la enfermera.

Levanté el brazo y agité un poco la mano.

—Encantado de conocerte, Carol.

El doctor Howard me avasalló a preguntas y me miró los ojos con una de esas linternitas tan molestas. Dejé de hacerle caso un momento y me volví hacia Carol.

—Necesito mi móvil —dije.

Abrió un cajón de la mesita de noche, rebuscó un poco y luego fue a mirar en el armario, donde registró la ropa que alguien había colgado.

Me lo entregó y apreté el botón de encendido.

Nada.

—¿No tiene batería? —le pregunté—. ¿Cómo es posible?

—Ya tendrás mucho tiempo para hacer preguntas más adelante, Creed —aseguró el doctor Howard—. Mientras tengo que insistir en que cooperes conmigo.

—Eso sería fácil si mi vida no corriera peligro —respondí, y dirigiéndome a Carol añadí—: ¿Puedes llamar a Lou Kelly?

Lou era mi mano derecha y su despacho estaba en el otro extremo del edificio.

—¿Por qué no vas a buscarlo directamente, Carol? —propuso el doctor Howard—. Será mejor que nos dejes unos minutos a solas.

Dejó la puerta cogida con un gancho a la pared, de modo que se quedara abierta, y se fue por el pasillo en busca de Lou.

El doctor Howard trató de batir el récord de preguntas de Macaulay Culkin en la película *Solos con nuestro tío* y yo contesté de la misma forma. Sí, lo notaba; sí, podía enfocar; no, no estaba mareado; sí, tenía sed; sí, sí, sí.

Había algo que me intrigaba.

—Howard, ¿a qué clase de máquinas me tenéis conectado? Ya sé que me trajeron con dolor en el pecho, pero es psicosomático. Puedes llamar a mi psiquiatra para preguntárselo, si no me crees.

—Si estás conectado a estas máquinas, Creed —explicó—, es porque has pasado los tres últimos años en coma.

40

¿En coma? ¿Tres años?

Me quedé patitieso.

Era una palabra que me encantaba, que consideraba muy descriptiva. Quedarse patitieso era mucho más que quedarse asombrado o pasmado. Al oírla me imaginaba una sorpresa de tal calibre que paralizaba las piernas y las dejaba insensibles.

Pues así me quedé: patitieso.

Me planteé comer escorpiones vivos o embadurnarme el cuerpo de boñiga de vaca. También podía volverme liberal, pensé, o dedicarme a la frenología. Todas esas cosas tenían más sentido que lo que acababa de oír.

—¿Te importaría repetirlo? —pedí.

—Has estado acostado en esta cama, sin responder a ningún estímulo, durante... —Consultó un gráfico—. Durante tres años, dos meses y cinco días.

—Estás de coña.

—Sabes muy bien que no es mi estilo.

Era cierto, pero, de todos modos, aquello no tenía sentido.

—¿Y por qué estoy tan lúcido? —pregunté.

—Los comas psicosomáticos son distintos de los causados por lesiones físicas directas.

—¿Qué?

—No sufriste ningún trauma físico en el cerebro ni el tronco del encéfalo. Básicamente, tu cerebro se ha tomado tres años de vacaciones.

Todo empezó a dar vueltas cuando me di cuenta de la trascendencia de la situación. Probablemente debería haber hecho un millón de preguntas, pero lo primero que me salió por la boca fue:

—¿Cuándo puedo levantarme?

En el cine, cuando la bella protagonista abre los ojos y sale del coma va maquilladísima y no tiene un solo pelo fuera de sitio. Al final de la escena ya se ha levantado, bebe champán, baila y se prepara para comer perdices. En la vida real, salir de una cama de hospital tras tres años de hibernación no resulta tan fácil como uno cree.

Mientras el doctor Howard me contaba todo eso, abordó distintos aspectos de mi estado físico. Me dijo que me esperaban varias semanas de pruebas y de rehabilitación antes de que pudieran darme el alta con todas las garantías, que me quitarían el suero e irían introduciendo alimentos de verdad en la dieta de forma gradual, para ver cómo respondía.

¿Tres años?

¡Eso quería decir que Kimberly estaría en plena carrera universitaria! Afaya podría haber volado varios aeropuertos hacía tres años. Callie, Quinn, Alison... Podrían estar todos muertos. ¿Y qué habría sido de Kathleen? Debía de haberlo pasado fatal al verme inconsciente durante tanto tiempo. ¿Y cuántos años tendría Addie? ¿Ocho?

Y Darwin. ¿Por qué no me había matado todavía? Sus agentes podrían haber entrado tranquilamente en aquella habitacioncilla de hospital en menos tiempo del que tardaría Monica Lewinsky en comerse un polo. «A ver, un momento —me dije—. A lo mejor ya nadie se acuerda de esa historia.»

Tenía que levantarme y salir de allí antes de que Darwin se enterase de mi resurrección. Tenía que poner en marcha el móvil, hacer varias llamadas y pedir ayuda. No quería involucrar a Kathleen, pero no había más remedio. A no ser que el mundo hubiera cambiado por completo en los últimos tres años, Darwin estaría al tanto de mi estado en cuestión de horas y mis expectativas de vida serían más cortas que las de un KitKat en la despensa de Kirstie Alley. Alto. Habían pasado tres años. Quizá Kirstie Alley había vuelto a adelgazar. Me propuse enterarme cuanto antes de todo lo que había sucedido en el mundo del famoseo.

—¡Donovan, gracias a Dios!

Levanté la vista y me encontré a Lou Kelly entrando en la habitación, seguido de cerca por Carol, la enfermera.

—Me encanta tu peinado —comenté.

—¡Espera a ver el tuyo!

—Lou. Dale la espalda al médico y mírame.

Se encogió de hombros.

—Vale...

—¿He estado en coma?

Lou asintió.

—¿Cuánto tiempo?

—Tres años, más o menos.

La enfermera se acercó.

—Muy bien. Carol, ¿puedes ir a buscarme un periódico y una revista y cualquier otra cosa que encuentres con fecha actual? —pidió.

—¿Por ejemplo un resguardo de una entrada de cine? —propuso ella.

—Perfecto.

—Lou, esto es una locura —dije entonces.

—Ya lo sé, amigo mío. Pero las cosas son como son. Al menos te has despertado. ¿Cómo estás?

—Cabreado.

—Ja, ja, ja. El Creed de siempre.

El doctor Howard prosiguió con su examen. El termómetro entró y luego salió. Me metió el aparatito de la luz en las orejas. Luego me palpó los ganglios, me tomó el pulso, me apretó la tripa y me miró el interior de la boca y de la nariz.

Carol regresó con pruebas suficientes para convencerme de que me había pasado como a Rip van Winkle y había perdido más de tres años. Traté de ponerme en pie.

—¡Eh, cuidado! —exclamó el médico—. Aún estás conectado a varios aparatos. No puedes levantarte.

Entonces Lou se acercó para forzarme a permanecer tumbado, pero lo aparté con un gesto.

—¿Al menos puedo incorporarme?

Lou y el médico se miraron. Lou asintió.

—Quédate quieto un momento —ordenó.

La enfermera ayudó al médico a retirar varios tubos y luego me puso gasa en las heridas para contener las hemorragias.

—Creo que ha pasado lo peor, pero quiero mantener los demás aparatos conectados durante veinticuatro horas —dijo el doctor Howard—. Así podremos controlar la actividad cerebral y saber si empiezas a sufrir algún ataque.

—¿Por qué sigo con vida? —quise saber.

—Porque has recibido el mejor tratamiento médico del mundo —contestó Lou.

—Lo que pregunto no es eso.

—Pues no te entiendo.

—¿Por qué no me ha matado Darwin todavía?

—Dejad que acabemos y podréis hablar con calma —intervino el doctor—. Carol y yo no queremos oír nada que no tenga que ver con el tratamiento del señor Creed.

Al cabo de cinco minutos ya estábamos solos Lou y yo, con la puerta cerrada.

—Ponme al día —ordené—. Empezando por lo de anoche.

—Quieres decir...

—Sí, quiero decir la última noche que recuerdo. La noche en que murió Tara.

Lou respiró hondo.

—Muy bien. A ver, voy a tratar de contártelo todo por orden cronológico, pero puede que me deje algún que otro detalle.

—Haz lo que puedas. Ya completaremos la historia luego.

—Vale.

—Espera un momento —dije—. Antes de empezar dime una cosa: ¿Kathleen está bien?

—Sí.

—¿Y Addie?

—Sí, perfectamente. Está acabando segundo de primaria.

—Mierda. Qué rabia haberme perdido su infancia. Kathleen y ella debieron de quedarse destrozadas. ¿Y qué hay de Kimberly?

—Voy a ahorrarte tiempo: Kimberly, Janet, Callie, Quinn... Todos están vivitos y coleando. ¿Quieres que te cuente sus vidas en detalle ahora o prefieres saber qué pasó aquella noche?

—Las dos cosas. Pero empieza por Afaya. ¿Darwin le paró los pies?

—No, no volvió a dar señales de vida.

—¿Y Alison?

—No se me había ocurrido preguntar por ella —respondió Lou—, pero ya me enteraré y te lo diré.

—Bueno, pues vamos a lo de aquella noche. Tengo que saber si mi vida corre peligro.

—Muy bien. Cuando tuviste el ataque, Callie me llamó a mí. Me contó que acababa de matar a Tara y que tú habías tenido un infarto.

—¿Te dio detalles sobre lo de Tara?

—Más adelante sí, pero en aquel momento estaba histérica. Creía que te morías, pero no podía llamar al 911 porque no había tiempo de esconder el cadáver de Tara ni de limpiar la habitación. Había manchas de sangre por todas partes, incluida tu ropa.

—Es lógico. Si los enfermeros hubieran visto sangre habrían tenido que llamar a la policía.

—Exacto. Además, todo esto había sucedido en una habitación en la que te habías registrado tú, que estaba llena de huellas tuyas... Bueno, ya te lo imaginas.

—Callie necesitaba actuar deprisa.

—Sí. Tuvimos suerte de que pasara en Boston, donde contamos con una buena red. Llamé a dos equipos de limpieza y encontré a uno de nuestros médicos en su casa. En aquel momento no sabía lo de tu ataque psicosomático, no me habías dicho nada. Total, que creíamos que estabas en pleno infarto de los buenos. Como no había tiempo de mandar a nuestros médicos al hotel, le dije a Callie que subiera un piso y buscara cámaras en el pasillo. Si no veía ninguna, tenía que hacer saltar la alarma antiincendios. Y eso hizo. Después le dije que se encargara del enano que había mandado Victor para ayudarte...

—Curly.

—¿Te acuerdas?

—Como si hubiera pasado hace unos minutos —contesté—. Aún no acabo de creerme que no sea así.

—No nos desviemos del tema. En fin, Callie montó guardia en el pasillo, a la espera de que saliera alguien de la habitación de al lado. Cuando el tío que la ocupaba se fue corriendo para evacuar el edificio como todo el mundo, Curly forzó la cerradura, te metió ahí dentro y llamó al 911. Mientras esperaban la ambulancia cogió toda tu ropa y tu maleta y las llevó a la nueva habitación. Tuvimos suerte. Resultó que el vecino estaba solo. Era un empresario en viaje de trabajo.

Me imaginé lo siguiente y no me hizo ninguna gracia.

—¿Qué le pasó?

—Callie necesitaba su carnet de conducir y todos sus datos para el informe preliminar, así que lo siguió escalera abajo. Una vez en la calle se puso a hablar con él.

Lou hizo una pausa para asegurarse de que entendía lo que quería decir eso.

—¿Cuándo encontraron el cadáver?

—Al día siguiente.

Me removí en la cama y pensé en aquella forma de avanzar como una apisonadora por la vida, dejando un rastro de cadáveres detrás de mí. Como por instinto me llevé la mano al pecho.

—¿Te encuentras bien? —preguntó Lou.

—Sí, sorprendentemente.

Lou prosiguió.

—Los de la ambulancia llegaron al hotel más o menos a la vez que los bomberos y te pusieron en una camilla. Por entonces Callie ya estaba en la habitación contigo y salió con vosotros. Curly os seguía en su coche. Tras dejar que avanzaran durante unos minutos, Callie sacó un arma, apuntó al enfermero que iba en la parte trasera y los obligó a detener el vehículo. Curly paró al lado, se apeó y encañonó al conductor. Callie les hizo trasladarte al coche de Curly, que te llevó hasta la ambulancia aérea mientras ella se cargaba a los dos enfermeros, se deshacía de los cadáveres y se llevaba su vehículo hasta el aeropuerto, donde estaba el segundo equipo de limpieza. Aplicaron su tratamiento mágico a la ambulancia y llevaron a Callie al operador de base fija, donde cogió nuestro avión para venir aquí. Tardó media hora menos que tú, pero tú ibas en el helicóptero medicalizado, donde te ofrecieron el mejor tratamiento posible. Te trajeron hasta aquí y ya no te has movido desde entonces.

—Supongo que el primer equipo de limpieza hizo un buen trabajo en el hotel, ¿no?

—Cuando acabaron habría sido imposible demostrar que un ser humano había puesto el pie allí dentro.

—¿Y a todo esto cómo reaccionó Darwin?

—Bueno, a eso vamos. Callie me llamó a mí porque le daba miedo que Darwin te cargara la muerte de Tara. Quería que yo le concertara una reunión para informarle de lo que había sucedido en realidad y por qué había sucedido.

—¿Y qué le dijiste?

—Pues que ni Curly ni ella habían estado en ese hotel.

—O sea, que Darwin cree que yo maté a Tara, ¿no?

—Sí. Cree que te la cargaste y luego te dio lo del corazón porque habíais estado enrollados hace años. Por remordimientos, o lo que sea.

—¿Y por qué no ha hecho que me liquiden?

—Es que resulta que él ya estaba pensando en librarse de Tara.

—Pero ¿qué dices?

—Ya me había llamado para encargarte el trabajito.

«Todo esto podría haberse evitado», pensé.

—¿Y al final por qué no me lo pedisteis? —pregunté.

—A Darwin le pareció que quizá la conocías demasiado. Quería probar con alguien distinto.

—No había nadie más capaz de matar a Tara.

—Eso mismo fue lo que descubrió.

—¿A quién mandó?

—A un par de mafiosos. Cuando la cosa salió mal le dije que iba a hablar contigo.

—¿Y por qué no me dijiste nada?

—Estaba a punto cuando salió todo lo de Afaya y Darwin me pidió que esperase a que volvieras de Dallas. Luego quisiste pasar unos días con Kathleen y Addie, así que lo pospuse.

Las casualidades juegan malas pasadas. Lo que entendí entonces fue por qué había tratado Tara de matarme: creía que me habían mandado a acabar lo que los mafiosos no habían sido capaces de hacer.

—Total, que Darwin cree que me mandaste a matar a Tara y cumplí la misión. ¿Y se ha quedado contento?

—En líneas generales —contestó Lou, mientras se volvía para abrir la puerta.

—¿Y eso qué quiere decir?

Se volvió hacia mí.

—Lo que no le ha hecho gracia ha sido que te pasaras tantos años de baja.

No me sorprendió.

—¿Qué sabe de mis problemas cardíacos?

—Rastreó tu trayectoria. Encontró al médico que te trató después del incidente de Camptown...

—El doctor Hedgepeth.

—Exacto. Y Hedgepeth condujo a Darwin hasta la psiquiatra...

—Nadine Crouch.

—Exacto. Y ahora si levantas un poco la cabeza y miras detrás de mí...

—No será necesario —dijo la doctora Nadine Crouch al entrar en la habitación—. Ya me acerco yo.

41

—Pero ¿que haces tú aquí? —me sorprendí.

—Puede que esto te pille con el paso cambiado, Donovan, pero llevo más tiempo que tú trabajando para el Departamento de Seguridad Nacional.

—¿Qué?

—Ya estaba en nómina antes de que el helicóptero te trajera de Camptown.

—El doctor Hedgepeth te recomendó personalmente. ¿Eso quiere decir que él también trabaja para el departamento?

—No. Cuando llegaste al hospital, Darwin estableció conexión directa con el doctor Hedgepeth. Supo los resultados de las pruebas antes que tú mismo. Entonces Hedgepeth decidió que podías necesitar una evaluación psiquiátrica y Darwin le dijo que me recomendara. Le pareció más adecuado recurrir a una profesional de la casa

—¿Y casualmente tu consulta estaba en Newark?

—No, en Filadelfia. Tuvimos que trasladarla a Newark para atenderte. Llegamos a un acuerdo con Agnes Battle, psicóloga infantil, para subarrendar la parte de atrás de la suya.

Me daba vueltas la cabeza, pero siempre me he fijado mucho en los detalles.

—El perchero antiguo del despacho no encajaba. ¿Era tuyo?

—Qué gracia que te fijaras en eso —rio la doctora Crouch—. El departamento redecoró la consulta de Agnes de cabo a rabo y cuando la pobre se dio cuenta de que el perchero no pegaba me lo regaló. Me sentí obligada a quedármelo.

—¿Y en realidad sabías desde el principio a qué me dedicaba en el departamento?

—En concreto, no. Al principio Darwin no me contó prácticamente nada. Quería que le pasara un informe de tus comentarios. Pero luego me puso al día antes de tu última visita.

—Recuerdo que en aquel momento me pareciste sumamente astuta, y hacía poco que nos conocíamos.

—Y lo sigo siendo. Por ejemplo, veo que estás sobrellevando tu situación actual con una tranquilidad sorprendente.

—¿Cómo sabías que hoy recuperaría la conciencia?

—No lo sabía. Hace mucho tiempo que espero que te despiertes.

—¿Cuánto llevas aquí?

—Llegué un mes después que tú.

—¿Te han pagado durante todo este tiempo por esperar a que me despertara? —reí—. Me cuesta creerlo.

—Me han destinado aquí por ti, pero recuerda que trabajo para el departamento. Tengo otros deberes y responsabilidades. Por descontado, te consideran una baza importante, así que ahora que vuelves a estar entre nosotros eres mi prioridad.

—¿Cuánto te han contado?

Nadie miró a Lou antes de responder.

—Si no me equivoco, todo.

—Sabe casi todo lo que has hecho para nosotros —terció él— y tiene una idea general de lo que te encarga Sal. En cuanto a los contratos que ejecutaste para Victor y lo de Tara, tiene datos concretos.

—Bueno, todo eso es cosa del pasado —repliqué.

—¿Ah, sí? —dijo Nadine.

—Según me contáis, he perdido tres años de mi vida. Tres años que podría haber pasado con Kathleen y Addie. Tres años que podría haber dedicado a trabajar la relación con Kimberly. Sí, se acabó. Se acabó toda esta mierda, toda. Pienso irme de este manicomio, casarme con Kathleen y ser un padre como Dios manda para Addie.

La doctora Crouch se volvió hacia Lou y le preguntó:

—¿Me marcho?

—Voy a contárselo todo hasta el final —respondió él—. Tienes que quedarte, desde luego.

—¿Lou? —me sorprendí—. ¿Cómo que «todo hasta el final»? Habla.

Entonces le preguntó a Nadine si llevaba un espejo en el bolso y ella sacó una polvera que le entregó.

—Lou... —empecé, con cautela.

—Donovan, prepárate para un sobresalto —contestó, y me dio la polvera.

Los miré a los dos atentamente antes de abrirla, pero no hablaron. Cerré los ojos un segundo y sacudí la cabeza de un lado a otro.

—Qué putada —exclamé.

Lou asintió.

—Lo siento en el alma —dijo la doctora Crouch.

Abrí la polvera y me miré en el espejo.

42

Me habían cambiado la cara.

Y no era una cara normal, como la de antes, sino una de estrella de Hollywood.

Sin la cicatriz.

Cerré la polvera y se la devolví a Nadine.

—Necesito una copa —aseguré.

—No estoy seguro de que sea buena idea —vaciló Lou.

—En mi mesa, en el cajón de abajo a la izquierda.

—Si quieres, puedo preguntárselo al médico.

—Al lado del bourbon encontraréis cuatro vasos Glencairn. Apuntaos si os apetece.

—¿Pappy de veinte años?

—Los tenía cuando lo compré.

—Me apunto —decidió Lou.

Los dos miramos a Nadine.

—Yo no.

Lou llamó a su ayudante y le dio las órdenes pertinentes.

Mientras esperábamos me llevé los dedos a la cara. Nadine volvió a darme la polvera, que esa vez me acerqué para verme bien en el espejo desde distintos ángulos. Desde cualquier lado era como mirar a otra persona.

—Buen trabajo —comenté—, pero ha quedado demasiado bien.

—Ya sé que supone una gran conmoción —afirmó Nadine—, pero eres muy atractivo. Claro que yo no valoro en exceso el exterior de la persona.

—Lou, esto es una locura. Quiero decir que ya sé que sois buenos, pero he visto varias veces cómo trabaja vuestra gente y nadie sale del quirófano más guapo de lo que entró.

—Tú sí.

—¿Cómo es posible?

—Nuestros expertos nunca habían tenido tanto tiempo ni un entorno tan adecuado para la curación de las heridas. Sabíamos que teníamos unos cirujanos excepcionales, pero nadie esperaba que hasta este punto. —Y ya animándose preguntó—: ¿Sabes a quién te pareces?

Levanté una mano para detenerlo.

—Por favor. No me lo digas.

Asintió y entonces apareció su ayudante con una botella de Pappy y dos vasos.

—¡Donovan! —chilló—. No esperaba volver a verte. ¡Estás guapísimo!

—Gracias, Linda. Yo también me alegro de verte. ¿Te apetece una copa?

Miró a Lou esperanzada, pero su jefe le dijo que no con la cabeza.

—Quizás en otra ocasión —contestó Linda.

Nadine apartó varias cosas y dejó sitio para los vasos en la mesita.

—¿Qué se siente al despertarse después de tanto tiempo? —preguntó Linda mientras los colocaba.

—Es surrealista. Para vosotros han pasado años, pero yo tengo la impresión de haberte visto hace menos de dos semanas.

—Qué cosa tan rara —comentó.

Se marchó y Lou sirvió las copas.

—¿Seguro que no quieres un trago, Nadine?

—Me parece una idea malísima —opinó, frunciendo el ceño exageradamente—. Y por tu parte, Lou...

Dejó en el aire el resto de la frase, pero sacudió la cabeza asqueada para que no cupiera duda de su opinión sobre la conducta de Lou.

Levanté el vaso como su hiciera un brindis.

—Bourbon —dije—. Sale más barato que la psicoterapia.

Lou sonrió, hicimos chocar los vasos y empezamos a beber a pequeños sorbos.

—El paraíso embotellado —comenté.

Nos quedamos callados un rato hasta que me decidí a romper el silencio.

—¿Por qué lo hicieron, Lou?

Bebió otro sorbo, tomó aire y lo soltó muy despacio. Se mordió un lado del labio antes de hablar.

—Hubo que tomar muchas decisiones en poco tiempo.

A aquellas alturas no iba a ponerme a cuestionar decisiones tomadas años antes. No podía hacer nada: había perdido todo aquel tiempo y me habían cambiado la cara. Solo importaba una cosa.

—¿Kathleen me ha visto... así?

Se miraron, tratando de decidir en silencio quién debía hablar. Lou tomó la iniciativa.

—Tengo que contarte muchas cosas, pero no te olvides de que solo soy el mensajero. Yo tuve voz, pero no voto.

—Anotado. A ver, ¿qué quieres decirme?

—Pues que todo se hizo porque en aquel momento era lo más lógico.

Le di el vaso a Nadine. Dos sorbos de whisky me habían mareado.

—Te lo mereces —espetó.

Como todas las habitaciones de Recursos Sensoriales, aquella carecía de ventanas. Podría haber sido por la mañana o por la noche y no me habría enterado. Allí dentro una persona podía estar completamente despierta durante dos semanas sin saber cuánto tiempo había pasado. Era lógico que hubiera un período de desorientación, pero lo mío era más que eso: estaba en estado de shock. ¡Según mi percepción temporal, en cuestión de pocos minutos había perdido la cara con la que había nacido y más de tres años de mi vida! No existía un libro de instrucciones que me dijera cómo debía reaccionar.

Sin embargo, lo que me había empujado a pedir el bourbon no había sido lo que había visto y oído. Eran malas noticias, pero sabía que las cosas iban a empeorar aún más. La prueba estaba en la mirada de Nadine y en la voz de Lou Kelly. Y en el hecho de que Darwin hubiera tenido a Nadine trabajando allí en Sensoriales durante tantos años solo para prepararme para lo que Lou estaba a punto de decir.

43

—Pasaste a mejor vida —anunció Lou.

Lo pensé un momento.

—¿Quieres decir que morí en el quirófano y me resucitaron?

—No. Quiero decir que matamos a Harry —explicó. Harry Weathers era mi doble—. No tuvimos elección.

No dije nada.

—Estabas aquí, sin responder a ningún estímulo, apenas seguías con vida —prosiguió—. Pasaron los días. Los médicos tenían la esperanza de que te pusieras bien, pero se habían quedado sin fe.

Se me pasaron por la cabeza mil ideas que competían para encontrar el sentido a la situación.

—Tara Siegel tenía un montón de amigos que se habían enterado de que habías ido a Boston a buscarla —añadió Lou—. Al cabo de unas horas desapareció y nadie volvió a saber de ella.

No tendría que haberme tomado aquella copa. O quizá tendría que haber bebido más. Me costó un gran esfuerzo obligar a mi mente a no sacar conclusiones precipitadas, porque si me dejaba llevar me costaría más descubrir lo que me hacía falta saber sobre Kathleen y Addie y sobre cómo habían quedado las cosas.

—Sigue —oí por fin que decían mis labios.

—Bueno, había dos problemas. En primer lugar, los amigos de Tara: imagínate lo que harían Callie y Quinn si apareciera Tara y desaparecieras tú. En fin, sus amigos pidieron explicaciones a Darwin, le dijeron que si no les contaba la verdad se la sacarían a Kathleen a palos.

Apreté los dientes y cerré los puños, pero no dije nada.

—El segundo problema, si te soy sincero, era Kathleen.

—¿Y eso?

—Al no saber nada de ti y ver que no le cogías el teléfono perdió los nervios. Sabía lo suficiente como para provocar problemas.

—Qué ridiculez —contesté—. No sabe... No sabía nada.

—Conocía a Sal Bonadello —me corrigió Lou—. Y a Victor.

—¿Y?

—También sabía, o eso creía ella, que trabajabas para el Departamento de Seguridad Nacional.

—¿Se puso a hacer llamadas?

—Exactamente.

—¿Y?

—Se topó con una pared. Y no le gustó.

Dejé que apareciera una sonrisilla en las comisuras de los labios.

—Sí, ya lo sé —comentó Lou al verla—, pero el caso es que acudió a la prensa y empezó a pedir una investigación.

—Mierda.

—Eso digo yo. Total, que Darwin se inventó una misión de la que regresaron suficientes pedazos de Harry para convencer a todo el mundo de que habías muerto.

Me quedé hundido.

—Y eso pasó hace más de tres años y nadie le ha dicho la verdad a Kathleen.

Lou permaneció en silencio.

—Y Kimberly y Addie... asistieron a mi entierro.

—Lo siento, Donovan.

Nadine se me acercó y me puso una mano en el brazo para consolarme.

—Tal y como me lo explicaron, era la única forma de proteger a Kathleen y a Addie —afirmó.

—Por no hablar de Recursos Sensoriales —añadí yo.

—Sí, eso también —reconoció Lou.

Le di vueltas durante unos instantes, tratando de encajar todas las piezas del puzle. Pues claro que habían tenido que matarme. Yo en su lugar habría hecho lo mismo. Muy bien, había perdido tres años. No pasaba nada, bastaría con regresar de entre los muertos. Podía matar a los amigos de Tara antes de que se enterasen de que estaba vivo y luego dar la buena noticia a mi familia. Nadine podía echarme una mano con eso. Se lo contaría todo a Kathleen y a Kimberly, sería una confesión completa. Luego me jubilaría. Podía salir bien, calculé. Aún tenía una oportunidad de salvar mi relación con Kathleen.

—¿Cómo morí? —pregunté.

—¿Qué? —dijo Nadine.

—El cadáver de Harry no podría haber engañado a la gente que me conocía bien. No pudieron decir que había tenido un infarto.

—Dicho en voz alta, parece mucho peor de lo que es —suspiró Lou.

Yo esperé.

—Joder, Donovan —se quejó—. A Harry lo tiraron de un rascacielos.

Nadie abrió la boca durante un buen rato. No hacía falta: el gesto de Nadine ya lo decía todo.

—Hay que ser optimistas —dije—: parezco un actor de cine.

—Te lo estás tomando de maravilla —comentó Nadine—. ¿Seguro que comprendes la complejidad de la situación?

—Perdona que haga juegos de palabras, pero al mal tiempo buena cara.

—Eso, ha decidido plantar cara a la situación —añadió Lou.

—Bueno —concluyó Nadine con una fugaz sonrisa—, ha llegado el momento de poner las cartas cara arriba.

Le devolví la sonrisa.

—No está mal —reconocí—. Para una psiquiatra.

—Podemos empezar con tu nuevo nombre —propuso entonces.

Se me borró la sonrisa de golpe.

—¿Con qué?

44

—Conner Payne —apuntó Lou.

—Nombre de mariquita.

—Échale la culpa a Darwin —se excusó—. En fin, mejor que el último que te dio sí que es.

—¿Cosmo Treillis?

Lou se rio entre dientes.

—Acaba de ocurrírseme una cosa —apuntó Nadine—: ¿qué pasa con todas tus cuentas bancarias, las inversiones, la documentación legal y demás?

—Lo tengo todo a mi nombre legal.

—Tu nombre legal. O sea, que Donovan Creed...

—Era mi tercer nombre.

—Estáis mal de la cabeza —concluyó.

—¿Es una opinión profesional?

—No me busques, Donovan...

En ese momento entró el doctor Howard en la habitación y me inyectó algo en el gota a gota.

—¿Acabas de darme un sedante?

—Ha sido un día lleno de emociones —contestó.

—Al menos me dejarás que trate de andar...

—La tendencia natural en estas situaciones es intentar recuperar el tiempo perdido de inmediato —suspiró—, pero las cosas son mucho más complicadas. Tu cerebro se desconectó por un motivo y tenemos que descubrir de qué se trata, para prevenir una recaída. Mientras, tranquilízate, tómate las cosas con calma y date cuenta de que tienes todo el tiempo del mundo.

—Para ti es fácil decirlo.

—Mira, estamos tratando de evitar una embolia... —aseguró— o algo peor. No te preocupes, me han ordenado que te tenga en movimiento lo antes posible, así que tu rehabilitación van a supervisarla los mejores profesionales que hay. Si ya has esperado tanto, ¿qué importa un día más?

—¿Ya los has llamado?

—Están en camino.

—Muy bien —contesté, y le hice un saludo militar cuando ya se marchaba.

—¿Por qué estás completamente lúcido si acaban de administrarte un sedante? —preguntó en ese momento Nadine.

—Me dedico a probar armas para el ejército.

—¿Y?

—Para mí los sedantes son como caramelos.

—Un momento. ¿Te dedicas a probar armas?

—Ajá.

—¿Qué clase de armas?

—Rayos mortíferos, fármacos que provocan psicosis, instrumentos de tortura, virus... Esas cosas.

Nadine miró a Lou con gesto de exasperación.

—Me parece increíble que nadie me lo haya contado. ¿Cómo esperáis que haga mi trabajo si no me contáis lo que tengo que saber?

—La psiquiatra eres tú —replicó él—. ¿Cómo vamos a saber lo que tienes que saber?

—Y pensar que hace catorce años tenía una consulta como Dios manda —masculló.

—¿Por qué la cerraste? —pregunté.

—Cuando tu país te pide que te pongas a su servicio tienes tendencia a creer que no pueden salvar el mundo sin tu ayuda

—A mí también me han soltado ese rollo. Muchas veces.

45

—La diferencia entre un hombre bueno y otro malo —decía Nadine— no tiene nada que ver ni con su trabajo ni con las decisiones que tomen. Lo que importa es la motivación: por qué hacen lo que hacen.

—Estás identificadísima con Sensoriales —comenté—. Deben de pagarte tu peso en oro.

—No voy a negar que el sueldo es bueno. Te dejo que decidas si me he vendido o no. Lo que sí te digo es que he dedicado muchos años a conocer este organismo y creo en lo que haces.

—Lo que hacía.

—Lo que está en tu destino.

La doctora Nadine Crouch llevaba días tratando de reprogramarme. En aquella ocasión vestía una chaqueta marrón muy oscuro y una falda a juego, con una blusa de crespón blanco debajo.

—Vuelves a llevar manga larga —observé—. ¿Estamos en invierno?

—Tengo que recordar lo difícil que te resulta esto —contestó, frunciendo los labios—. No, estamos en primavera, pero yo siempre llevo manga larga. A mi edad, los brazos tienen tendencia a descolgarse.

—¿Tienes brazos de binguera?

—¿Cómo dices?

Me reí solo con pensarlo.

—Se ven cuando las señoras mayores que van al bingo levantan los cartones bien alto y gritan: «¡Bingo!»

—Qué comentario tan desagradable.

—Venga, por favor.

—Algún día serás viejo. Ya me dirás entonces si te hace gracia —espetó.

—Eh, que era broma. Tienes los brazos estupendos. —Sonreí de oreja a oreja—. Y las piernas, ya puestos.

—Vamos a volver al tema que nos ocupa —contestó Nadine, tratando de que no se le escapara una sonrisa.

Me había enseñado docenas de artículos de periódico en los que se hablaba de muertes trágicas sin sentido, en un intento de convencerme de que todos los días morían inocentes, de que iban a seguir muriendo aunque no los matara yo.

—Ya estoy harto —me quejé.

—Tú eres así, te dedicas a esto. Eres un héroe trágico.

—¿Yo? ¿Un héroe? ¿Quieres decir como Superman?

—Como Juana de Arco.

—¿Te recuerdo a una tía? Debe de ser el nombre de mariquita que me han puesto.

—Vale, olvídate de ese ejemplo. Un héroe trágico es una persona extraordinaria, intrínsecamente noble. Proyecta una grandeza que lo hace sobrehumano a ojos de los demás y tiene unos objetivos que están al servicio de la humanidad. Sacrifica su vida por una gran causa o un principio.

—Me huelo que va a haber algún pero.

—Pero tiene un terrible defecto que acaba provocando su destrucción.

—¿Y el mío es...?

—En un momento determinado perdiste la capacidad de mantener las distancias.

—¿Conoces a Callie?

—Sí, la he visto muchas veces. Te visita con frecuencia.

—¿Y Quinn?

—No tan a menudo.

Asentí.

—Quinn mantiene muy bien las distancias —comenté.

—Sé que lo consideras amigo tuyo, así que voy a evitar toda crítica.

—Me cuesta creer que Darwin te haya contratado para reprogramarme. No, espera... No me cuesta nada. Pero ¿cómo lo llevas? Quiero decir que me has tratado como paciente. ¿De verdad te parece ético lavarme el cerebro para que mate gente?

—Yo lo considero apropiado. En cuanto a lo del lavado de cerebro, como dices tú, no voy a pelearme por utilizar un término u otro.

Lo había dicho así adrede, para molestarla, pero no había mordido el anzuelo.

—Nadine, eres la profesional más honrada que he conocido.

—Creer en la causa me sirve de ayuda.

—¿Sabes lo de Monica Childers?

—Sí. Fue la catalizadora, la que plantó la duda en tu cabeza.

—Se te da muy bien tu trabajo, Nadine.

—No tanto como a ti el tuyo —repuso.

Clavé los ojos en ella hasta que parpadeó.

—Eres psiquiatra —dije—. Se supone que tienes que defender unos valores. ¿De verdad pretendes que me crea que quieres que siga matando a gente inocente?

—Empezaste a preocuparte por la inocencia cuando te pusiste a trabajar para Victor y te olvidarás de ella cuando dejes de aceptar sus encargos.

—Paga bien —recordé, aunque ya había tomado la decisión de pasar página.

—Accediste por un motivo. Y voy a esperar hasta que me lo cuentes.

Ya lo sabía, así que respondí:

—Tenía demasiado tiempo muerto entre un asesinato y otro.

Se le pusieron los ojos ligeramente llorosos y me dio unas palmaditas en la mano.

—Esta es una de las tres razones por las que valió la pena dejar la consulta para trabajar con gente como tú —afirmó.

—¿Cuáles son los otros dos?

—El dinero y Juana.

—¿Otra vez Juana de Arco?

—¿Te acuerdas del día que nos conocimos, de la foto de mi escritorio?

—¿Los dos chicos medio japoneses que adoptó tu hermana?

—Tienes una memoria prodigiosa.

—Para mí fue hace un mes.

—Juana era mi hermana. Sí, se llamaba así. Recuerda que soy de Miami. El 11 de septiembre de 2001 llegó a primera hora a su puesto de trabajo en la última planta del World Trade Center.

—Lo siento —dije con un estremecimiento.

—Llamó a su marido, pero estaba ocupado con un cliente. Me llamó a mí, pero tenía un paciente. Trató de dejar un mensaje, pero se cortó la comunicación.

—¿Te sientes culpable?

—Por supuesto que no. Pero no debería haber sucedido. Y cuando sucedió debería haber podido apoyarla.

—Y ahora buscas venganza.

Nadine negó con la cabeza.

—La venganza es un desperdicio de emociones.

—Pero quieres evitar que vuelva a suceder, aunque tengan que morir inocentes. Me parece que tienes un terrible defecto. No puede mantener las distancias con respecto a lo que le sucedió a tu hermana.

—Vamos a centrarnos en ti —pidió—. Eres soldado, hombre de acción. No puedes sobrevivir en cautiverio.

—¿Cuando dices «cautiverio» te refieres a sentar la cabeza y formar una familia?

—Ya lo intentaste, con Janet y Kimberly. ¿No aprendiste nada? Tu domesticación solo sirvió para atormentar a tus seres queridos.

—Te crees que me conoces...

—Te conocemos los dos. Eres un águila. Las águilas no van en bandadas. No pueden domesticarse. No se desarrollan en cautiverio.

—Debes de ser la peor consejera matrimonial de la historia —observé.

—Deja de trabajar para Victor. Concéntrate en lo que te toca.

—El país me necesita, ¿eh?

—No me gusta que sea un tópico, pero sí, te necesitamos.

—¿Y qué pasa con Sal?

—¿Sal Bonadello?

—¿Te opones a que trabaje para él?

Nadine dedicó un tiempo a sopesar su respuesta. Suspiró.

—Supongo que no —contestó, y al ver que arqueaba

las cejas en señal de incredulidad añadió—: Los encargos de Sal te mantienen en forma. Al fin y al cabo, ¿qué le importa a la sociedad si mañana nos levantamos todos y hay un delincuente suelto menos?

—Nadine, eres una psiquiatra de pacotilla.

—Es perfectamente posible, pero eso no cambia quién eres tú ni lo que te ha deparado el destino.

—Da igual —respondí—. Mi intención es dejar este mundo, casarme con Kathleen y ayudarla a criar a Addie.

No dijo nada.

—Te he decepcionado —apunté.

—No es cierto. En cuanto a lo de casarte con Kathleen, si es tu motivación para recuperar las fuerzas y la salud, me parece igual de buena que cualquier otra.

46

Me habían avisado de que la fisioterapia sería muy dolorosa, pero en realidad resultó apasionante. Cada punzada de dolor me hacía sentir vivo, ansiar otra. El doctor Howard no dejaba de intentar apartarme de las pesas y las máquinas de musculación de las piernas, pero yo no cejaba, porque me había marcado como objetivo estar en brazos de Kathleen al cabo de diez días. Nadine tampoco cejaba en sus intentos de apartarme del «cautiverio», pero ¿qué podía hacer? En una competición por mi alma siempre ganaría Kathleen.

Un buen día mi psiquiatra preferida entró en la habitación y desconectó el aparato de movimiento pasivo continuo que me forzaba a flexionar y extender las rodillas.

—Conner, ha venido alguien a verte —anunció.

—¿Kathleen? —pregunté, con el pulso acelerado.

—No. Si eliges a Kathleen tendrás que ir a buscarla por tu cuenta.

—¿Entonces quién?

Oí el zumbido eléctrico antes de verlo aparecer.

—Me alegro... de verte..., Conner... Tienes... buen... aspecto.

—Hola, Victor. ¿Y Hugo?

—Está... en el... pasillo... con... una persona.

—No parece que te sorprenda que esté vivo.

—Curly... me contó... que no... habías... muerto.

—¿Y en todo este tiempo no se lo has dicho a nadie? ¿Ni siquiera a Sal?

—No... era... asunto mío.

—¿Al final quién mató a la pareja de Nashville?

—Nadie... Cancelé... el pro... yecto... cuando... te in... gresaron aquí.

—¿Y has venido a convencerme de que vuelva a trabajar para ti?

—No, soy... parte... de tu... tratamiento... La doctora... Crouch... quería... que te... ense... ñara algo.

—Pues adelante.

Victor era parapléjico, es decir, tenía la mitad inferior del cuerpo paralizada pero podía mover los brazos. Con ellos controlaba toda una serie de botones y mandos, uno de los cuales le permitió convocar a su general, Hugo, y a su invitado misterioso.

Hugo entró acompañado de una mujer muy atractiva que me sonaba.

—Creed —saludó.

—Hola, Hugo. Ahora me llaman Conner Payne.

Me puse a observar a la mujer que estaba a su lado. Tenía su identidad en la punta de la lengua. Llevaba la melena rubia a la altura de los hombros y se había cambiado el color de los ojos desde la última vez que la había visto, pero la mirada seguía siendo intensa y expresiva.

—Me cago en todo —exclamé—. Monica Childers. Creía que estabas muerta.

—A mí me gustaría que lo estuvieras tú —replicó—, pero me alivia saber que vas a sufrir.

—Yo también me alegro de verte.

Me dirigí a mi antiguo cliente, cuya silla de ruedas no se había movido.

—Victor, me habías dicho que los Fathi se la habían cargado a polvos.

Monica lo taladró con la mirada.

—Eso... era... una... tapadera —aseguró.

—Monica —le dije entonces—, tienes muchos motivos del mundo para odiarme, pero lo digo en serio: me alegro de que estés viva.

—Anda y que te den —contestó.

—La oferta es generosa, pero tengo pareja.

—¿En serio? ¿Y es guapo?

—Me pareces una descarada —le reproché.

—Y tú trataste de matarme.

—A ver, Victor, cuéntame qué ha pasado aquí —pedí.

Tras recibir permiso de su jefe mediante un gesto, Hugo empezó la historia:

—Monica estaba casada con Baxter Childers, el cirujano que operó mal a Victor y lo dejó paralizado.

—Lo recuerdo —dije.

—Durante el juicio conoció a Victor. Se mantuvieron en contacto con teléfonos desechables. Baxter no dejaba de ponerle los cuernos y era un hijo de puta —continuó.

Luego la miró y levantó las manos como si le pidiera que tomara el relevo. Ella accedió.

—Me importa una mierda lo que pienses —me dijo—, pero hacía años que sabía que me engañaba. Lo perdoné dos veces. Luego le abrí el corazón a otro hombre y me enamoré. Durante el juicio aporté información al equipo de Victor, que me devolvió el favor. Descubrí que Baxter tenía un hijo con una de sus jóvenes amantes y estaba a punto de divorciarse de mí y casarse con ella. Podía elegir entre pasar por un divorcio que se prolongaría mucho o verlo entre rejas por mi asesinato.

—Y elegiste lo segundo.

Monica entrecerró los ojos, lo que provocó que se le levantaran las cejas como las alas de un ave depredadora.

—Victor aseguró que se encargaría de todo. —Se volvió para hablarle cara a cara—. Se te olvidó mencionar que me darían una paliza y me matarían.

Victor hizo una mueca.

—Esperaba... que... sobre... vivieras..., pero... si no... el doctor... perdería... a su... mujer... y el caso.

—O sea, que un día vas haciendo ejercicio por la isla de Amelia y yo te secuestro —dije—. Al poco tiempo estás con tu amante, disfrutando de una dulce venganza.

—Vamos a dejar las cosas claras: me diste una paliza terrible, me inyectaste un veneno mortal, me tiraste de una furgoneta en marcha de una patada y me diste por muerta —me corrigió.

Miré de reojo a la doctora Nadine Crouch, que se aguantaba la cabeza con las dos manos.

—¿Pelillos a la mar? —propuse.

Entonces Hugo completó su versión:

—Mataste a Monica, nuestra gente la resucitó y ahora vive en una plantación en Costa Rica, y Baxter cumple un mínimo de veinte años y un máximo de cadena perpetua.

—Bien... está... lo que... bien... acaba —sentenció Victor.

—Podrías haberme sacado a escondidas del país —recordó Monica—. ¡No tenías que dejar que me matara!

—Ya lo... hemos... hablado... muchas... veces —contestó él.

—Sí, claro. Querías probar el antídoto conmigo y matar dos pájaros de un tiro.

—Pero ahora eres feliz —intervine.

—Que te folle un pez —me soltó—. Tuvieron que operarme dos veces del oído. El dolor era insoportable.

—Te obsesionas con los aspectos negativos —opiné, y mirando a Victor pregunté—: ¿Siempre es así?

—La expe... riencia... me dice... que sí.

—¡A tomar por culo los dos! —exclamó ella.

La doctora Crouch decidió intervenir.

—Monica, quiero darte las gracias por haber venido. Aunque no puedes llegar a imaginártelo, ni creo que te importe, tu presencia ha tenido una gran importancia.

—Solo he venido para mirar a este cabrón a la cara y contarle lo de Kathleen.

—¿El qué? —me sorprendí.

Los ojos de Monica se quedaron fríos como el hielo. Se le curvaron los labios para formar una sonrisa de engreimiento. Era evidente que había ensayado aquella escena muchas veces. Me pareció que iba a decir algo más, pero cambió de idea en el último momento, consciente de que cuanto antes lo dijera antes me haría sufrir. Había volado desde Costa Rica para lanzar aquello, así que me quedé a la expectativa mientras ella hacía una pausa para cargar la voz con todo el veneno que iba a escupir. Cuando estuvo preparada levantó la barbilla en un gesto desafiante y me dirigió seis tóxicas palabras:

—Kathleen va a casarse con otro.

47

Con esa frase de Monica mi corazón inició una caída libre. Parpadeé y obligué al cerebro a aceptar lo que había oído. Me invadieron las náuseas con esa sensación tan terrible de querer vomitar pero no conseguirlo. Uno sabe que se sentiría mejor si lo lograra, pero el cuerpo se niega a colaborar. Respiré hondo. Debería haberme quedado en coma. No podía afrontar tantas cosas de golpe. Al soltar el aire me pareció que se me iba también toda la fuerza vital.

Nadine rompió el silencio:

—Qué detalle haber aprovechado esta ocasión para contarle eso.

—Nadie se lo merecería más —contestó Monica—. Seguro que su futuro marido se la está follando ahora mismo y ella grita su nombre de tanto placer.

Hugo sacudió la cabeza. Victor bajó la vista avergonzado. Monica seguía poniendo aquella cara de superioridad y me dije que la venganza le sentaba bien, que probablemente nunca había estado tan guapa como en aquel momento.

Quería chillar, pero sin darme cuenta sonreí. No tenía más remedio, ¿verdad? Durante la última semana me había enterado de que había perdido tres años, la cara y el nombre. Y de golpe resultaba que quizá también había perdido a mi gran amor. En fin, ¿qué otra cosa iba a hacer?

—¿Qué se siente al saber que otro hombre se ha quedado con tu vida? —se burló Monica—. Un tío que en estos momentos se está tirando a tu novia, se está gastando tus millones y criando a tu pequeña cerillera.

—¿Que cómo me siento? —repetí. «Como si me hubieran dado cien latigazos», pensé, pero lo que dije fue—: Tengo ganas de dar gracias a Dios.

—¿Qué?

—Por mucho que quiera a Kathleen y Addie, no puedo vivir así. La doctora Crouch lleva toda la semana ayudándome a comprenderlo, y lo que me has contado facilita mucho la decisión de dejarlas atrás. Me alegro de que hayan encontrado a alguien especial que ocupe mi lugar.

—Y una mierda —replicó.

—Echaré de menos el sexo —dije yo—. Y a Addie.

—¿Y el dinero?

—Ja, ja, ja. Tengo todo el que quiero y siempre puedo conseguir más.

—O sea, que la versión oficial es que te parece bien todo esto —resumió Monica.

—Es cierto —afirmó Nadine—, aunque no te habría elegido a ti, ni este momento ni este lugar, para decirle lo de Kathleen.

—Pues a mí me parece que es un farol —respondió—. No lo reconoce, pero creo que le he hecho más daño que él a mí.

—Lo que yo creo es que estás estupenda —espeté.

—¿Qué?

—Me gusta todo. Tienes un cuerpecito de puta madre y seguro que en la cama eres como un gato montés.

Se le encendió la cara como si estuviera hecha de brasas.

—¿De qué pozo infernal has sacado las agallas para hablarme así?

—¿Qué quieres que te diga? Hace tres años que no echo un polvo y de repente entras pavoneándote por esa puerta, como una moto, con esos pantalones que parece que digan: «¡Mira qué culito tan prieto tengo!»

—¿Cómo te atreves?

Me encogí de hombros y comenté:

—Una palabra bonita nunca ha roto un diente.

—¿Qué coño quiere decir eso? —exclamó Monica, y se marchó hecha una furia sin darme tiempo a responder.

—Mejor vete a ver si la alcanzas —le dije a Hugo—. No le hará ninguna gracia que los de seguridad la aplasten contra la pared.

Se fue y entonces Victor dijo:

—Se... trataba... de ti.

—¿El qué?

—El... experi... mento.

—El experimento —repetí.

—Queríamos... ver... hasta... dónde... llegabas.

Pensé en los siete préstamos que Callie había planteado en nombre de Victor a cuatro parejas y tres individuos, préstamos que representaban once vidas y setecientos mil dólares: préstamos concedidos y vidas segadas por nada más que una apuesta entre dos enanos.

—¿Me hiciste matar a toda esa gente solo para ver hasta dónde llegaba? ¿Por qué?

—¿Has... visto... la... película... *Entre... pillos... anda... el juego*?

—Sí...

—Pues... Hugo... y yo... apostamos... igual.

—¿Quién ganó?

—Él.

Me quedé mirándolo sin comprender.

—¿Y cuánto se llevó?

—Como... en la... película.

—¿Un dólar?

—Sí, pero... es... cuestión de... principios..., no de... dinero.

Entonces Hugo, que había reaparecido, hizo una reverencia, se metió la mano en el bolsillo, sacó un billete de un dólar, lo mostró e hizo una extraña danza para alardear de su triunfo.

—Está... muy or... gulloso... de su... victoria —comentó Victor.

Nadine y yo nos miramos.

—Creo que podemos dejarlo aquí —dijo ella.

Cuando nos quedamos a solas le hice una pregunta:

—¿Cuándo ibas a darme la noticia?

—Estaba preparando el terreno.

—Lou y tú me habéis dejado creer que no había pasado nada en la vida de Kathleen y Addie.

—¿Quieres que te diga la verdad? —preguntó, tras mirarme un rato en silencio.

—Atorméntame con la verdad. Luego siempre puedes seguir con tus trolas de antes.

—El doctor Howard nos pidió que no te dijéramos nada que pudiera perjudicar tu recuperación.

—Kathleen va a casarse —dije.

—Sí.

Sumado a todo lo demás, aquello hacía mi situación casi insoportable.

—Supongo que ha debido de pasarlo muy mal —comenté—. Y Addie también.

—Kathleen está convencida de que has muerto. Asistió a tu entierro, no lo olvides.

—¿Parecía destrozada?

—Yo no estuve, pero me parece que se lo tomó muy mal.

—¿Sabes si llevó pareja?

—Hablar así es muy negativo, ¿no crees?

—¿De verdad te interesa saber lo que creo?

—Sí —respondió—. Al fin y al cabo, es mi trabajo.

—Sé que quería casarse y desde luego para Addie es lo mejor. De todos modos, yo diría que se ha dado mucha prisa. ¿No estás de acuerdo?

—Yo trato de no juzgar a nadie —repuso Nadine.

48

—Hola, Sal —saludé.

—¿Qué? ¿Quién habla? ¿De dónde ha sacado este número?

—Escucha mi voz. Ya sabes quién soy.

—¡Hostia puta!

—¿Tienes trabajo para mí?

A pesar del silencio sepulcral que se apoderó de la línea telefónica, prácticamente se oía cómo giraban los engranajes.

—Esto debe de ser, ¿cómo se dice?, una conversación pregrabada, ¿no? ¿Alguien quiere hacerse el gracioso? ¿Es una broma de mal gusto?

—Soy yo. Creed.

—Y una mierda.

—Adelante —lo animé—. Pregúntame algo que solo sepa yo.

—¡Hostia puta, eres tú!

—No me has preguntado nada.

—Solo tú me habrías propuesto eso. Joder. El dichoso espía de los desvanes vuelve de la tumba —respondió, y luego, como si hubiera tenido una iluminación, añadió—: Quiero que me devuelvas el dinero de, ¿cómo se dice?, la corona funeraria.

—Ja, ja. Descuéntamelo del siguiente trabajito.

—No me des ideas. A ver, ¿a quién se cargaron para hacerlo pasar por ti? Y, ya puestos, ¿dónde has estado metido?

—Ya conoces las normas. Eso es secreto.

—Y a los gilipollas del Departamento de Seguridad Nacional os sorprende mi, ¿cómo se dice?, suspicacia.

—Bueno, ¿tienes algún encargo para mí o no?

—Podría darte diez hoy mismo.

—Para empezar, uno facilito. Estoy a medio gas.

—Aun así, seguirás siendo el mejor que he visto en la vida.

—Calla, calla, que me sonrojo.

—¿Quieres algo fácil? —preguntó—. Iba a hacerlo yo mismo...

—Pues ya lo organizo todo yo.

—No, no, aquí el que organiza este crimen soy yo, que por algo soy el que se dedica al crimen organizado.

—No sabía que los mafiosos hacíais chistes tan graciosos.

—Podría escribir un libro sobre las cosas que no sabes. ¿Quieres un trabajito que está tirado o qué?

—Dame de comer, Seymour.

—Pero ¿qué coño dices?

—Primero quiero el encargo fácil. Luego ya hablaremos de los demás.

—Así me gusta.

—Bueno, a ver, ¿por qué es tan fácil?

—El muy hijo de puta es el que quiere que lo maten.

No sabía quién era el hijo de puta en cuestión, pero sí cómo se sentía.

49

—Callie, soy yo.

Se produjo un silencio brevísimo y después oí una explosión por el teléfono.

—¡Ay, Dios mío! ¡Ay, Dios MÍO! ¡AY, DIOS MÍO! —chilló.

—He vuelto.

—Ay, Donovan. ¡Gracias a Dios!

Repasamos todas las preguntas como si fuéramos tachándolas en una lista y quedamos para cenar un día.

—Tengo ganas de conocer a Eva —dije.

—Puede que haya algún momento lésbico —rio—. ¿Serás capaz de soportarlo?

—A ver que lo piense. Sí.

—Muy bien. A mí también me hace ilusión que la conozcas. ¿Te has enterado? Ahora es cabeza de cartel.

—No me cabía la más mínima duda de que lo conseguiría, pero la pregunta verdaderamente importante es: ¿le has contado a qué te dedicas?

—Pues claro. Soy decoradora. Todos mis clientes son famosos de primera fila.

—Y el trabajo te obliga a viajar mucho.

—Exacto.

Nos callamos durante unos instantes.

—¿Qué tal llevas el tema explosivos?

—Estoy bastante al día. ¿Qué? ¿Ya me tienes preparado un trabajito?

—Pues sí.

Le conté los detalles de lo que necesitaba de ella y me planteó un par de dudas. Cuando quedaron todas resueltas volvimos a sumirnos en un breve silencio.

—¿Alguna vez te planteas dejarlo? —pregunté entonces.

—Todos los días. Pero luego gana el sentido común. ¿Y tú?

—Lo mismo.

Callie y yo nos parecíamos en muchísimas cosas. Los dos creíamos que los asesinatos que cometíamos en nombre de la seguridad nacional eran necesarios y a los dos nos encantaba el subidón de adrenalina que provocaba el peligro. Al mismo tiempo, teníamos la ilusión de vivir normalmente algún día, llevar vidas corrientes rodeados de nuestros seres queridos.

Ah, y a los dos nos gustaban las mujeres guapas.

—Me alegro de que estés de vuelta, Donovan. Creía que te había perdido. Tengo muchas ganas de verte.

Colgué en el momento en que entraba Lou en mi despacho con una carpeta.

—Esta escena ya la hemos interpretado —observé.

—Pero con otros resultados —respondió.

—O sea, que el nuevo novio está limpio, ¿no?

—Como una patena. Lo siento, Conner.

Me quedé con la mirada perdida en la distancia.

—Mejor así —dije—. Ah, Lou.

Me miró con atención.

—Deja de llamarme Conner. Me quedo con «Creed».

—A Darwin no le hará ninguna gracia —respondió, frunciendo el ceño.

—Que le den por culo.

—Siempre queda esa opción, supongo. —Arrugó aún más la frente—. ¿Y qué hay de los amigos de Tara? ¿No te da miedo que vayan a por Kathleen?

—¿Qué sentido tendría? Ya no estoy con ella.

—¿Y si Kathleen se entera de que Donovan Creed sigue vivito y coleando?

—No tiene por qué. En todo caso, sería otro tío con el mismo nombre. Aparte de la complexión, si llevo lentillas de color no hay nada que me delate.

—Tengo que reconocer que no soportaba el nombre de Conner Payne.

—Pero no tires la documentación, por si alguna vez quiero utilizarlo para un trabajo.

—¿Y Joe Leslie?

—Vamos a dejarlo en reserva también.

—Se lo digo a Darwin —contestó, e hizo ademán de marcharse.

—Lou... Espera un momento.

Se detuvo y se volvió hacia mí.

—Quiero pedirle algo a Darwin. Es importante.

Inclinó la cabeza como diciendo: «A ver con qué me sale este ahora.»

—Esta cara que me han puesto es increíble, ¿verdad? —dije.

—Una obra de arte.

—Quiero que le hagan lo mismo a Addie. Y que no le quede ni rastro de piel quemada en el cuerpo.

—Ni hablar —contestó—. Darwin jamás autorizaría una cosa así.

—Dile que pagaré hasta el último centavo.

—Mírame bien, Donovan. ¿Quieres que le hagan lo mismo que a ti? Costaría varios millones.

—Pagaré hasta el último centavo.

—No sé...

—Si no, me largo —advertí.

Hizo una breve pausa para meditarlo.

—¿Y pagarías por adelantado?

—Cueste lo que cueste.

—Voy a organizarlo todo.

—¿Qué pasa con Darwin?

—Mejor que se entere cuando hayamos empezado que antes.

Dirigí una sonrisa a mi amigo.

—Gracias, Lou.

50

Lo alcancé en la Treinta y Ocho con Walnut.

Como buen profesional, Augustus Quinn se dio cuenta de inmediato de que lo seguía. Frenó de golpe y metió la marcha atrás para tratar de darme. Yo me pasé al carril contiguo y lo adelanté, después también metí la marcha atrás con brusquedad y me coloqué a su lado. Seguimos retrocediendo varias manzanas por Walnut a toda pastilla, el uno junto al otro, mirándonos, hasta que se le encendió una lucecita. Sin emitir sonido alguno dijo la palabra «Creed» y levanté los dos pulgares con los puños cerrados. Luego ambos tuvimos que virar bruscamente, cada uno hacia un lado, para dejar pasar entre los dos a una camioneta negra con muy mala uva. Hice un gesto a Quinn para que me siguiera y seguimos yendo marcha atrás por Walnut hasta llegar a la plaza Rittenhouse. Nos detuvimos con un buen chirrido de frenos delante del hotel y lanzamos las llaves al aparcacoches, que estaba boquiabierto.

—¿Has probado su crujiente pata de cerdo? —pregunté, señalando el cartel.

—¿Con la salsa de manzana picante? Aquí no la hacen.

—Qué pena. En ese caso, quiero un solomillo.

—¿Tengo pinta de camarero?

—No mucha —reconocí—. ¿Te apetece tomarte un filete conmigo?

—¡Contigo me tomaría hasta unas patas de gallo!

—Claro, qué listo eres.

Smith & Wollensky seguía siendo el mejor restaurante de carne de Filadelfia. Al igual que los otros establecimientos de South Beach y Nueva York, tenía unas buenas cristaleras que permitían observar a la gente con tranquilidad. Nos tomamos un bourbon en la barra principal y fuimos poniendo nota a las mujeres. Dimos sobre todo sietes y ochos hasta que vimos a una que se parecía a Megan Fox y lo tenía todo: unos pómulos prominentes, una sonrisa seductora y un abdomen trabajado hasta límites increíbles y que exponía para quienes, como nosotros, sabían valorar esas cosas. Llevaba vaqueros de marca con los bolsillos traseros tachonados de estrás. De vez en cuando nos permitía vislumbrar el tanga al dejar el bolso en el suelo o recogerlo, cosa que según mi recuento sucedió dos veces. En un momento dado, estando yo distraído por el despiadado camarero, la chica se agachó y Quinn le vio toda la delantera.

—¿Auténticas o falsas? —preguntó.

—Me he perdido el momento de la verdad —reconocí—, pero cuando uno ha salido con muchas *strippers* sabe estas cosas con firmeza, y perdón por el chiste fácil.

—¿Y entonces?

—Auténticas, desde luego. No cabe duda, estamos contemplando un regalo de Dios.

—Coincido contigo. ¿Qué le pones?

—Para mí es un once.

—Eso no existe —me reprochó.

—Vuelve a mirarla.

Me hizo caso.

—Tienes razón. Hace falta crear una nueva categoría.

—Debió de ser un día perfecto en el cielo, hará, pongamos, unos veinte años. Esa chica pasó por la cadena de montaje, Dios estaba de excelente humor y el resultado salta a la vista.

—O sea, que para ti es una experiencia religiosa.

—Hay quien ve a Dios en una patata frita.

—¿Cómo la valoras al lado de Callie?

—Yo a Callie le doy un doce.

Quinn estaba a punto de pedir una nota más alta cuando pasaron por delante dos chicas orientales que llevaban vaqueros recortados que les dejaban medio trasero al aire.

—Mira qué culo —exclamó Augustus.

—¿Cuál de los dos?

—Los dos.

—Vale, pero los miro solo un poquito, lo suficiente para poder identificarlos luego si alguien llama a la policía.

—Eres buen ciudadano, Donovan.

La encargada se nos acercó con el camarero que nos habían asignado y lo seguimos hasta la mesa. Por descontado, todos los clientes del bar y del restaurante se apartaron exageradamente ante Quinn. Cuando pasamos a su lado, un borracho le dijo a su acompañante: «Dame el móvil, que creo que acabo de ver al monstruo de las nieves», pero el otro, en lugar de reírse, se hizo atrás. Quinn actuó como si nada, pero en el fondo estaba encantado.

—¿De qué te ríes? —quise saber.

—Acabo de acordarme del nombre del actor al que te pareces.

—¡Calla! No me lo digas.

—Vale, pero ya sabes quién es.

—Me siento imbécil, yendo por la calle con esta cara.

—A las tías parece que les gusta —apuntó—. Te han señalado con el dedo más veces que a William Shatner en una convención de *Star Trek*.

Aunque me parecía más probable que en realidad esos dedos apuntaran a Quinn, respondí:

—Es la primera vez que salgo a probar la carrocería nueva. De momento, ha ido muy bien. O sea, que el único que se ha reído has sido tú.

—No me acostumbro a verte con... ¿Qué es eso, un rubio pajizo?

—Un castaño claro.

—¿Con cuánta frecuencia tienes que teñirte?

—A menudo.

—¿Y las cejas?

—Vamos a cambiar de tema —propuse—. ¿Qué tal le va a Alison?

—Toma golpe bajo. ¿Y yo qué sé? Hace años que no la veo. ¿Y a Kathleen?

—Lo mismo. ¿Qué pasó con lo de Afaya?

—No dio señales de vida. Una mañana su «primo» estaba en el trabajo en Denver, se fue a comer como todos los días y ya no volvió.

—¿Alguien le dio un soplo?

—Es lo que cree Darwin, pero da igual. La amenaza se desactivó.

—¿Cómo empezaste a salir con Alison?

—¿Quién te ha contado eso?

—Lou Kelly.

Quinn me miró fijamente durante un momento.

—Supongo que podría decirse que salí con ella. La cosa duró un par de semanas y ya está.

Asentí y bebí un sorbo de la copa. Quinn sabía que le daba tiempo para que me contara cómo habían acabado acostándose juntos, cuando se suponía que él debía adiestrarla para matar gente. Acabó hablando.

—La chica creía que, como tú estabas muerto, a lo mejor yo podía conseguirle ese trabajo tan bien pagado que le habías prometido. No la saqué de su equívoco.

—Qué perro eres.

—Guau, guau. En fin, cuando se dio cuenta de que no iba a rascar nada se largó.

—¿Y no has vuelto a saber nada de ella?

Quinn se rio.

—Ya, claro. Como soy un tío tan sensible lo lógico es que me llame siempre que llueva o que se sienta solita, ¿no?

Sonreí al pensarlo.

—¿Y qué hay del tío del Sindicato Tejano? —pregunté.

—Por lo que yo sé, no fue tras ella. Supongo que ya debía de tener mucho entre manos, para mantener el poder.

Nos quedamos en silencio un minuto y luego solté una carcajada.

—¿Qué?

—¿Alguna vez te dedicó su canción de amor al dejarse llevar por la pasión?

—¿Cuál? ¿La del gato de callejón asmático o la del caballo cantarín?

—La que yo recuerdo es la del caballo.

De repente se puso a imitarla y todos los clientes de las mesas de alrededor se volvieron. Me reí con ganas, como no me había pasado desde los tiempos de Kathleen.

—Alison era de lo que no hay, desde luego —concluyó.

—Lo mismo que Kathleen —dije, y Quinn asintió.

—Bueno, ¿cuándo quieres que me cargue a su novio?

51

Evidentemente, no quería que Quinn matara al novio de Kathleen, pero le agradecí el detalle. Joder, había pensado matarlo con mis propias manos y empezar de cero con ella, pero, como había dicho Callie cuando le había preguntado si pensaba en retirarse, cada vez que me lo planteaba acababa ganando el sentido común.

Quinn y yo dimos buena cuenta de los filetes y compartimos un plato de macarrones con queso aderezados con trufa. Durante la cena nos bebimos un excelente cabernet, un Oracle de 2004 de Miner Family Vineyards.

—Únicamente como así cuando estoy solo. O con alguien —comenté.

—Ya te tocaba. Sigue haciendo ejercicio y alimentándote así y no tardarás nada en recuperar tu fuerza normal.

Casi le dije a Augustus cuánto lo había echado de menos, pero en el último momento me mordí la lengua. Las burlas que me habría soltado no me habrían compensado.

—¿A qué has venido a Filadelfia? —preguntó.

—A verte.

Retorció la cara en un gesto que yo sabía que equivalía a su sonrisa particular.

—Es un detalle —reconoció.

—La gente como nosotros no puede permitirse muchos amigos —dije—. Me gusta creer que puedo contar con Callie y contigo.

—Yo digo lo mismo. Tendrían que pagarme mucho para mataros a uno de los dos.

Viniendo de Quinn, aquello era todo un cumplido. Por otro lado, daba miedo pensar que aquel hombre monstruoso capaz de matarme si le ofrecían lo suficiente era lo más parecido a un gran amigo que había en mi vida.

Lo miré mientras repasaba a las mujeres que iban y venían por la acera ante el restaurante y me planteé si nuestro equipo de cirujanos podía corregir sus terribles deformidades. Concluí que no.

Quinn no era tan feo como Joseph Merrick, el hombre elefante, pero al menos Merrick había disfrutado de dos años en este mundo siendo un ser humano normal antes de que empezaran a salirle los bultos en la cara y la cabeza. En cambio, Quinn había nacido así y su visión del mundo se había desarrollado en respuesta a las reacciones de los demás.

Los médicos no se habían puesto de acuerdo sobre el origen de sus afecciones, pero en su mayoría apuntaban a una manifestación del síndrome de Proteo, una enfermedad tan rara que en todo el mundo se habían documentado menos de cien casos.

El síndrome podía explicar las deformidades de un lado de la cabeza y la cara de Quinn, pero en ninguno de los casos conocidos habían aparecido las extrañas estrías multicolor que le cubrían la mitad izquierda del rostro y el cuello. No era una afección cutánea y la piel no desprendía olor, así que una de las teorías aseguraba que las manchas eran simplemente una gigantesca marca de nacimiento en varias tonalidades.

En resumen, Quinn se parecía más a Joseph Merrick que a Brad Pitt. No resulta difícil deducir que en su calendario social había huecos inmensos, situación que le permitía disponer de mucho tiempo para comerse con los ojos a las mujeres que entraban en su campo de visión.

Una chica cañón, delgada como una modelo, entró en la sala principal de Smith & Wollensky y se sentó a una mesa en la que esperaban tres señores trajeados. Tenía una melena rubio platino deslumbrante que llevaba cortada por los hombros y se había puesto un curioso maquillaje morado que parecía pintura de guerra.

—Madre de Dios —exclamó Quinn—. ¿A esa qué le harías?

—¿Cuánto tiempo tengo?

—Treinta minutos.

—Le daría más vueltas que un mono a un coco.

Se volvió hacia mí.

—¿Me permites un comentario?

—Adelante.

—Dices todo lo que tienes que decir de estas tías, pero no le pones ganas.

—Ya te he dicho que hoy he salido a probar la carrocería.

—¿Sabes qué te hace falta? Limpiar las cañerías. Estás en mi terreno, deja que llame a alguien. En este momento estás en un restaurante, pero dentro de apenas treinta minutos empezará la mejor noche de tu vida.

—¿Cómo se llama?

—¿Quieres saber cómo se llama? Joder, sí que estás confundido.

—Soy detallista —contesté, encogiéndome de hombros.

—Eso es verdad. Se llama Placer.

—¿Y por qué es mejor esa puta que todas las demás?

Hizo aquella especie de sonrisa con la cara y entonces yo también sonreí.

—¿Tiene una amiga para ti? —pregunté.

—Su compañera de piso se llama Celestial.

—Placer y Celestial, ¿eh? ¿Hacen tándem o qué?

—Hacen maravillas —respondió, dándome una palmada en el brazo.

Nos quedamos un rato en silencio y volví a pensar que a todos puede pasarnos de repente algo que nos cambie la vida. A Quinn le bailaban los ojos de ilusión, como si fuera un crío y yo pudiera comprarle un helado.

—¿Qué coño? Llámala —accedí.

—¿En serio? ¡Qué bien! ¡No te arrepentirás!

Se alejó de la mesa. Regresó al cabo de un momento, todavía al teléfono, pero no se sentó. Oí un chasquido.

—Dime que no acabas de sacarme una foto —le pedí.

—Era la tetuda de ahí atrás.

Apretó un par de botones y colgó.

Coronamos la excelente cena con un sauternes tan generoso y con tanto cuerpo que al contacto en la lengua parecía jarabe.

—¿Esto es un vino? —se sorprendió Quinn—. ¿Me tomas el pelo?

—Sí a una cosa y no a la otra.

—Más bien parece un postre. ¿Cómo se llama?

—Château Lafaurie-Peyraguey —respondí, presumiendo de acento francés.

—Sería imposible que esas palabras salieran de esta boca retorcida que tengo yo, pero entiendo que sea tu preferido.

—En realidad, los puristas prefieren el Château d'Yquem.

—¿Y ellos qué saben?

Entonces vibró su teléfono y leyó el mensaje. Me guiñó un ojo.

—¡Todo controlado! Las chicas están muy ilusionadas.

—¿Unas putas ilusionadas?

—Es que les he dicho que les llevaba a un actor de cine.

—¡No!

—No he tenido más remedio, ya tenían una reserva.

—A ver si lo adivino: como no te creían me has hecho una foto y se la has mandado.

—¿Y qué querías, que les mandara la de la tetuda?

—¿También le has sacado una foto?

Volvió a hacer lo de la sonrisita.

—¿Quieres ir en mi coche o me sigues?

—Mejor te sigo —contesté, tras pensarlo un momento—. Seguramente nos entretendremos con las chicas y puede que el restaurante haya cerrado cuando acabemos.

—¡Así se habla! —exclamó Quinn, y me dio otra palmada en el brazo.

El aparcacoches nos trajo los dos vehículos. Quinn salió primero y yo lo seguí a corta distancia. Rebusqué debajo del asiento y encontré la cajita que había dejado Callie mientras cenábamos. La dejé a mi lado.

Para poner una bomba en un coche hay tantos sistemas como gente a la que haya que matar. Pueden enlazarse al arranque, llevar temporizador, conectarse a interruptores de mercurio que detonan cuando el coche se topa con un bache o explosionarse a distancia con un mando inalámbrico. La carga se coloca debajo del asiento del conductor o el salpicadero, se pega magnéticamente a la parte inferior del vehículo o, como en el caso en cuestión, se mete debajo del guardabarros. El detonador que iba en el siento de al lado del mío funcionaba a una distancia de incluso cien metros si no había obstáculos, o de cincuenta si los había.

Quinn era mi mejor amigo y una de las últimas personas a las que me habría apetecido matar, pero también era la persona que había secuestrado a Alison Cilice y la había retenido en su almacén durante los últimos tres años. Estaba tan seguro de ello como de que me llamaba Donovan Creed. Bueno, quizá no sea el mejor ejemplo. Estaba convencidísimo. Al principio había sido una corazonada, pero casi lo había confirmado cuando los informáticos de Lou Kelly la habían buscado por todas partes y habían descubierto que su rastro se desvanecía menos de un mes después de que yo entrara en coma: sopesé su desaparición con todo lo que sabía de Quinn, que era mucho, y antes de hablar con él en el restaurante ya estaba seguro al noventa y cinco por ciento. Cuando nos llevaron los coches no me cabía ninguna duda.

Si Quinn me hubiera contado que Alison estaba muerta y enterrada en un lugar concreto, o que se había largado con alguien o había cambiado de nombre, o si me hubiera dado alguna explicación creíble de su paradero actual, podría haberle pedido a Lou que siguiera la pista. Sin embargo, sus respuestas habían sido todas erróneas.

Había reconocido que había salido con ella. Luego me había dicho que al cabo de unas semanas lo había dejado, cosa que me había creído. No obstante, yo le había confiado su cuidado, de modo que daba igual que Alison estuviera interesada en él o no: lo normal habría sido que la tuviera controlada durante aquellos tres años.

Debería haber seguido vigilándola, de hecho debería haberla vigilado durante el resto de su vida, porque esa había sido mi última petición, y yo habría hecho lo mismo si se hubieran cambiado las tornas. Estábamos hechos de esa pasta. Teníamos controlada a la gente que cuidábamos y punto. Así pues, era ridículo que dijera que no había sabido nada de ella en tres años.

Deduje que, después de que lo abandonara, Quinn la había encontrado y había tratado de volver con ella. Al recibir una negativa, la habría secuestrado. Como en el caso de la bella y la bestia, probablemente habría tenido la esperanza de que, con el tiempo, Alison acabara enamorándose de él, pero, por supuesto, la bella y la bestia habían vivido en una época y un lugar donde las mujeres tenían menos posibilidades a su alcance.

Además, se trataba de personajes de un cuento infantil.

Augustus Quinn, en cambio, era un monstruo muy real.

Dobló a la izquierda en Clancy y mientras lo seguía miré de reojo la caja rectangular y compacta con un conmutador de la que dependía que Augustus Quinn viviera o muriera.

¿Tenía que matarlo?

Podía seguir como si no supiera nada de lo de Alison, con la esperanza de que Augustus la soltara algún día, claro que lo conocía lo bastante bien como para saber que la única posibilidad que había de que la liberase era que la hubiera matado antes. Y eso, claro, no era muy probable, porque con ella cautiva tenía todo lo que buscaba en una mujer: sería sumisa y fiel y estaría siempre disponible y contenta de verlo regresar. Con eso quiero decir que Quinn tenía la llave de su supervivencia. Si un día no volvía, Alison se moriría de hambre, así que evidentemente se sentiría aliviada y agradecida cuando lo viera entrar en el almacén.

No quería matar a Augustus. Llevábamos tanto tiempo trabajando juntos que me costaba imaginarse cómo iría a por los malos sin su ayuda. De todos mis asesinos, Quinn y Callie eran los únicos en cuyas manos ponía mi vida. Hasta cierto punto. En cualquier caso, tenía que salvar a Alison y eso sería del todo imposible si Quinn seguía con vida. Había estado en su almacén y conocía la habitación en la que debía de estar retenida: era prácticamente impenetrable. Me haría falta mucho tiempo para sacarla de allí, ya fuera entrando por la puerta de acero o por una de las paredes reforzadas.

En el caso de que lograra distraerlo el tiempo suficiente para rescatar a Alison, Quinn juraría matarnos a los dos. A solas, quizá podría encargarme de él, o al menos ir un paso por delante, pero tenía que proteger a Alison, lo cual me ralentizaría mucho. Seríamos blancos fáciles para alguien tan letal como Quinn. No tenía sentido rescatarla si luego él nos perseguía y acababa matándonos.

Se detuvo en un semáforo en rojo en el cruce de Clancy y Olmstead. Distinguí la silueta de su cuerpo monstruoso recortada por los faros de los coches. Me pregunté si sospechaba que sabía lo de Alison. En ese caso, ¿estaría ya planeando mi muerte?

Suspiré. A fin de cuentas, lo que contaba era la inocencia de Alison. Estaba secuestrada por mi decisión de dejarla al cuidado de Quinn. La responsabilidad era mía, por lo tanto, y yo me tomaba mis responsabilidades en serio. De toda la vida. Además, no me gustaba la idea de que llevara tantos años a merced de Quinn y sus terribles actos. Era el terrible defecto del código heroico del que me había hablado Nadine, no sabía mantener las distancias. Sencillamente, no podía hacer caso omiso de la situación de Alison, por mucho que hubiera querido. Y Quinn nunca la dejaría marchar.

El semáforo se puso en verde y él levantó el pie del freno, de modo que la luz correspondiente en la parte de atrás del coche se oscureció y el coche echó a andar. Coloqué el pulgar derecho sobre el conmutador y lo seguí.

Quizá podría posponerlo. Podíamos tiraros a las putas, montar una buena fiesta y luego tal vez hablar de lo de Alison.

Pero ¿qué diríamos? Si él aceptaba liberarla y yo, perdonar y olvidar, nos quedaría el problema de que ella iría a denunciarlo a la policía. Quinn se negaría a ser fugitivo de la justicia. O se suicidaría o moriría en un tiroteo tras matar a una docena de agentes de una unidad de asalto.

No había vuelta de hoja: Augustus debía morir.

Sin embargo, ¿no podía esperar un poco?

Ya había dado cuenta de su última cena, ¿por qué no dejarle que se lo pasara de fábula con aquellas dos putas de primera categoría? Podría hacerle ese regalo, por los viejos tiempos. Siempre podía cargármelo luego, quizás incluso encontrar una forma menos violenta de expulsar a mi amigo de este mundo.

Cuanto más lo pensaba, más me convencía de que eso sería lo mejor. Le dejaría disfrutar de toda la carta de servicios de Celestial y luego le administraría una dosis de veneno con la jeringuilla sin dar tiempo a que se le borrara la sonrisa de la cara. Mientras esperaba el momento perfecto para atacar, siempre podía dedicar un rato a intimar con Placer.

La noche estaba despejada y nos dirigimos hacia el este bajo una bóveda repleta de estrellas que desprendían tanta luz que casi habríamos podido conducir con las luces de los coches apagadas. Pensé en Kathleen y Addie, que estaban a unos ciento cincuenta kilómetros de allí, y sentí una conexión al imaginarme que quizás estarían mirando el mismo cielo.

Y entonces me dije que no. ¿A quién quería engañar? Por un lado, no estaba listo para meterme en la cama con nadie, y mucho menos con una puta que se llamaba Placer. Y, por el otro, a las damiselas en peligro había que salvarlas cuanto antes. Era la regla número uno del manual del héroe, no había excepciones. Retiré el pie del acelerador y dejé que Augustus me sacara cincuenta metros de ventaja. Entonces doblé repentinamente a la izquierda. Mientras con la mano izquierda giraba el volante, con la derecha activé el detonador y mandé a mi mejor amigo, Augustus Quinn, al infierno.

52

Volví a girar para dar la vuelta a la manzana y así pasé por delante de los restos y pude inspeccionar mi trabajo. Mi amigo se había ido a un lugar más tranquilo. Sí, me refiero al infierno. Aquello sería una maravilla comparado con los tormentos de la vida de Quinn.

Avancé dos manzanas más y recogí a Callie, que me abrazó con ímpetu.

—¡Cómo me alegro de verte! —exclamó.

—Y yo. Ojalá hubiera sido en mejores circunstancias.

—Sí, ojalá nos hubiéramos visto antes de que pasara todo esto —coincidió—, pero tenías razón: habría sido demasiado arriesgado.

Se acomodó en el asiento y arranqué.

—He oído la explosión —anunció—. Supongo que todo salió según lo planeado.

—Sí.

—Entonces, muy bien.

Se quedó en silencio y yo fui recorriendo las calles del centro. Como sabía dónde se había producido la explosión, pude esquivar los coches de policía y las ambulancias que se dirigían hacia allí. Una vez estuvimos lejos de la zona miré de reojo a Callie y vi que tenía la vista clavada en el infinito, desenfocada.

—¿Te encuentras bien? —pregunté.

Le tembló el labio. Cuando por fin habló fue con una voz que parecía desgastada, como si hubiera viajado mucho para llegar hasta allí.

—Me siento sucia —contestó, y se volvió hacia mí para mirarme mientras conducía—. No me hago a la idea de cómo te sentirás tú

—No —reconocí—, me imagino que no.

La mayoría de la gente nos habría considerado a los dos asesinos despiadados, pero aunque parezca cuestión de matiz para mí es importante subrayar que no disfrutábamos matando. Para nosotros era un trabajo, como estar de dependiente en una heladería o repartir el correo. No se establece un vínculo emocional ni con el helado ni con las cartas. Con el primero se hacen bolas y las segundas se entregan. Sin embargo, Quinn era amigo de ambos y, aunque yo lo conocía desde hacía muchos años más, Callie lo consideraba de fiar en todos los sentidos que cuentan.

Hasta el episodio de Alison.

Me planteé las repercusiones que podía tener haber matado a Augustus e inconscientemente me llevé la mano al pecho. No había dolor, lo cual era bueno. No esperaba que se reprodujeran los síntomas, gracias a las sesiones de asistencia psicológica de Nadine, pero tras haber pasado por todo aquello me imaginaba que siempre existiría un resquicio de duda en un rincón de la mente cuando, en el futuro, pusiera fin a una vida.

De momento, la cosa iba bien. Nadine me había ayudado a comprender que se trataba de una cuestión de grados. Todo el mundo era culpable de algo, pero no todo el mundo podía ponerse de acuerdo sobre la gravedad del delito. Y cada cual tenía su criterio para decidir qué merecía la pena capital y qué no.

Para mí, según Nadine, el asesinato tenía que beneficiar o a la víctima o a la sociedad. Por ejemplo, no me había costado nada aliviar el sufrimiento de Robbie después de que Callie le hubiera infligido una herida mortal. Con ello había beneficiado a la víctima. Por otro lado, al matar terroristas en nombre del departamento beneficiaba a la sociedad.

Mientras me preparaba para liquidar a Quinn había preguntado a Nadine si creía que me habría sido posible matar a Tara Siegel.

—Podrías haberla matado sin inmutarte siempre que eso la hubiera beneficiado a ella o a la sociedad —había sido su respuesta—. Si Tara hubiera traicionado al Departamento de Seguridad Nacional, o si hubiera quebrantado tu código moral al amenazar con asesinar a Kathleen o a Addie, no habría tenido el más mínimo efecto psicosomático. Por eso a Callie no le costó apretar el gatillo, porque la consideraba una seria amenaza para su vida en común con Eva. Tú, sin embargo, en aquel momento no estabas convencido. Cuando Callie disparó, aún tratabas de llegar a un acuerdo con Tara. Cuando Callie se tomó la justicia por su mano, tu mente percibió un homicidio sin sentido.

Le pregunté si aquello no era simple palabrería de psiquiatra.

—El cuerpo reacciona ante lo que considera real, da igual que lo sea o que no —continuó—. Por ejemplo, si yo le diera un puñetazo en el estómago a la enfermera Carol, sin la más mínima provocación, se doblaría por la mitad de dolor. Si mañana hiciera ademán de pegarle un puñetazo en el mismo sitio pero me detuviera a pocos centímetros, probablemente se doblaría por la mitad igual para protegerse.

—O sea, que lo que cuenta no es la violencia en sí, sino cómo la percibo.

—Mientras el que controle el asesinato seas tú y sepas que el objetivo no es que alguien disfrute, no te pasará nada.

—Nadine, ¿qué será de ti cuando me vaya de aquí? —quise saber.

—Volveré a casa y aprenderé a pasármelo bien. Mi objetivo es desvivirme por mis sobrinos y hacer amigos en el barrio.

—¿Has ganado suficiente dinero para jubilarte?

—Sí, entre lo que tengo ahorrado y la fortuna que me ha pagado Darwin para hacerte de niñera tengo para toda la vida.

—Es decir, que lo nuestro ha terminado, ¿no?

—Si tú me necesitas, acudiré aunque esté jubilada.

—¿Me hablarás como a un amigo? ¿Me ayudarás a superar los malos tragos?

—No digas tonterías. Cuando salga de aquí, si quieres hablar conmigo tendrás que rascarte el bolsillo.

—Tus palabras reflejan dureza —observé—, pero veo que sonríes.

—Bueno, no se lo cuentes a nadie —pidió Nadine.

Una semana después, ya al lado de Callie, que lloraba a su manera, en silencio, la muerte de Quinn, me paré a pensar cómo había afectado mi difunto amigo a las demás personas de mi entorno. Kathleen y Addie se habían encariñado de él, lo habían aceptado con los brazos abiertos. Augustus había protegido a la pequeña día y noche en la unidad de quemados cuando los matones de Joe DeMeo querían matarla. La primera vez que creí haber perdido a

Kathleen, Augustus le habló bien de mí. Ella misma me dijo luego que aquellos comentarios habían contribuido a que me viera de otro modo.

Seguí dejando kilómetros entre el cadáver de nuestro gran amigo y nosotros.

—¿Y ahora qué? —preguntó Callie.

—Ahora rescatamos a Alison.

53

La cámara de torturas de Quinn era el sótano de un edificio situado en una zona aislada de Filadelfia que parecía abandonado. En realidad, el propietario del edificio era él, y se había dejado su buen dinero reformándolo. Yo había estado en el interior y recordaba que había puesto desagües en el suelo, reforzado las paredes e insonorizado el interior con el mismo material utilizado en los cines más modernos.

De repente, cuando entraba en el aparcamiento, se me pasó otra idea por la cabeza, algo que recordé de una mis visitas: además de excelente saxofonista, Quinn había sido un cocinero de primera. Le gustaba hacer ampollas en la piel de la gente a la que torturaba con el mismo soplete de butano que utilizaba para caramelizar el azúcar encima de las natillas.

En el aparcamiento no había luces, así que dejé las del coche encendidas para echar un buen vistazo al exterior del edificio. Saqué una bolsa de herramientas del maletero y me la eché al hombro. Callie también bajó y nos quedamos los dos al lado del coche contemplando el edificio, gris y descuidado. Para ser exactos, el tono general era en efecto el gris, pero había zonas deslucidas y desconchadas en las que se veían colores anteriores. Calculé que los ladrillos habían recibido al menos tres capas de pintura a lo largo de las últimas décadas. A medio metro del borde superior había una serie de cañerías oxidadas que recorría toda la parte trasera del edificio y desaparecía por el costado.

—No veo cableado —comentó Callie—. ¿Tú crees que tendrá alarma?

—Ni hablar. Lo último que le interesaría sería atraer a la gente hasta su centro de operaciones.

—Su centro de operaciones —repitió.

Me sentí bien allí sin decir nada durante un rato, hasta que Callie rompió el silencio.

—Se me ha revuelto un poco el estómago cuando he colocado los explosivos —confesó.

—Augustus siempre vivía al límite —recordé—, pero esta vez se había pasado de la raya.

—No habría sido fácil salvar a Alison estando él vivo —dijo ella, observando el edificio un poco más.

—Habría sido un adversario duro de pelar.

—¿De verdad crees que después de esto podrá trabajar para Sensoriales, que no se habrá vuelto loca?

—¿No estamos todos un poco locos? Joder, si hasta puede que gracias a esta experiencia sea mejor agente.

Callie asintió.

—¿Estás listo?

Me metí la mano en el bolsillo y acaricié el dólar de plata, sentí su peso y la satisfacción que me provocaba, como me había sucedido diez mil veces antes.

—Vamos a sacarla ya de ahí —decidí—. Eso, si es que sigue con vida.

—Vamos a sacarla esté como esté —propuso Callie.

54

Si alguien hubiera forzado la cerradura de la entrada delantera, como hicimos nosotros, se habría encontrado en un pequeño vestíbulo con paredes de cristal blindado desde el que se veía la enorme sala del fondo. Encendimos las linternas, abrimos la puerta y penetramos en aquel almacén viejo, oscuro y húmedo, donde enseguida me llamaron la atención los inmaculados suelos de cemento. Me entró la duda de cuántas veces al mes tendría que haberlo fregado Quinn para eliminar todo rastro de polvo, mugre y sangre.

Avanzamos despacio pero a un ritmo constante por aquel espacio despejado hasta llegar a la habitacioncita de paredes de hormigón donde me imaginaba que estaba retenida Alison. La llamé, pero no hubo respuesta.

—Ayúdame a encontrar un enchufe —pedí.

—La electricidad no está dada —contestó Callie—, y dudo que quieras conectar todo el cuadro y que se enciendan las luces de todo el edificio.

—Tiene las luces apagadas, pero los enchufes funcionan.

Encontramos uno lo bastante cerca como para utilizarlo con un alargue. Callie me iluminó la bolsa con la linterna mientras yo la abría y seleccionaba las herramientas adecuadas para el trabajo.

—No vas a poder echar abajo esa puerta —opinó.

Tenía razón. Tanto la puerta como el marco estaban hechos de acero laminado del calibre treinta. Quinn me había contado que como refuerzo llevaba una rejilla de columnas y vigas de acero colocadas con un palmo de separación, y que los espacios entre columna y columna y viga y viga se habían rellenado con hormigón endurecido. Estaba protegida por tres cerraduras a prueba de patadas e imposibles de forzar y una barra de seguridad de acero templado.

—Voy a taladrar la pared de hormigón —anuncié.

Callie barrió aquella parte del almacén con la linterna.

—¿Qué es esa habitación de ahí? —preguntó.

—La sala de torturas. Si quieres, entra y tráete una silla para sentarte. No es mala idea, porque voy a tardar un rato.

—¿El coche no correrá ningún peligro donde está?

—No creo. Los vecinos tienen visto a Quinn. Dudo que quieran enemistarse con él.

Mientras Callie iba a buscar la silla acerqué un taladro al centro de la pared, aproximadamente a un metro del suelo, e inicié el proceso.

—¿Augustus de verdad creía que querías ir con él a tiraros a esas dos putas mano a mano? —preguntó, una vez acomodada en la silla.

—Yo diría que sí.

—¿Lo habíais hecho alguna vez?

—No.

—¿Nunca os habías emborrachado y habías pensado que qué coño?

—Jamás.

—¿Te acuerdas de tu primera vez?

—¿La primera vez que me tiré a una puta?

—Ajá.

—La primera nunca se olvida —dije.

—Supongo que no.

Saqué el taladro del agujero para evaluar el avance.

—Cuéntamelo —pidió Callie.

Me volví hacia ella.

—¿El qué? ¿La primera vez que me acosté con una puta?

Asintió.

—¿A sabiendas?

Se echó a reír y seguí trabajando mientras lo pensaba.

—No estoy seguro al cien por cien de que fuera puta —reconocí—, pero desde luego *stripper* sí.

Era verano y acababa de terminar la secundaria. Al cabo de unos meses sería francotirador en el ejército, pero aquella noche estaba en Bossier City, en Luisiana, donde tenía previsto ir de picos pardos con un amigo a un club del barrio de la animación nocturna. Me dejó plantado, así que acabé ligándome a una *stripper* flacucha y de pelo pajizo una hora antes de que cerraran. Me la llevé a un motelito de mala muerte que daba a una autopista de cuatro carriles y nos hicimos un par de rayas en una mesa de contrachapado llena de manchas. Se quitó las bragas, nos sentamos en el borde de la cama y empezamos a morrearnos.

De repente alguien tiró la puerta abajo de una patada y nos sobresaltó. Era su marido, que trabajaba de segurata en el club. A la chica se le había olvidado mencionarlo. Me apuntó a la cara con un revólver del treinta y ocho, lo amartilló y me aconsejó que empezara a rezar.

En la vida real nadie, por muy hijoputa que sea, tiene cojones de plantarse delante de un desconocido y saltarle la tapa de los sesos, y sí, da igual que el desconocido en cuestión esté en una habitación de un motel sobando a tu mujer medio desnuda. Yo por entonces no tenía la suficiente experiencia el mundo para saberlo, pero el instinto compensó la falta de información.

—No me sé ninguna oración —le dije—, pero tú sí que sabes con qué clase de mujer te has casado. Aunque me mates no vas a cambiar su forma de comportarse.

El gigantón se había quedado al lado de la puerta, que permanecía entreabierta a su espalda. La madera estaba astillada en torno a la cerradura, pero las bisagras y el marco seguían intactos. Nos miramos como se miran los hombres cuando evalúan al enemigo antes de empezar la lucha. De fondo oía a su mujer, que se dedicaba a echarme a mí la culpa con todo el desparpajo del mundo. Con gran derroche de palabras argumentó que iba puesta hasta las cejas y yo me había aprovechado de ella. Como no quería darle al marido demasiado tiempo para analizar esa perspectiva, me dirigí hacia la puerta. Sabía que cuando pasara a su lado trataría de atizarme, así que me agaché en cuanto vi que iba a por mí. No lo hice mal, pero él estaba bien situado y me rozó la sien con la culata, lo que me hizo girar sobre mí mismo. Salí tambaleándome y resbalé un poco en la gravilla del aparcamiento antes de recuperarme lo suficiente para echar a correr. Oí que empezaba a perseguirme, pero no tenía nada que hacer. Al cabo de veinte metros tiró la toalla.

—¡Vete de aquí cagando leches! —me gritó—. ¡Si vuelvo a verte eres hombre muerto! ¿Me has oído?

Sí, lo había oído.

Estaba a media manzana de distancia, a punto de cruzar la autopista para volver hasta donde había dejado el coche, y aún lo oía. Claro que entonces ya no me gritaba a mí, sino que se dedicaba a darle una paliza a su mujer. Oí los chillidos a pesar del ruido del tráfico; le rogaba que parase. Estaba más cerca del club que de ellos y aún oía los berridos de él y los aullidos de ella por encima del rugido apagado del grupo que tocaba dentro. Decidí volver para echarle una mano, pero cuando llegué ya no se oía nada. Me acerqué a la puerta sigilosamente y metí la cabeza.

—¿Qué viste?

—A dos personas muy colocadas que pegaban un polvo para reconciliarse.

—Ay, las mujeres —comentó Callie—. No puedes vivir con ellas...

—¿Y tú qué? Tu primera vez con un cliente.

—A lo mejor te parezco quisquillosa, pero yo no era exactamente puta.

La broca había traspasado por fin la pared. La saqué y quedó un agujero de medio centímetro de diámetro. Hice un embudo con las manos y grité:

—¡Alison!

Entonces pegué la oreja al agujero y oí una respuesta ahogada, como si alguien dijera la letra M una y otra vez.

—Pues sí —le dije a Callie.

—¿Pues sí qué?

—Que sí que me pareces quisquillosa si me dices que no eras exactamente puta.

—Anda y que te den —contestó.

—¿Es una oferta? Y ya que hablamos del tema...

—¿De que te den?

—De los clientes. ¿Alguna vez se te puso violento alguien?

—Un día un anciano encantador disfrutó de mi compañía durante unos cuatro minutos antes de atizarme en la nuca con un puño de acero. Me dejó inconsciente y me robó.

—¿Lo ves? Es lo malo que tienen los civiles. Se dejan llevar por las emociones, son imprevisibles y te entran por donde no te tienen que entrar. Por cierto, Alison está viva. La tiene amordazada.

—Qué bien, una buena noticia. ¿Cuánto tardaremos en entrar?

—¿Cómo te lo puedo decir? A ver, ¿ya has cenado?

—Yo no como mucho.

—Pues mejor.

Me puse a taladrar el segundo agujero.

55

Cuando el taladro empezó a echar humo hice una pausa de unos minutos para que se enfriara. Callie aprovechó para seguir pidiendo información.

—La primera vez que te jugaste la vida.

—¿Qué quieres saber?

—¿Cuántos años tenías?

Lo pensé un momento.

—Diez.

—Empezaste jovencito —observó.

Acababa de terminar cuarto de primaria. Aquel verano mi abuelo me llevó al monte en Colorado. Pasamos la segunda noche en una cabañita de un camping que estaba al lado de la carretera y a la mañana siguiente me levanté muy pronto y me fui a dar un paseo. Debía de haber recorrido unos tres kilómetros cuando me di cuenta de que todos los pinos empezaban a parecerse. Me detuve y poco a poco me volví ciento ochenta grados en busca del sendero. Había desaparecido. No es que tuviera miedo, exactamente, pero tampoco es que estuviera tranquilísimo. Cerré los ojos y di un paso en la dirección que, según me parecía, podía llevarme hacia el camping. No, el terreno ascendía un poco. Probé hacia el otro lado. Descendía un poco. Tiene gracia, pero a veces con los ojos cerrados se descubren cosas que mirando jamás se verían.

El taladro ya estaba lo bastante frío para proseguir el ataque contra la pared. Me entregué al trabajo con ganas. Mientras avanzaba seguí pensando en aquella mañana, treinta años antes, en que me había perdido en el monte en Colorado.

Tardé el doble en regresar, ya que el camino no era directo, y acabé llegando al camping por el extremo contrario. Había un corral que no había visto la noche anterior, con un par de caballos pulgosos que picoteaban la escasa hierba. Un chico bastante corpulento, de unos trece años, casi pelirrojo y con pecas, me vio salir del bosque. Señaló la valla del corral y se rio con esas carcajadas que tienen en común todos los abusones. Era mayor que yo y más alto, así que no me apetecía enfrentarme a él. Además, me moría de sed y quería avisar a mi abuelo de que estaba bien. Sin embargo, seguí con la mirada la dirección que apuntaba el chico.

Encima de uno de los postes se movía algo. Me acerqué para verlo mejor y me di cuenta de que el muy cabrón había subido una tortuga hasta allí arriba. La había centrado de manera que la parte inferior del caparazón quedara encaramada en lo alto, pero la cabeza, las patas y la cola colgaban por los lados. El animal movía las patas frenéticamente en un esfuerzo inútil de entrar en contacto con algo sólido. Estaba claro que el muy bruto iba a dejarla morir allí, de sed o de agotamiento, o quizás esperaba que se achicharrara a lo largo del día. Le daba igual, le parecía desternillante. No dejaba de sonreír de oreja a oreja y señalar la hilera de postes que quedaban a mi espalda, donde vi una docena más de tortugas alineadas, inmóviles como si fueran trofeos deportivos.

—¿Qué hiciste? —preguntó Callie.

Aquella mañana en Colorado, después de que el grandullón casi pelirrojo me enseñara su cementerio de tortugas, saqué el dólar de plata del bolsillo, el que he seguido llevando encima tantos años, y lo lancé hacia arriba. Ascendió unos cinco metros antes de empezar a caer. Cuando el asesino de tortugas levantó la vista para seguir el recorrido de la moneda le pegué un puñetazo en plena mandíbula, como me había enseñado mi abuelo, girando todo el cuerpo con el impulso para darle más fuerte. El dólar de plata y él se estrellaron contra el suelo a la vez. Rescaté la tortuga que seguía viva, bajé las demás y dejé allí tirado al grandullón casi pelirrojo, que retorcía las piernas como la tortuga en lo alto del poste.

—¿Murió? —preguntó Callie.

—¿De un puñetazo de un alfeñique de diez años? Qué va. No me había alejado ni veinte metros cuando oía las piedras que me pasaban zumbando junto a los oídos. ¡El muy hijo de puta trató de matarme!

—¿Y entonces?

—¡Entonces corrí con todas mis fuerzas!

Callie se echó a reír.

—Te jugaste la vida por una tortuga.

—Supongo —reí yo también.

—Me parece muy noble.

—Ya.

—Donovan Creed, tortuga ninja.

El taladro atravesó la pared. El segundo agujero estaba aproximadamente a tres centímetros del primero. Saqué de la bolsa un martillo y un cincel y me puse a dar golpes. El cincel se abrió paso de un agujero a otro y quedó un espacio por el que podría haber metido dos dedos.

Acerqué la boca y dije:

—Alison, soy Donovan Creed. Ya sé que te habían dicho que estaba muerto, pero estoy vivito y coleando y voy a sacarte de ahí. Estoy con una amiga. Se llama Callie Carpenter y va a rescatarte.

—Mmm... Mmmm... —respondió Alison.

—No malgastes fuerzas —aconsejé por la abertura.

—¿Cuánto queda? —preguntó Callie.

—Quince minutos como máximo.

—¿Y eso?

—La pared empieza a ceder.

Saqué la sierra radial y me puse a hacer un corte vertical desde el centro del agujero. Cuando tenía ya más de medio metro me volví hacia Callie.

—¿Lo ves? ¿Ya casi estamos dentro?

—Llevas más de media hora —me recordó.

La miré como diciendo que lo estaba haciendo todo yo solo y ya puestos le pregunté:

—¿La silla te parece lo bastante cómoda?

—Depende del rato que tenga que seguir aquí sentada.

—Cinco minutos como máximo.

Entonces saqué el mazo.

56

Al cabo de cuarenta minutos entregué a Callie la radial y le indiqué que empezara a hacer cortes horizontales a ambos lados de la abertura de treinta centímetros que había logar practicar. Entre la bebida, la cena copiosa y el esfuerzo físico estaba hecho polvo. Aunque dentro del edificio no hacía nada de calor, estaba cubierto de sudor. Me dolían la espalda, el cuello y los hombros. Ocupé su lugar en la silla, a la espera de recuperar fuerzas.

Me quedé allí aguantando la linterna como antes había hecho ella. Aunque era pequeña, daba bastante luz para perfilar perfectamente el cuerpo de Callie, que, al estar realizando el corte a medio metro del suelo, había tenido que agacharse y clavar una rodilla en el suelo. ¿He mencionado que aquella noche me había tomado un par de copas y me había dedicado a mirar a las mujeres que pasaban por la calle? No sé cómo, pero el haz de la linterna se alejó del agujero de la pared y encontró acomodo en el trasero perfecto de Callie.

—¿Te entretienes? —exclamó.

—Pues sí, bastante.

—¡Oye, tío! Que estamos tratando de salvar una vida.

—Aguafiestas.

A regañadientes volví a apuntar la pared con la linterna, como correspondía. Al cabo de veinte minutos inicié el asalto final con el mazo. Transcurridos veinte minutos más había creado un agujero lo bastante grande como para que pasara Callie, cosa que hizo. Se llevó una linterna y yo dejé la mía en el suelo para iluminar el espacio.

Yo solo podía meter la cabeza y el cuello, pero eso me bastó para ver que la habitación de Alison era pequeña y tenía una cama, un inodoro, un lavabo y una neverita que debía de contener agua y comida, claro que ella no disfrutaba de ninguna de esas comodidades. Estaba completamente desnuda y encadenada a la pared. Tenía la boca tapada con un pedazo de cinta adhesiva que se unía por la nuca. Por encima y por debajo distinguí una bola roja de sadomaso que Quinn le habría puesto a la fuerza.

No tenía ni idea de cuánto tiempo llevaría allí encadenada a la pared, pero había adelgazado como mínimo quince kilos desde la última vez que la había visto. También era evidente que estaba sufriendo mucho y tenía un charco de orina por los pies.

—¿Y ahora qué? —me preguntó Callie.

Saqué la cabeza del agujero y busqué la cizalla de trinquete reforzada en la bolsa de herramientas. Se la pasé a Callie. Tardó un minuto en cortar las esposas y luego pidió:

—Donovan, déjanos un poco de intimidad.

Volví a apartarme de la pared y esperé a que Alison fuera al baño. Luego oí que Callie le decía:

—Te dolerá menos si voy poco a poco.

Entonces le despegó la cinta adhesiva de la cara. Alison tuvo arcadas, tosió y escupió.

—Tranquila, Quinn ha muerto, todo saldrá bien —le decía Callie.

A continuación la lavó, la vistió y la ayudó a pasar por la abertura. Una vez al otro lado, Alison me miró con frialdad. Entrecerró los ojos y abrió mucho las ventanas de la nariz.

—Ha sido culpa tuya —espetó.

—¿Culpa mía?

—Exacto —insistió, con agresividad—. Ha sido culpa tuya. Todo esto.

—Donovan ha sido el único que se ha imaginado lo que te había sucedido —apuntó Callie—. Estás a salvo gracias a él.

Alison me dio un empujón.

—Ha sido el rescate más lento de la historia —me recriminó—. ¿Dónde te habías metido? Y me habías prometido un trabajo.

—Bueno, ¿estás dispuesta a empezar esta noche o prefieres seguir pegándome gritos?

57

Sacamos de allí a Alison, que había resultado sumamente desagradecida, la metimos en la habitación del hotel que quedaba entre la de Callie y la mía, le dimos algo de comer y nos contó su historia.

Después de que falsearan mi muerte, Alison había iniciado en efecto una relación sentimental con Quinn, ya que aún esperaba conseguir el trabajo que yo le había prometido. Como me había dicho él mismo, en cuanto se dio cuenta de que no iba a sacar nada se largó. Por desgracia para ella, Quinn era el mejor vigilante del mundillo y no dejó que llegara muy lejos. Cuando la atrapó discutieron y él se la llevó al almacén.

Si estaba en casa, que era casi siempre, Quinn la trataba como a una reina. Sin embargo, cuando salía la encadenaba a la pared, con lo que se aseguraba de que se alegrase al verlo volver. Si pensaba estar fuera más de unas pocas horas, utilizaba una cadena más larga con la que Alison podía alcanzarlo todo. Quinn se había marchado unas tres horas antes de que yo lo alcanzara en la calle Walnut, cuando se dirigía de vuelta a casa.

Otra cosa que Alison tuvo oportunidad de echarme en cara.

—¿Te pegaba? —preguntó Callie.

—A veces.

—¿Te obligaba a acostarte con él?

—Al menos dos veces al día.

—¿En algún momento opusiste resistencia?

—Sí, entonces era cuando me pegaba.

En aquella habitación bien iluminada Alison me pareció blanca como un fantasma.

—¿Cuánto tiempo llevabas sin salir a la calle? —pregunté.

—Más de tres años —respondió—. Y si lo sé es porque tenía un televisor.

Callie le dio un somnífero y se quedó con ella hasta que se durmió. Luego se reunió conmigo en mi habitación y descorchamos una botella de vino del minibar que nos bebimos mientras organizábamos el calendario de adiestramiento de Alison.

—La segunda semana y la tercera serán para Lou, las tres siguientes para ti y luego yo me pido dos más. Luego podrá acompañarte en un par de misiones. Después la probaremos con algo sencillito, a ver cómo se defiende.

—¿Qué tarifa cobran las niñeras últimamente?

—Veinte mil a la semana, más lo que te saques con tus trabajitos.

—Compro —respondió—. ¿Quién se la queda la primera semana?

—La doctora Crouch. Si decide que Alison no está preparada, se cancela el proyecto y tratamos de ayudarla a que vuelva a su vida de antes.

Apreté una tecla en el móvil y guiñé un ojo a Callie.

—Escucha esto —pedí, mientras activaba el altavoz.

—¡Inaceptable! —espetó la doctora Nadie Crouch al descolgar.

—Tengo una paciente para ti —anuncié.

—Pero ¿puede saberse qué te pasa? ¿Tienes idea de la hora que es?

—Te va a encantar —añadí—. Tu avaricia quedará satisfecha.

—Estoy tratando de dormir, Donovan. No vuelvas a llamarme nunca en plena noche. ¡Inaceptable!

—¿Qué te parecen dos mil quinientos al día?

—Seguro que me parecerán mucho mejor cuando me despierte dentro de un par de horas. Llámame entonces —ordenó, y colgó.

—Es una borde y una amargada —opinó Callie—, ¿no crees?

—Sí, la verdad es que no siente mucho aprecio por la gente, aunque creo que yo le caigo bien.

—¡Por favor! —exclamó—. Ni te das cuenta de lo que dices.

58

Myron Goldstein esperaba ya en el área de descanso del kilómetro 284, a las afueras de su ciudad de residencia, Cincinnati, cuando llegué. Bajé del coche y rodeé el suyo describiendo un círculo amplio, para asegurarme de que no hubiera francotiradores. Cuando me acerqué a la puerta de la derecha desactivó el cierre de seguridad y subí.

—Dice Sal que quieres morir —empecé.

—¿Eres Creed?

—Sí.

—Esperaba que fueras más joven.

—Y yo que tú fueras más viejo.

Myron Goldstein asintió. Estaba demacrado y tenía una cara tristona, con los labios gruesos y la mandíbula caída. De los orificios de la nariz le salían sendas matas de vello negro y retorcido. Le temblaban las manos y con una de ellas agarraba un pañuelo húmedo, lleno de mocos, con el que iba limpiándose el líquido baboso que le goteaba incesantemente de la nariz. Llevaba unas gruesas gafas de montura de concha.

—Te cuento cómo funciona esto: dime qué tienes pensado y yo te diré qué me parece.

—¿Siempre has gozado de buena salud, Creed?

—¿No podríamos entrar en materia?

Sonrió con aquellos labios carnosos.

—Sí, ¿cómo no? —Hizo una breve pausa para limpiarse otra vez la nariz y añadió—: ¿Sabes qué es la esclerosis lateral amiotrófica?

—¿La enfermedad de Lou Gehrig?

—Sí, exacto. Es una enfermedad mortal, neurodegenerativa, que poco a poco, sin darte tregua, te va robando la capacidad de moverte voluntariamente. Debilita los músculos día a día hasta que dejan de funcionar. Ya se me nota en las manos. No es parkinson; se llaman fasciculaciones y marcan el principio del fin.

—Lo siento mucho —dije de corazón.

Al ver a Myron Goldstein me sentí avergonzado. Llevaba siete semanas en pleno festival de autocompasión por haber perdido a Kathleen y a Addie, mientras que aquel pobre hijo de puta se moría poquito a poco. Sí, estar lejos de las personas con las que había esperado hacerme viejo me hacía sufrir, pero Myron Goldstein ni siquiera iba a hacerse viejo. Quizás un día Kathleen rompería con su novio y yo podría volver a entrar en su vida. O quizá no. Pero al menos podía soñar con un futuro, que era muchísimo más de lo que podía decir Myron Goldstein.

—O sea, que quieres que te mate para no sufrir. ¿Es eso?

—Sí.

—¿Por qué no te suicidas? Te ahorrarías cincuenta mil dólares.

—Tengo seguros de vida que valen mucho más. Pero no cubren el suicidio.

—Voy a tener que negarme —aseguré.

—¿Por qué?

—Ese dinero, esos cincuenta mil, deberían ser para tu mujer y tus hijos.

Dio unos toquecitos con el dedo al sobre colocado encima de la consola, entre los dos.

—Aparte de esto, no tengo más dinero —explicó—. El seguro saldará casi todas mis deudas y permitirá que mi mujer se quede la casa y el coche y viva sin estrecheces. Quizá no baste para pagar los estudios de mis hijos en Dartmouth, pero si no consiguen becas pueden ir a una universidad pública. Y, sobre todo, si desaparezco ahora ahorraré a mi familia el mal trago de tener que cuidarme durante el último año de mi vida. No quiero que se endeuden, que tengan que aparcar sus sueños y que me vean morir poco a poco y padeciendo lo indecible.

—¿Qué tiene Dartmouth de estupendo? —repliqué—. Su programa de fútbol americano es una porquería.

—No me provoques —rio—. ¡Podría acabar matándote yo a ti!

Era imposible que no me cayera bien. Cuando Callie había herido de muerte a Robbie yo lo había rematado para que no sufriera. Myron también sufría, pero...

—Matarte... no me parece ético, no sé por qué —reconocí.

Las carcajadas de Myron duraron tanto que empezó a toser, lo que provocó que expulsara sustancias sumamente desagradables.

—¿Qué te hace tanta gracia? —pregunté.

—No te ofendas, pero te dedicas a matar gente. ¿Es una profesión muy ética?

—La gente que mato no tiene elección. Tú sí.

—Pues ya he elegido. Más fácil, ¿no?

Nos quedamos callados unos instantes, mientras yo pensaba y él me daba tiempo.

—Ponte en mi piel —insistió—. ¿Qué harías tú?

Le di mil vueltas en busca de una forma de cumplir aquel encargo sin provocar una recaída.

—¿Alguna vez has matado a alguien? —pregunté.

—¡No, por Dios!

—¿Le has puesto los cuernos a tu mujer? ¿Les has pegado a los niños? ¿Algo por el estilo?

—No —contestó, y entonces entendió por dónde iban los tiros—. Pero les he gritado mucho y he regañado al perro.

—¿Has regañado al perro?

—Más de una vez.

—¡Qué cabrón! —grité.

Sonrió.

Yo también.

Entonces le rebané el pescuezo.

59

Serían las cuatro de la tarde cuando los albañiles que colocaban el cartón yeso acabaron de dar la última capa. Unos cuantos quedaron en reunirse después en una taberna cercana, pero les dije que en aquella ocasión tendrían que celebrarlo sin mí.

La temperatura era suave y quedaban varias horas de luz. Me quedé rezagado por el jardín de la casa, que tenía ochocientos metros cuadrados construidos, recogiendo desperdicios hasta que el último trabajador se alejó en su furgoneta. Entonces me puse manos a la obra.

Estaba situada en el 2010 de Dunvegan, una calle sin salida de una nueva urbanización llamada Rock Hill Gardens. Ya se habían vendido varias casas, pero aún no había ninguna ocupada. Cuando buscaba un desván para instalarme prefería un barrio nuevo y acomodado con vigilancia, como aquel. Me gustaba montarme un cubículo en un gablete estratégico de una residencia de ese tipo y utilizarlo como piso franco. Tenía ya varias distribuidas por todo el país, pero aún me faltaba estrenarme allí en Atlanta.

La parcela tenía poco más de hectárea y media y terminaba en una pendiente pronunciada y cubierta de árboles que me permitía acceder a la parte trasera de la casa sin que me vieran los futuros vecinos. Iban a ponerla a la venta al cabo de un mes, pero probablemente no la colocarían tan deprisa como las demás porque no tenía vistas al campo de golf del club de campo de Rock Hill Gardens.

Me había trasladado a Atlanta porque habían identificado a los cabecillas de una célula terrorista establecida allí y había que matarlos. Antes de que me diera tiempo a acercarme a ellos, nuestro soplón se enteró de que mi viejo enemigo Abdulazi Fathi llegaría al cabo de dos semanas para dar las últimas instrucciones a sus hombres y despedirse adecuadamente de ellos. Darwin, consciente de que matar a Fathi junto a los demás supondría un fuerte golpe para Al Qaeda, había decidido suspender temporalmente la ejecución de la misión hasta la llegada del objetivo más importante. Así pues, tenía que matar el tiempo (perdón por el chiste fácil) durante quince días y decidí que no estaba de más buscarme un piso franco. Recorrí varios barrios hasta encontrar una urbanización de lujo a punto de terminar. Entonces llamé al teléfono del cartel de la constructora que vi delante de la casa y me cogieron como albañil.

Llevaba varios días escondiendo herramientas, cableado y cartón yeso debajo de unos rollos de tela aislante amontonados en el desván de encima del garaje y quedaban pocos minutos para que me pusiera a aislar el gablete situado encima de la habitación de invitados. La idea era instalar una conexión eléctrica para enchufar el ordenador y cargar el móvil. Luego pensaba aprovechar una rejilla de ventilación para tener acceso a la calefacción y al aire acondicionado y estar a gusto, y hacer un empalme a la conexión del ADSL. Al cabo de un mes, días arriba, día abajo, estaría viviendo en una pequeña mansión con todas las comodidades posibles.

Aislar un gablete con cartón yeso es una forma sencilla de ocupar parte de la casa de una familia y no pagar alquiler. Solo me hacían falta unos pocos metros cuadrados y un par de horas sin interrupciones para clavarlo bien. Si el jefe de obra se fijaba en aquellas paredes de cartón yeso del desván, pensaría sencillamente que sus hombres habían metido la pata. Sin embargo, todavía no me había sucedido nunca, porque en esa última fase de la construcción nadie metía la cabeza hasta el fondo del desván. En casas más antiguas existía el riesgo de que me detectaran, porque si los propietarios decidían hacer reformas era posible que tuvieran que entrar en mi zona para pasar cables de teléfono o televisión para mejorar la recepción. En las nuevas, y encima de aquel precio, siempre se hacía antes una preinstalación. Así, si el gablete que me gustaba ya contaba con esa preinstalación me bastaba con redirigir los cables por la zona que iba a habitar.

Durante los años que había pasado de joven como francotirador del ejército había tenido que permanecer totalmente inmóvil durante horas, lo cual me había sido útil más tarde al ocupar los desvanes de la gente. Para curarme en salud, trataba de elegir un gablete que no se utilizara y estuviera situado lo más lejos posible de las puertas de acceso al desván. El lugar más seguro era el rincón más apartado de una habitación de invitados del piso de arriba donde casi nunca durmiera alguien, por si se me escapaban una tos o un ronquido y llamaba la atención de un animal doméstico, cosa que no era habitual, ya que la mayor parte del tiempo de preparación la dedicaba a insonorizar el espacio que iba a habitar. Colocaba un suelo de primera calidad que no crujiera y luego mezclaba serrín y polvos de talco con el enmasillado que aplicaba entre las vigas del suelo, así como en los agujeros de los clavos, para evitar cualquier ruido. La puerta de acceso siempre quedaba situada en el extremo más alejado, metida medio metro en el habitáculo para no despertar sospechas. Varias veces al día me vendaba los ojos y practicaba una escapatoria. La falta de visión me obligaba a memorizar la ubicación de las vigas en el suelo, por si tenía que huir en plena oscuridad.

Una vez terminado todo, me instalaba y trataba de adaptarme a la rutina de la familia anfitriona. Siempre que era posible, dormía a la vez que ellos y me quedaba en silencio cuando practicaban alguna actividad. Espiaba sus ordenadores y sus llamadas y observaba las interacciones familiares gracias a cámaras estenopeicas que había escondido por toda la casa. A las pocas semanas ya conocía sus costumbres y sus horarios mejor que ellos, momento en el que cohabitar con ellos resultaba más agradable. Si sabía que iban a pasar varias horas fuera de casa iba al lavabo, me bañaba o me duchaba, me echaba una siesta en una de sus camas, me servía comida o alcohol y utilizaba sus ordenadores en lugar del mío cuando había que hacer alguna operación delicada y no convenía dejar un rastro electrónico.

Cuando mejor me lo pasaba era cuando jugaba con sus animales de compañía.

No surgían problemas con los perros ni con casi ningún otro animal, pero no podía vivir con un gato, porque a partir del momento en que me descubrían todo cambiaba. Ya no dejaban de mirar al techo y se pasaban el día buscando una forma de acercárseme. Gemían y molestaban sin parar noche sí y noche también y parecían imposible que se olvidaran. Me encantaban todos los animales de compañía, pero en cuanto una de mis familias metía un gato en casa tenía que buscarme otra cuanto antes. Si no, los propietarios empezaban a mandar a exterminadores de plagas al desván en busca de ratones.

60

Tardé cuatro días en terminar el habitáculo de Dunvegan y tuve la mala pata de que Fathi no se presentó en Atlanta. Es lo malo que tienen los soplones: por lo general son peones con acceso a poco más que rumores. Sin embargo, me alegré de poder matar a los dos cabecillas y la operación no me dio problemas.

Los seguí hasta un animado local nocturno del centro de Atlanta, tan concurrido que una vez dentro tardé diez minutos en dar con ellos. Formaban parte de un grupo que observaba a dos mujeres de cuerpos esculturales que bailaban al ritmo de la música más ruidosa que había oído en la vida. Cada treinta segundos la sala, que era enorme, se quedaba a oscuras y se encendían luces estroboscópicas y láseres que parpadeaban en todas direcciones.

Era el escenario ideal para matar a alguien.

Me coloqué detrás de los terroristas con una jeringuilla en cada mano y esperé a que volvieran las luces estroboscópicas. Cuando las activaron se las clavé en las lumbares y me aparté en el momento en que ya se desplomaban. Un par de personas gritaron, pero las bailarinas siguieron a lo suyo, la música no dejó de sonar a todo trapo y me marché de allí antes de que nadie se hubiera dado cuenta de lo ocurrido.

Mi nuevo hogar estaba listo, pero como los operarios seguían trabajando en el resto de la casa aún tardaría varias semanas en poder mudarme. Los quince días que pensaba dedicar a adiestrar a Alison aún quedaban lejos. La cena con Callie y Eva se había pospuesto en dos ocasiones debido al apretado calendario de ensayos y actuaciones de la segunda, pero me la habían reconfirmado para el domingo.

Como me quedaban tres días libres decidí reunirme con la doctora Nadine Crouch en Florida. A cambio de cinco mil dólares y unas vacaciones en la playa de Jacksonville había accedido a ayudarme a preparar a mi hija, Kimberly, para la noticia de que seguía vivo.

Tendría que haberme puesto en contacto con ella antes, por descontado, pero preferí esperar para asegurarme de que no iba a sufrir una recaída. Tras haber matado a un moribundo y a dos terroristas sin sobresaltos, me imaginaba que los problemas habían quedado atrás. Dado que me había perdido una buena parte de su vida, mi intención era compensarla y empezar cuanto antes. Pero primero tenía que preparar el camino. No podía acercarme sin más con otra cara y soltarle: «¡Hola, Kim, soy yo, tu padre! ¡No estoy muerto!»

Mi hija había heredado todo mi patrimonio, o para ser exactos todo el patrimonio que constaba en mi testamento y demás documentación. Por descontado, tenía cantidades ocultas por si me interesaba fingir mi muerte.

Lou Kelly había hablado con Kimberly unas cuantas veces a lo largo de los años, pero no se habían visto cara a cara hasta el día de mi entierro. Desde entonces, Lou la llamaba mensualmente para interesarse por ella. Como había sido él quien había entregado el testamento a los abogados encargados de poner en orden mis bienes, parecía lógico que se encargara de llamar a Kimberly en aquel caso. Grabó la conversación y me envió el archivo de audio por correo electrónico.

—Quiero presentarte a alguien —anunció—. Se llama Nadine Crouch y era la psiquiatra de tu padre.

—Tiene que haber un error, señor Kelly —contestó Kimberly—. Es imposible que mi padre acudiera a una psiquiatra.

—La doctora Crouch solo lo trató un par de veces durante su último año de vida, pero tiene información que te interesará oír.

Mi hija se quedó en silencio durante un momento y luego suspiró.

—No sé si me apetece, señor Kelly.

—Tienes que confiar en mí, Kimberly.

—Es evidente que usted ya lo sabe. Dígamelo ya —pidió.

—Mira, Nadine tiene que estar en Jacksonville esta semana de todos modos. Además, la noticia en cuestión... Bueno, digamos que ella está más preparada para darla.

Kimberly aceptó quedar con Nadine en el vestíbulo del hotel donde la habíamos alojado. Cuando llegó, se dirigieron los cumplidos de rigor y, transcurrido un rato, Nadine comentó:

—Hace un día precioso. ¿Podemos pasear por la arena mientras charlamos?

No había estado nunca en la playa de Jacksonville y me sorprendió un poco que fuera tan bonita. Situada en una isla barrera al este de la ciudad, Jax Beach contaba con arena en abundancia y unas olas decentes (que no estupendas) para practicar deportes marinos, y encima estaba relativamente vacía. Nadine, Kimberly y yo caminábamos hacia el norte por la orilla, aunque yo iba cincuenta metros por detrás. El tiarrón con una gorra de béisbol de Penn State, gafas de sol y auriculares era yo. Lo de los auriculares era para oír su conversación.

—Tu padre y yo hablábamos con frecuencia de ti —decía Nadine.

—¿Y si nos saltamos esa parte y me cuenta ya que está vivo? —propuso Kimberly.

—¿Cómo dices?

—Mi padre. Donovan Creed. Está vivo. Lo sé igual de bien que usted. Bueno, ¿dónde está y por qué no se ha puesto en contacto conmigo hasta ahora?

Me parecía increíble oír aquello. ¿Kimberly estaba al tanto?

Nadine también se había quedado boquiabierta. Kimberly se puso a mirar a su alrededor y apenas tardó cinco segundos en descubrirme.

—¡Qué disfraz tan ridículo! —exclamó entre risas.

Corrimos el uno hacia el otro como actores de la peor película de los años cuarenta. Cuando ya estábamos cerca pegó un salto y la atrapé entre mis brazos. Le di varias vueltas, como hacía cuando tenía cuatro años, y me abrazó como si acabara de redescubrir a un osito de peluche pedido hacía mucho tiempo.

La dejé en el suelo con cuidado y la miré bien. La vi más crecida, más madura, pero seguía siendo Kimberly. Me dio un bofetón.

—¡Qué fuerte que me hayas hecho esto! —exclamó—. ¿No confías en mí lo suficiente para llamarme o mandarme un mensaje? ¿Qué clase de padre haría eso?

—Uno que hubiera pasado más de tres años en coma —intervino Nadine, que nos había alcanzado, sin aliento.

Kimberly me miró a los ojos.

—Me lo creo.

—¿En serio? —pregunté.

—Sí. Si hubieras estado consciente, ¡ni loco habrías elegido esa cara!

—Ja, ja. ¡Cómo me alegro de verte!

—Y yo a ti, pero tienes muchas cosas que explicarme.

—Te lo contaré todo, pero primero quiero saber cómo descubriste que estaba vivo.

Me metió la mano en el bolsillo del pantalón y sacó el dólar de plata que me había dado mi abuelo hacía tantísimos años.

—Esto no estaba entre los efectos personales que me entregaron.

Sonreí ampliamente, orgulloso de ella.

—Bueno, está claro que eres digna hija de tu padre —observó Nadine, y a mí me dijo—: Me gustaría aclarar una cosa: el dinero y las vacaciones no me los quita nadie, a pesar de esto.

—Eres la psiquiatra más mercenaria que he conocido —repliqué.

—Siempre está bien ser la número uno.

Le di un abrazo.

—Inaceptable —dijo, y se apartó.

—Gracias por echarme una mano —contesté—. Creo que puedo seguir yo solo. Que disfrutes de las vacaciones.

—Es mi intención.

Y con eso se dirigió hacia el hotel.

Los tres días siguientes fueron los mejores que habíamos pasado Kimberly y yo juntos.

Unas horas después del reencuentro, cuando nos pusimos a hablar de Kathleen y Addie, la puse al día y me contestó:

—Si te hacía tan feliz, tienes que contarle que estás vivo. Y, lo que es más importante, se merece decidir ella misma qué la hace feliz.

—Me da miedo que me elija por culpabilidad.

—¿Y qué tendría de malo?

—Tom es buena persona, será mejor marido que yo.

—¿Cómo puedes decir eso?

—Lo he hecho investigar.

—Ay, papá, ¿es posible que sepas tan poco de las mujeres?

—Es posible. Y dudo que te sorprenda.

—Escúchame, papá —me dijo, adoptando el papel de progenitora, que le sentaba mejor que a mí—. Tienes que decirle cuatro cosas: que estás vivo, lo que pasó, por qué pasó y cómo te sientes.

Sí, desde luego, podía decirle todo eso a Kathleen, pero me daba la impresión de que tenía más posibilidades de ser feliz con un hombre normal y estable como Tom. Addie también era un factor decisivo de la ecuación. Primero había perdido a su familia biológica y luego, hacía tres años, a mí. Más tarde Tom había llegado a su vida y no me cabía duda de que lo quería y lo aceptaba como figura paterna. Si yo volvía a entrar en la vida de su madre, Addie perdería forzosamente a uno de los dos: a Tom o a mí. La pobre niña ya había sufrido suficiente, no se merecía perder un padre por tercera vez.

Para complicar aún más las cosas, todavía no estaba convencido de poder adaptarme a la tranquila vida familiar de un barrio residencial. Por último, si Kathleen me elegía a mí siempre le quedaría la duda de si había hecho bien, y si me rechazaba nunca estaría segura de si había acertado al quedarse con Tom. No era justo ponerla en esa encrucijada.

Sin embargo, la quería y me habría gustado que las cosas hubieran salido de otro modo.

—¿Qué, papá? —insistió Kimberly, lo que me devolvió al presente—. ¿Le dirás esas cuatro cosas?

—No es tan sencillo —suspiré.

—¿Y renunciar a ella sí?

61

Eva LeSage era una preciosidad.

No mediría mucho más de metro y medio y pesaba más o menos lo mismo que mi brazo. Su rostro y todos los demás elementos eran una delicadeza tal que parecían frágiles. Tenía los ojos almendrados, felinos, mechas en el pelo y una voz de niña que conservaba todavía un levísimo rastro de un acento ruso. Al mirarla de cerca costaba encontrar el más mínimo parecido con Tara Siegel, aparte de la altura y una similitud facial general. Si Darwin hubiera tratado de verdad de fingir la muerte de Tara con el cadáver de Eva, nuestra gente se las habría visto y deseado para convencer a alguien de que existía siquiera un parentesco entre ellas. Lo único que se me ocurría era que Eva debía de haber cambiado drásticamente durante los últimos años y nadie se lo había contado a Darwin.

Me pregunté si Callie habría hecho algo para modificar el peso o los rasgos de Eva. Media gota de arsénico una vez a la semana habría servido para mantenerla delgada y habría dado lugar a un tono de piel parecido al de Eva.

Callie, que me observaba como un halcón, vio cómo la estudiaba y probablemente se imaginó lo que se me ocurría. Me hizo un gesto de negación con la cabeza, para recordarme sutilmente que estaba en su terreno y que, por lo tanto, mi vida dependía de ella. Acepté la llamada de atención con otro gesto que quería decir: «Muy bien, no es asunto mío, no pasa nada.»

Estábamos en el piso de lujo que compartían Callie y Eva en un rascacielos de Las Vegas con vistas al Strip, de los que se vendían a partir de dos millones de dólares. A juzgar por las mejoras evidentes, el mobiliario y los acabados, supuse que aquel en concreto habría pasado de los tres.

Eva resultó ser una excelente cocinera. Nos preparó una cena estupenda y copiosa, con un vino distinto para cada plato. Cada vez que le dedicaba un cumplido a su novia, Callie sonreía satisfecha. Estaba claro que bebía los vientos por Eva.

Me sonó el móvil. Miré la pantalla y me disculpé para salir al vestíbulo.

—¿Qué pasa, Sal?

—¿Has visto el periódico de hoy?

—¿Cuál?

—Cincinnati.

—Estoy en Las Vegas, Sal.

—Ya. Lo que tú digas. En fin, según el papel ha salido un, ¿cómo se dice?, donante anónimo que ha soltado doscientos de los grandes para que los hijos de Myron Goldstein vayan a estudiar a Dartmouth.

—¿Y?

—Goldstein era un tío al que alguien le rebanó el pescuezo en una autopista hace unos días, como si no lo supieras.

—¿Y?

—Bueno, ¿qué te parece?

—Me parece que esos chicos preferirían que su padre estuviera vivo.

—No podría decir lo mismo de los míos —replicó.

—No te menosprecies, Sal. Seguro que tus hijos te adoran.

—Les interesan más el dinero, el sexo y las drogas.

—Pero tú sigues estando en la lista, ¿no?

Lo pensó unos instantes.

—Sí. Salgo por algún lado.

—Pues quédate en esa lista, Sal. Lo importante es eso.

Colgamos y me encontré a las chicas en la cocina.

—Os echo una mano con los platos —propuse.

—No, por favor —contestó Eva—. Cal y tú pasad al salón y poneos al día. Yo acabo enseguida, ahora voy.

Callie me acompañó al salón.

—¿Y bien? —preguntó.

—Es una preciosidad.

—¿Qué te decía yo?

—Es verdad. Ah, por cierto, Callie, si os apetece daros el lote delante de mí, o meteros mano o lo que sea, que sepas que a mí no me molesta.

—¿Darnos el lote? Anda, que estás al día...

La miré bien. Eva era encantadora, sí, pero como Callie no había otra. Llevaba unos pantalones de raya diplomática de cintura alta y una camiseta blanca de cuello de pico y mangas cortísimas, y tenía el pelo alborotado, casi eléctrico. Del brazo del sofá, a su lado, colgaba un bolso de piel azul marino de Dior con una hebilla en la correa. Una enorme pulsera de diamantes le adornaba la muñeca.

—Parece que te has espabilado bastante bien sin mí durante estos tres años —comenté.

—Me las arreglo —respondió, pero luego se quedó callada, algo invisible se apoderó de sus ojos y su expresión cambió muy ligeramente.

Había pasado más de tres años fuera del circuito, desde luego me faltaban reflejos y seguramente me quedaba bastante para estar en plena forma, pero aún tenía buen instinto.

—Algo te preocupa, algo que todavía no me has contado —dije.

—Sí.

Se levantó, dio varios pasos hasta la ventana y se quedó allí unos instantes, dándome la espalda. Le dejé su tiempo. Desde donde estaba situado solo divisaba el cielo oscuro de Las Vegas y la neblina de colorido de los casinos, así que preferí concentrarme en las perfectas posaderas de Callie, que sin duda alguna resultaban más interesantes que lo que estuviera contemplando ella. Tres años antes había sido una chica diez, pero desde entonces incluso había mejorado.

Se volvió y me miró.

—Es Kathleen —reconoció.

—¿Qué le pasa?

—Han fijado una fecha.

La noticia no debería haberme afectado excesivamente. Quiero decir que ya sabía que iban a casarse algún día. Sin embargo, de repente empecé a oír otra vez las palabras de Kimberly. Sí, Kathleen se merecía saberlo. Quizá no era el mejor hombre del que podía haberse enamorado, pero tres años antes me había elegido a sabiendas de que había otros más perfectos. Desde luego, Addie se merecía un padre mejor que yo, pero ¿y si no quería al mejor del mundo? Quizás Addie me prefería a mí a pesar de mis defectos. En resumen: Kathleen tenía derecho a elegir.

Lo último que me dijo Callie antes de despedirme fue:

—Si quieres a Kathleen, más vale darte prisa.

Lo último que le dije yo antes de irme fue:

—¿Te acuerdas de cuando eras pequeña, después de la violación, y te pasabas las horas muertas mirando aquella ventana?

—Claro.

—Tratabas de descifrar cómo encajaban los listones que sostenían los cristales, cómo estaban ensamblados.

Asintió.

—Me contaste que creías que si conseguías entenderlo tendrías algo a lo que aferrarte, un lugar en el que empezar a recuperar la cordura.

—¿Adónde quieres ir a parar?

—No soy un tío espiritual.

—Hostia, no me digas.

—Cuesta de creer, ¿eh? En fin, tenía curiosidad por saber si descifraste aquello.

—Si lo conseguí, no me enteré —contestó, frunciendo el ceño. Luego lo pensó un poco más y añadió—: ¿A qué viene esto ahora?

—Eres feliz —dije—. Nunca te había visto feliz de verdad.

—Sí que lo soy, pero ¿qué relación tiene eso con los listones y cómo encajaban en la ventana?

—Estabas en una especie de encrucijada vital. Y decidiste seguir hacia delante.

—¿Es lo que vas a hacer tú?

—Sí.

62

Toda mi vida se ha regido por la teoría de que a cualquiera puede cambiarle la vida de repente con una simple llamada telefónica. Podría ser una llamada como la que iba a recibir Kathleen a la mañana siguiente, para informar de que un individuo llamado Donovan Creed había dejado un legado muy particular para la hija que ella había adoptado. Era un cantidad de dinero que permitiría que Addie recibiera una cara y un cuerpo nuevos, sin rastro alguno de las cicatrices provocadas por el fuego que la había desfigurado.

A todos puede cambiarnos la vida de repente, y no hace falta que sea por una llamada telefónica.

Podría ser por la presencia de un tío como yo, que podría aparecer un día junto a un roble en un parque y ponerse a mirar cómo jugaba una niña con un cachorrillo, pongamos un bichón maltés. A la niña podría pasarle algo en la piel. Podría haberse quemado en un incendio. Tras ella, un hombre y una mujer podrían estar disfrutando de un picnic pospuesto durante mucho tiempo. Podrían estar sentados encima de una manta de cuadros azul, sacando la comida de una cesta de mimbre. Ella podría cogerla con cariño, como si hubiera sido un regalo de alguien a quien quiso y no volverá a ver. La manta y la cesta podrían estar nuevas, como si la dueña hubiera esperado años para utilizarlas.

Fingí que daba un largo paseo circular mientras Kathleen y Tom comían y jugaban con Addie y el perro. Estaba claro que aquellas tres personas tenían la química necesaria para formar una familia adorable. Por un momento estuve a punto de marcharme. Quiero decir de marcharme y no volver nunca la vista atrás. Y es que no soportaba la idea de hacer sufrir a Tom, de destrozar la base que Kathleen había construido durante los últimos tres años.

Pero aún era peor la idea de perderlas a Addie y a ella.

Calculé el final del rodeo para llegar a la heladería al mismo tiempo que ellos tres y me coloqué detrás. Addie agarraba una correa diminuta en cuyo extremo estaba el cachorro. Preferí esperar antes de anunciar mi presencia, pasar un minuto en su mundo, oler el pelo de Kathleen, su perfume, oír su voz.

Me quedé inmóvil tras ellos. Addie se dio la vuelta y me sonrió. Casi me fallaron las piernas.

Sonreí yo también.

Quería decir algo del estilo de «Qué cachorrillo tan bonito tiene usted, señorita», pero sabía que Kathleen reconocería mi voz y yo todavía no había oído la suya.

Una vez allí ya no me importaba el desengaño de Tom. Era joven, lo superaría. Y se daría cuenta de que era lo mejor, lo adivinaría en la mirada de Kathleen: estábamos hechos el uno para el otro.

Me acerqué un poco más y me coloqué justo detrás de Kathleen. Cerré los ojos e inhalé su aroma a baño reciente. Recordé aquel día en que me había metido en su casa de North Bergen y la había esperado en la cama mientras se duchaba. En aquel momento, justo antes de hacer el amor, me había dicho que al mirarla recordaba todo lo que de verdad importaba. Había sido el día de la fiesta de Sal en Cincinnati y aún estábamos en Nueva York. Entonces salió del baño, oliendo de la misma forma, como si no me viera. Y acto seguido se abalanzó sobre la cama y prácticamente me devoró vivo.

Addie se volvió otra vez para mirarme de nuevo, no porque me hubiera reconocido, sino porque casi todo el mundo se sorprendía tanto al verle la cara que la primera reacción era apartar la vista. Yo no hice eso, sino que levanté la mano y le dije «hola» moviendo los labios, pero sin hablar. Me dedicó una sonrisa tan radiante que casi me ahogué con el nudo que se me hizo en la garganta.

Para ser un tipo duro, aquello estaba costándome mucho.

Noté una lágrima en un ojo y me di cuenta de que era un debilucho. Me cayó por la mejilla, por donde había tenido la cicatriz que Addie y los demás niños de la unidad de quemados habían repasado con los dedos el día que la había conocido, el mismo día que había visto a Kathleen por primera vez. ¿No era eso una demostración de que los tres estábamos predestinados a vivir juntos?

Me limpié la lágrima de la mejilla. Decidí esperar a que pidieran los helados antes de abrir la boca. Así podría oír la voz de Kathleen. Sabía que si llegaba a oírla una sola vez todo saldría bien.

En aquel momento se volvió hacia Tom, inclinó el cuerpo hacia él y le dijo:

—No sabes cuánto te quiero.

Epílogo

Toda mi vida se ha regido por la teoría de que a cualquiera puede cambiarle la vida de repente con una simple llamada telefónica.

Aunque no hace falta que sea una llamada telefónica. Podría ser la presencia de un tío como yo en la cola de una heladería, un tío que de repente se apartó de la fila y empezó a alejarse, un tío que oyó una vocecilla ronca que se despedía con un «adiós» y se dio cuenta de que aquel susurro lo acompañaría durante el resto de sus días.